GEOPLANOS E REDES DE PONTOS
Conexões e Educação Matemática - v. 4

GGEP - Grupo Geoplano de Estudos e Pesquisas

Iara Suzana Tiggemann
Karine Bobadilha Couto
Maria Christina Bittencourt de Marques
Ruy Madsen Barbosa
Sirlei Tauber de Almeida

GEOPLANOS E REDES DE PONTOS
Conexões e Educação Matemática - v. 4

Série
O professor de matemática em ação

autêntica

CAPA
Alberto Bittencourt

DIAGRAMAÇÃO
Tamara Lacerda
Christiane Costa

REVISÃO
Aline Sobreira

EDITORA RESPONSÁVEL
Rejane Dias

Dados Internacionais de Catalogação na Publicação (CIP)
(Câmara Brasileira do Livro, SP, Brasil)

Geoplanos e redes de pontos – Conexões e Educação Matemática / Iara Suzana Tiggemann...[et al.]. -- Belo Horizonte : Autêntica Editora, 2013. -- (Série o Professor de Matemática em Ação ; v. 4)

Outros autores: Karine Bobadilha Couto, Maria Christina Bittencourt de Marques, Ruy Madsen Barbosa, Sirlei Tauber de Almeida

Bibliografia

ISBN 978-85-8217-122-6

1. Matemática - Estudo e ensino 2. Matemática (Atividades e exercícios) 3. Professores de matemática - Formação profissional I. Tiggemann, Iara Suzana. II. Couto, Karine Bodadilha. III. Marques, Maria Christina Bittencourt de. IV. Barbosa, Ruy Madsen. V. Almeida, Sirlei Tauber. VI. Série.

13-06321   CDD-510.7

Índices para catálogo sistemático:
1. Educação matemática 510.7

AUTÊNTICA EDITORA LTDA.

Belo Horizonte
Rua Aimorés, 981, 8º andar . Funcionários
30140-071 . Belo Horizonte . MG
Tel.: (55 31) 3214 5700

Televendas: 0800 283 13 22
www.autenticaeditora.com.br

São Paulo
Av. Paulista, 2.073, Conjunto Nacional, Horsa I
23º andar, Conj. 2301 . Cerqueira César
01311-940 . São Paulo . SP
Tel.: (55 11) 3034 4468

SUMÁRIO

APRESENTAÇÃO

Falar sobre um livro, sobre a Matemática desse livro e, ainda, sobre os autores do livro! Uma tarefa complexa, mas ao mesmo tempo prazerosa, pois nos deparamos com um livro que traz uma Matemática – permeada de pontos, redes de pontos, formas, figuras, polígonos e geoplanos – abordada teórico-metodologicamente de forma lúdica e inovadora. A obra nos revela, pouco a pouco, seu coordenador, o professor Ruy Madsen Barbosa, um professor de Matemática, um *expert* em Matemática e um educador matemático, que propõe, junto às colegas do Grupo Geoplano de Estudo e Pesquisa (GGEP), maneiras criativas de ensinar e aprender Matemática, por meio de atividades educacionais.

Em continuidade com os livros anteriores da coleção, este volume apresenta diferentes maneiras de explorar, brincar, contar, jogar e manusear objetos – entes matemáticos –, representados por pontos, quadrados, polígonos, malhas quadrangulares, geoplanos, entre outros, possibilitando extrair dessas ações educativas as propriedades conceituais matemáticas.

Este livro é extremamente importante e necessário aos professores de Matemática, àqueles que preferem ensinar por meio de atividades educativas – problemas abertos capazes de criar um contexto de ensino e aprendizagem em sala de aula no qual os alunos, principais atores do processo educativo, através da resolução de problemas, podem levantar conjecturas e hipóteses sobre os principais elementos propostos. Assim, as atividades descritas neste livro relacionam-se a problemas significativos, que possibilitam aos alunos interagir com situações desafiantes, dialogar com os elementos dos problemas e criar verdadeiras heurísticas. A definição e a redefinição de seus procedimentos e a reavaliação de seus objetivos insere os alunos em uma investigação por possíveis e prováveis soluções. As relações conceituais matemáticas que as atividades incitam vão pouco a pouco tomando forma e definindo propriedades e teoremas matemáticos.

Trata-se de um livro cujas atividades educativas ou ações são apropriadas a alunos do ensino fundamental e médio, ou mesmo a licenciandos. Porém ele pode ser utilizado por professores que ensinam e pesquisam Matemática em todos os níveis:

As primeiras atividades, tais como figuras no geoplano ou redes de pontos e simetrias; áreas, comprimentos e perímetros, culminando em relações e conceitos matemáticos mais abstratos, tais como as aplicações e extensões da Fórmula de Pick; recobrimentos em redes quadrivértices – caminhos e recobrimentos em redes quadrivértices e em redes isométricas; quais e quantos? – figuras em redes quadrivértices, quadrados em rede qualquer limitada, triângulos em redes isométricas; explorando redes circulares – ângulos em estrelados inscritos, contagem de cordas, estrelados contínuos e descontínuos; brincando e aprendendo com resíduos; miscelânea – triangulações e extensões, xadrez em redes quadrangulares.

Assim, aos colegas professores que pesquisam e ensinam Matemática fica expresso, nessas linhas, o nosso desafio: *desvendar em sala de aula essa ação educativa!*

Prof.ª Dr.ª Rosana Giaretta Sguerra Miskulin
Departamento de Matemática e
Programa de Pós-Graduação em Educação Matemática
IGCE/Unesp – Rio Claro

INTRODUÇÃO

Aprender é a única coisa de que a mente nunca se cansa,
nunca tem medo e nunca se arrepende.

LEONARDO DA VINCI

A - PARA INÍCIO DE CONVERSA

A epígrafe acima expressa a atividade do incansável professor Ruy Madsen Barbosa, idealizador deste grupo de pesquisa e deste livro. Em torno dele, a partir dele, contra ele e com ele pensamos, projetamos, criamos e transformamos atividades com uso do geoplano – um material pedagógico comercializado no Brasil, mas de uso restrito devido à parca literatura nacional (KNIJNIK; BASSO; KLÜSENER, 1996; OCHI *et al.*, 2003).

Atualmente o grupo é composto por três professoras de formação em Matemática e uma pedagoga. Com experiências profissionais e pessoais bastante diversas, o que nos aproximou e nos constituiu como parceiros foi o fato de termos lecionado no mesmo curso de licenciatura. Juntos, portanto, formamos o Grupo Geoplano de Estudos e Pesquisa (GGEP), que em sua origem esteve vinculado ao Instituto Municipal de Ensino Superior (IMES) de Catanduva. Assim sendo, desde 2005 nos reunimos com o intuito de explorar um material destinado ao ensino da Matemática, especialmente na área de Geometria.

Para atingir esse objetivo, ao longo desses anos, o GGEP tem desenvolvido atividades individuais e coletivas. No plano individual, foram realizados estudos, revisões bibliográficas, levantamento de atividades já existentes e criação e adaptação de situações educacionais com uso do geoplano. Coletivamente, nos reunimos para socialização, discussão, avaliação e reorganização das propostas. Assim como em todo processo de construção individual, também nesses momentos sempre houve preocupação com o registro escrito das ideias.

Essas sistematizações, ocorridas em reuniões um tanto informais (e, por que não dizer, festivas) e de periodicidade irregular, geraram artigos que foram publicados em revistas científicas e apresentados em eventos na área de Matemática. Para onde levamos nossas propostas, sentimos por parte do público ouvinte a necessidade de maior divulgação do geoplano. Portanto, este livro vem ao encontro de uma demanda no ensino de Matemática.

O geoplano quadrangular consiste numa prancha quadrada com pinos dispostos em linhas e colunas equidistantes. O mais comum apresenta 25 pinos.

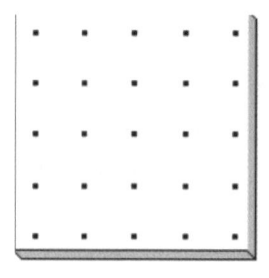

FIGURA 1

Os elásticos coloridos servem principalmente para reproduzir segmentos que têm dois pinos por extremidades.

O geoplano circular, assim como o de malha quadrangular, pode ser amplamente utilizado no trabalho em sala de aula. Consiste numa prancha-base com pinos fixos, dispostos em círculo (ou círculos), a uma mesma distância uns dos outros, e um pino central.

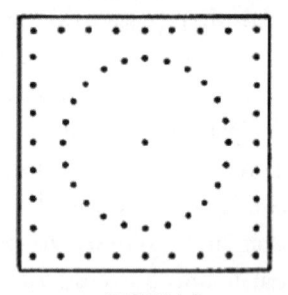

FIGURA 2

O geoplano isométrico difere dos demais na disposição dos pinos fixos. Neste os pinos não estão dispostos em linhas e colunas, mas de forma alternada, como se pode observar na figura abaixo.

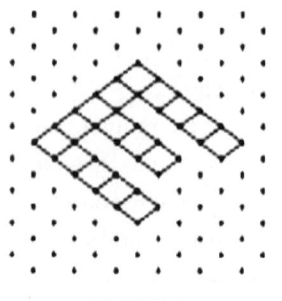

FIGURA 3

Caleb Gattegno, em seu texto "A pedagogia da Matemática", explica:

Todos os geoplanos têm indubitável atrativo estético e foram adotados por aqueles professores que os viram ser utilizados. Podem proporcionar experiências geométricas a crianças desde cinco anos, propondo problemas de forma, dimensão, de simetria, de semelhança, de teoria dos grupos, de geometria projetiva e métrica que servem como fecundos instrumentos de trabalho, qualquer que seja o nível de ensino (GATTEGNO apud KNIJNIK; BASSO; KLÜSENER, 1996, p. 5-6).

Assim, o GGEP tem criado sequências de atividades com o uso desse material, primando por aquelas que possam mobilizar ativamente os alunos. Por mobilização ativa compreendemos a interação sujeito-objeto de conhecimento, que ocorre tanto na *interação objetiva* (contato com o objeto, percepção visual e tátil, manipulação, experimentação, etc.), quanto na *interação subjetiva* (reflexão, problematização, análise, síntese, raciocínio indutivo, elaboração de teste de inferência, construção de conceitos, etc.).

Nesse sentido, concordamos com Passos (2006), que compreende que a manipulação do material didático por si só não garante a efetiva aprendizagem. A autora destaca que professores de ensino fundamental têm grande expectativa em amenizar as dificuldades encontradas no ensino da Matemática por meio do suporte da materialidade. Todavia, nem sempre essa expectativa é atingida, pois não basta que os alunos estejam envolvidos e entretidos com o material didático: eles também precisam refletir sobre o processo no qual estão envolvidos.

Kamii (2005, p. 58) explica que "as crianças não aprendem conceitos numéricos com desenhos, tampouco aprendem conceitos numéricos meramente pela manipulação de objetos. Elas constroem esses conceitos pela abstração reflexiva à medida em que atuam". Nessa linha de raciocínio, entendemos que o conhecimento não é "transferido" verbalmente para a mente do aluno, como supunham as vertentes tradicionais de ensino. Isso significa que o conteúdo que o professor apresenta precisa ser trabalhado, refletido, reelaborado pelo aprendiz.

Por mais que o professor, os companheiros de classe e os materiais didáticos possam e devam contribuir para que a aprendizagem se realize, nada pode substituir a atuação do próprio aluno na tarefa de construir significados sobre os conteúdos da aprendizagem. É ele quem vai modificar, enriquecer e, portanto, construir novos e mais potentes instrumentos de ação e interpretação (BRASIL, 1997, p. 72).

Igualmente, como sinalizam Fiorentini e Miorim (1990), compreendemos que, subjacentes às propostas dos professores, residem concepções de sujeito, de educação, de conhecimento e de Matemática. Entendemos que nem sempre essas concepções estão claras para os professores quando fazem uso restrito ou irrestrito de um determinado material. Não é nosso objetivo julgar essas concepções e crenças, mas sim apontar que o uso de materiais alternativos deve suscitar reflexões teórico-pedagógicas antes, durante e após sua aplicação.

Todavia, sabemos que, apesar das críticas que o ensino tradicional vem sofrendo, professores de Matemática não contam com material pedagógico de apoio em abundância para suas aulas. Muitas vezes o problema não reside na falta de clareza por parte do professor de como explorar um material de diferentes formas, de como deixar o livro didático um pouco de lado para propor atividades que promovam maior envolvimento dos alunos para a efetiva compreensão do conteúdo. A dificuldade inicial parece residir na falta de material disponível nas escolas para o número de alunos existentes numa sala de aula.

O geoplano é um desses materiais, nem sempre farto e diverso para promover a manipulação e a exploração individual numa aula de Matemática. Nesse sentido, optamos também pelo uso de redes impressas em papel, transpondo algumas atividades inicialmente pensadas para o geoplano. As possíveis perdas em virtude dessa transposição são compensadas pela praticidade de uso, além de ser um material de baixo custo e de fácil aquisição.

Feitas estas considerações iniciais acerca dos pressupostos teóricos que subjazem nossa proposta de trabalho com o geoplano e o papel de pontos, passamos a apresentar a forma de organização deste livro.

Este livro está dividido em seis partes, num total de 16 capítulos. O tema geoplano foi tratado de diferentes maneiras, abrangendo conteúdos matemáticos compatíveis a todas as séries do ensino básico. O leitor encontrará, em todos os capítulos, diversas atividades[1] que buscam desenvolver diferentes conceitos matemáticos e habilidades mentais.

---

[1] A literatura aponta que há uma diferença entre tarefa e atividade. A primeira corresponde à proposta enunciada pelo docente; à medida que envolve e mobiliza os alunos, transforma-se em atividade. Neste texto não faremos a distinção entre as definições (vide NACARATO; GOMES; GRANDO, 2008).

PRIMEIRA PARTE

AS PRIMEIRAS ATIVIDADES

Cap. 1: *Figuras no geoplano ou em redes de pontos*

Cap. 2: *Aprendendo simetrias*

CAPÍTULO 1

FIGURAS NO GEOPLANO OU EM REDES DE PONTOS

A - REPRODUÇÃO DE FIGURAS

As atividades sugeridas a seguir são propostas para as séries iniciais do ensino fundamental e serão executadas em geoplanos quadrivértices ou em redes quadrangulares de pontos impressas em papel. Elas serão apresentadas em uma sequência com grau crescente de dificuldade.

Atividade 1

O professor apresenta uma figura determinada por segmentos de reta cujas extremidades são pontos de uma rede quadrangular. Ao lado, dispõe a mesma figura, porém incompleta. Solicita que os alunos completem corretamente a segunda figura, observando a primeira.

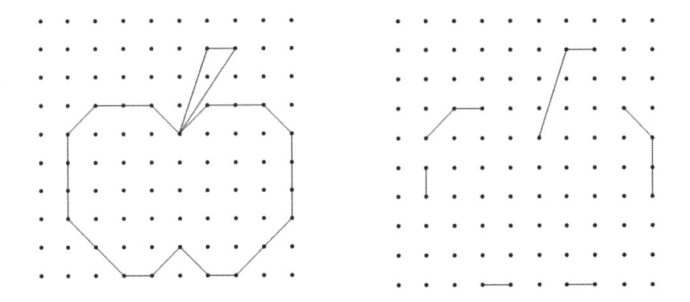

Atividade 2

O professor apresenta uma figura determinada por segmentos de reta cujas extremidades são pontos de uma rede quadrangular. Ao lado, dispõe uma rede de pontos onde o aluno deverá reproduzir a figura.

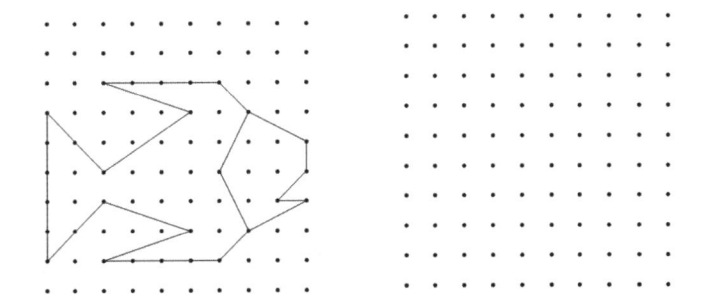

B - REDES DE PONTOS NUMERADAS

As atividades a seguir são adequadas somente para redes de pontos quadrivértices e numeradas. A utilização do geoplano não é indicada, pois se pretende explorar, também, sequências numéricas.

B.1 - RECONHECIMENTO DA REDE

Atividade 1

O professor apresenta a rede de pontos com a primeira linha e a primeira coluna numeradas e nomeia alguns outros pontos com letras maiúsculas. Os alunos deverão observar a rede com atenção e associar corretamente a letra a um número.

Resposta: A = 63, B = 34, C = 2, D = 17, E = 89

Atividade 2

O professor apresenta a rede de pontos com a primeira linha, a primeira coluna e alguns outros pontos numerados. Os alunos deverão observar a rede com atenção e numerar outros pontos que lhe forem solicitados: 56, 32, 17, 85 e 62.

Atividade 3

O professor apresenta redes de pontos com a primeira linha, a primeira coluna e os pontos 15, 38, 47 e 82 numerados. Os alunos deverão unir os pontos seguindo a ordem apresentada:

a) 15, 51, 38, 47, 82

b) 82, 15, 38, 47, 51

c) 51, 15, 38, 47, 82

d) 82, 51, 15, 47, 38

Respostas

a)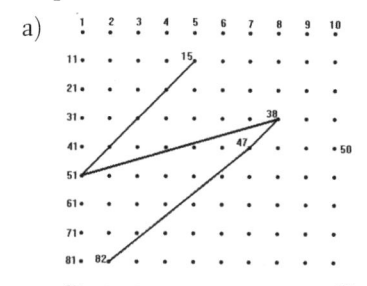

c)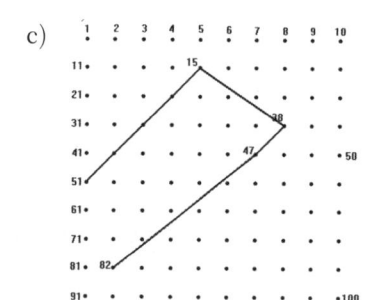

b)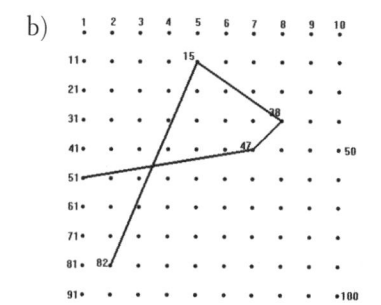

d)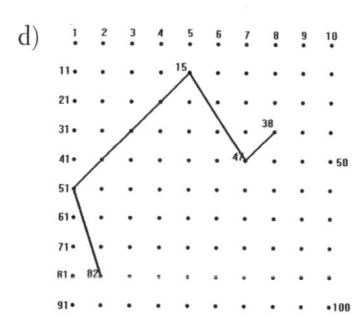

B.2 - NÚMEROS E FIGURAS

Atividade 1

O professor apresenta a figura determinada na rede com a primeira linha e primeira coluna numeradas. Solicita que os alunos, começando pelo ponto correspondente ao número 42 e imaginando que o lápis não seja retirado da folha de papel, completem a sequência numérica que dá origem à figura do cavalo.

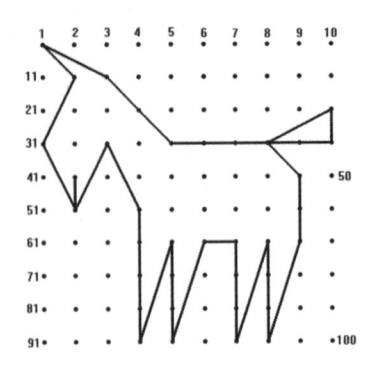

42, 52, ..., 54, ..., ..., 95, ..., ..., ..., 68, ..., 69, 49, ..., ..., 30, ...,35, ..., 1, ..., 31, ...

Resposta: 42, 52, 33, 54, 94, 65, 95, 66, 67, 97, 68, 98, 69, 49, 38, 40, 30, 38, 35, 13, 1, 12, 31, 52

Atividade 2

O professor apresenta a figura determinada na rede com a primeira linha e primeira coluna numeradas. Solicita que os alunos, começando pelo ponto correspondente ao número 64 e imaginando que o lápis não seja retirado da folha de papel, escrevam a sequência numérica completa que dá origem à figura do foguete.

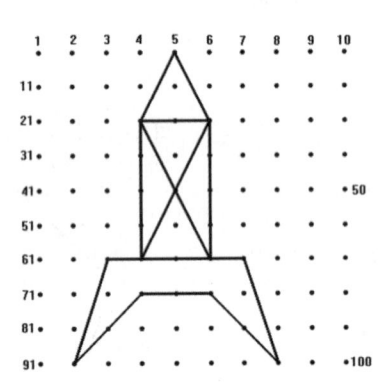

64, ...

Resposta: 64, 24, 5, 26, 64, 66, 24, 26, 66, 67, 98, 76, 74, 92, 63, 64

Atividade 3

O professor apresenta aos alunos uma sequência numérica e solicita que unam os pontos correspondentes aos números, na ordem dada, formando uma flor.

Sequência: 95, 85, 77, 78, 67, 85, 75, 63, 62, 53, 75, 35, 54, 43, 27, 16, 35, 23, 14, 56, 47, 35

Resposta

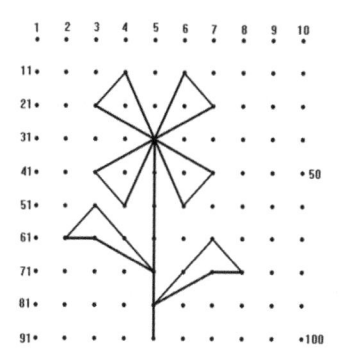

Atividade 4

O professor apresenta aos alunos uma sequência numérica e solicita que unam os pontos correspondentes aos números, na ordem dada, formando a figura de uma tesoura.

Sequência: 65, 77, 97, 85, 65, 76, 86, 65, 83, 72, 53, 65, 63, 73, 65, 18, 38, 65, 15, 34, 65

Resposta

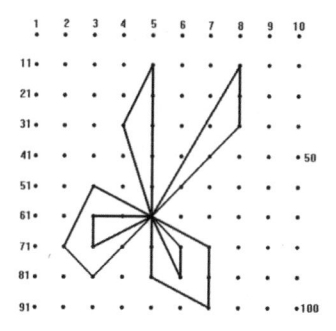

Atividade 5

O professor salienta que a figura da atividade anterior, a tesoura, quando invertida, parece um laço de fita. Solicita aos alunos que desenhem e descubram a sequência numérica que dá origem ao laço de fita, iniciando pelo ponto que corresponde ao número 36.

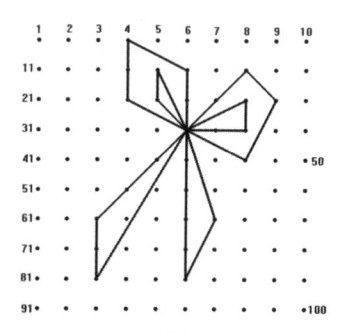

Resposta: 36, 24, 04, 16, 36, 25, 15, 36, 18, 29, 48, 36, 38, 28, 36, 83, 63, 36, 86, 67, 36

Atividade 6

O professor apresenta a figura na rede com a primeira linha e primeira coluna numeradas. Solicita que os alunos, começando pelo ponto 24 e imaginando que o lápis não seja retirado da folha de papel, escrevam a sequência numérica completa que dá origem à figura do elefante.

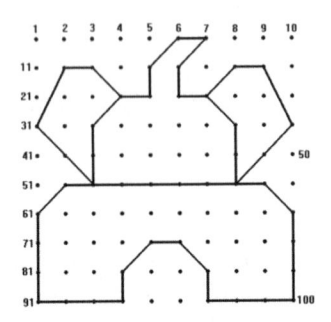

Resposta: 24, 33, 53, 31, 12, 13, 24, 25, 15, 6, 7, 16, 26, 27, 18, 19, 40, 58, 52, 61, 91, 94, 84, 75, 76, 87, 97, 100, 70, 59, 58, 38, 27

Sugestão para o professor: Solicitar aos alunos que, após terem escrito a sequência, circulem:

a) com o lápis vermelho, os números pares;

b) com o lápis amarelo, os pares de números consecutivos;

c) com o lápis azul, os múltiplos de 3;

d) com o lápis verde, os números primos.

B.3 - MAIS ATIVIDADES

Apresentamos também, como sugestão para trabalho em sala de aula, as seguintes figuras e respectivas sequências:

Vela	Flor
Vela	**Flor**

Vela

74, 34, 35, 24, 5, 26, 35, 36, 76, 72, 93, 98, 79, 78, 70, 49, 67, 78, 69, 59, 68, 78, 76

Flor

100, 78, 57, 58, 48, 59, 78, 66, 76, 75, 86, 78, 56, 15, 6, 18, 16, 56, 42, 31, 21, 3, 4, 15, 34, 13, 12, 22, 33, 34, 42, 51, 72, 52, 56

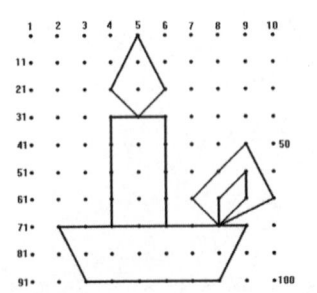

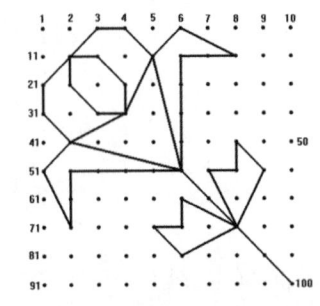

Coroa

64, 62, 42, 21, 43, 23, 44, 15, 46, 27,
47, 29, 48, 68, 57, 66, 65, 56, 45, 54,
65, 64, 53, 62, 73, 77, 68, 66

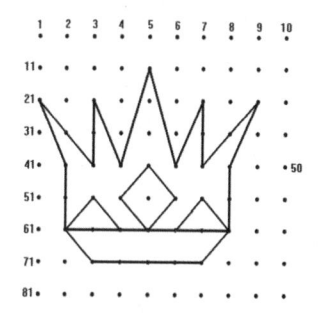

Pipa

13, 24, 43, 13, 22, 43, 54, 44, 45, 54, 55,
46, 56, 55, 66, 57, 67, 66, 86, 77, 75,
84, 85, 75, 73, 83, 74, 63, 62, 72, 63, 52

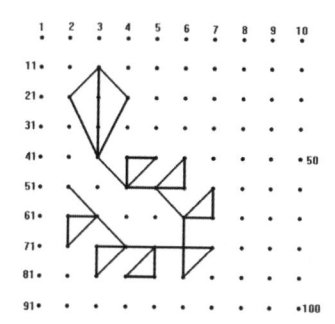

Palito de fósforo aceso

91, 92, 76, 75, 91, 81, 65, 52, 45, 22, 35, 6, 37, 29, 58, 80, 77, 98, 76, 66, 65, 75

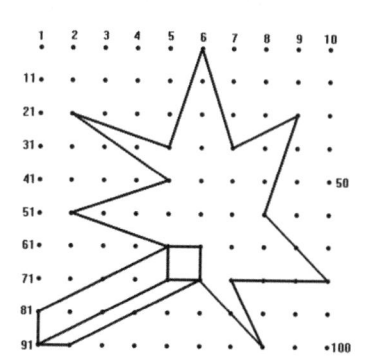

Casa

Guarda chuva

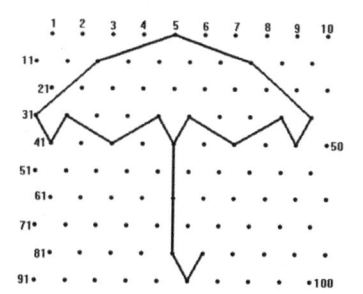

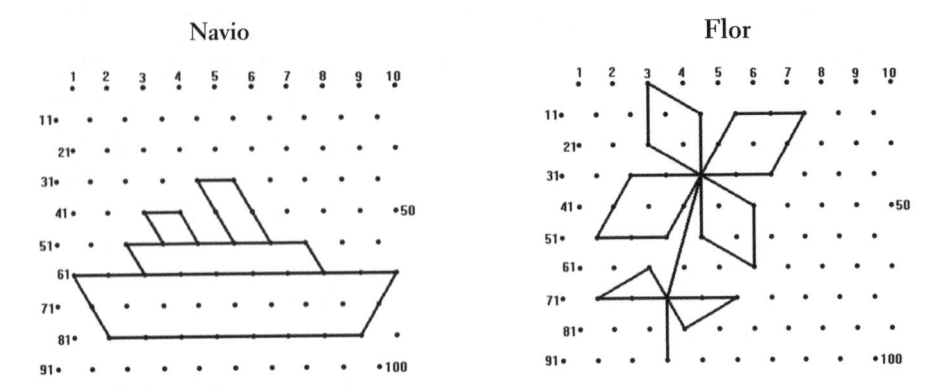

Navio

Flor

C - REPRODUÇÃO DE FIGURAS GEOMÉTRICAS

Acreditamos que seja uma boa ideia utilizar-se da rede de pontos ou do geoplano para introduzir conceitos básicos de Geometria nas classes das séries iniciais.

C.1 - EXPLORANDO OS QUADRILÁTEROS

Atividade 1

O professor apresenta uma rede de pontos com quadrados. Os alunos deverão reproduzi-los em outra rede.

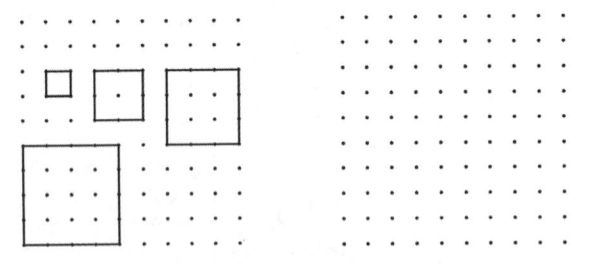

Atividade 2

O professor apresenta duas redes de pontos numeradas com quadriláteros. Os alunos deverão reproduzi-los em outra rede, também numerada, e determinar uma sequência numérica que dê origem a cada uma das figuras.

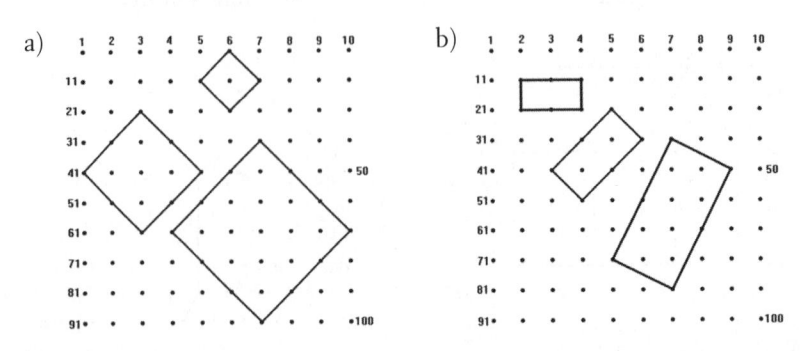

Resposta

a) Quadrado pequeno: 6, 17, 26, 15, 6. Quadrado médio: 23, 34, 45, 54, 63, 52, 41, 32, 23. Quadrado grande: 37, 48, 59, 70, 79, 88, 97, 86, 75, 64, 55, 46, 37.

b) Retângulo pequeno: 12, 14, 24, 22, 12. Retângulo médio: 25, 36, 54, 43, 25. Retângulo grande: 37, 49, 87, 75, 37.

Observação: É claro que as sequências apresentadas como resposta acima não são únicas

---

IMPORTANTE

Durante a execução das duas atividades acima descritas, o professor deverá levar os alunos a observarem que todos os quadriláteros reproduzidos são quadrados, isto é, têm os quatro lados do mesmo conmprimento e os quatro ângulos internos retos.

Atividade 3

O professor apresenta uma rede de pontos com quadriláteros cujos lados possuem apenas dois pontos da rede. Os alunos deverão afirmar, mediante justificativa, se são ou não quadrados.

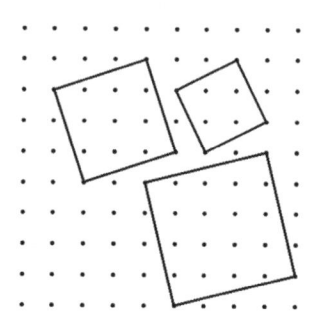

Resposta: Todos são quadrados.

Justificativas possíveis:

- com o uso do transferidor, para alunos de 5ª ou 6ª séries (6º ou 7º anos), mostrando que os ângulos internos dos quadriláteros são retos;

- através da aplicação do Teorema de Pitágoras, para alunos de 7ª ou 8ª séries (8º ou 9º anos) deduzindo que no interior de cada quadrilátero há quatro triângulos retângulos.

Sugerimos que atividades semelhantes às apresentadas anteriormente sejam desenvolvidas com outros quadriláteros, paralelogramos ou não. Para isso, indicamos a utilização de redes não numeradas e numeradas:

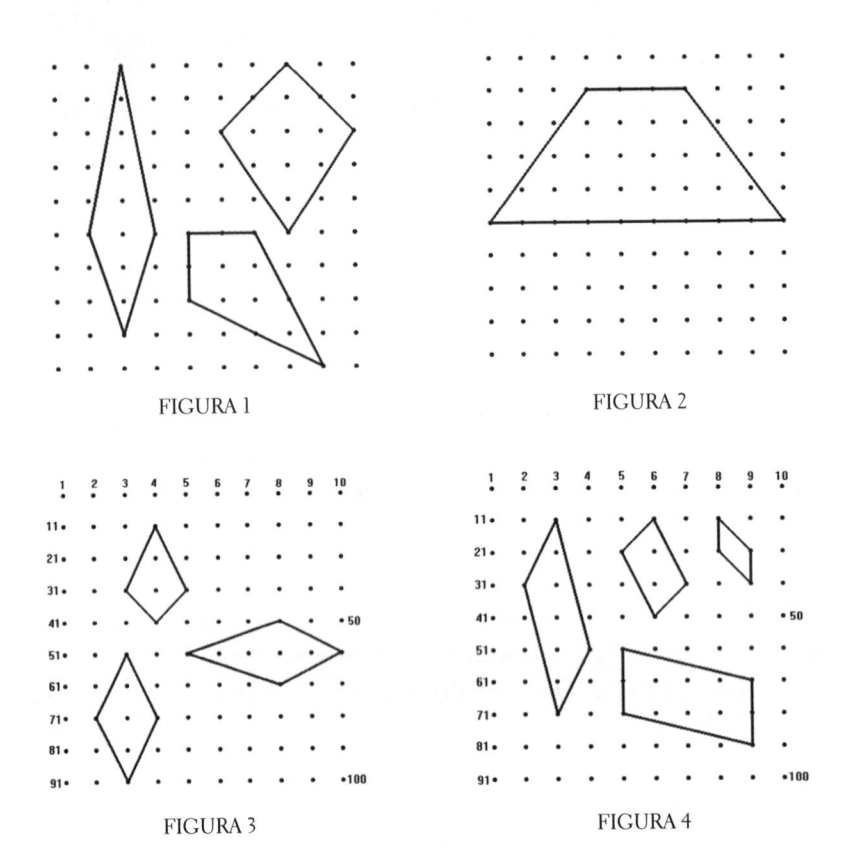

FIGURA 1

FIGURA 2

FIGURA 3

FIGURA 4

C.2 - EXPLORANDO OS TRIÂNGULOS

Atividade 1

O professor apresenta aos alunos uma rede numerada com um triângulo cujos lados são determinados por pontos da rede e solicita que indiquem a quantidade de pontos da rede pertencentes a cada lado.

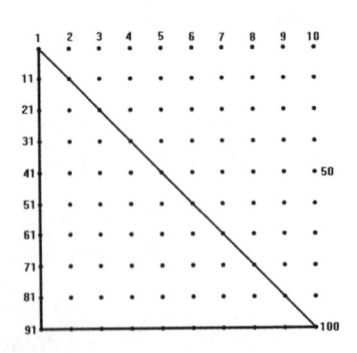

Resposta: lado 1-100 tem 10 pontos; lado 1-91 tem 10 pontos; lado 91-100 tem 10 pontos.

Em seguida, os alunos deverão responder às seguintes questões:

a) O triângulo tem os três lados com o mesmo comprimento? Por quê?

b) Como é denominado o triângulo que apresenta dois lados de mesmo comprimento?

c) Como é denominado um triângulo com os três lados de mesmo comprimento?

d) Todo triângulo equilátero é um triângulo isósceles? Por quê?

e) Todo triângulo isósceles é um triângulo equilátero? Por quê?

Respostas

a) Não. Dois de seus lados têm o mesmo comprimento: o que tem por extremidades os pontos 1-91 e o que tem por extremidades os pontos 91-100. O lado cujas extremidades são os pontos 1-100 é maior porque a distância entre os pontos que o determinam é maior, embora a quantidade de pontos seja a mesma.

b) Isósceles.

c) Equilátero.

d) Sim, porque tem dois lados de mesmo comprimento.

e) Não, porque o terceiro lado pode não ter o mesmo comprimento dos outros dois.

Atividade 2

O professor apresenta uma rede, numerada ou não, e solicita que os alunos construam triângulos diferentes cujos lados não possuam pontos da rede, exceto nas extremidades.

Resposta (duas possíveis)

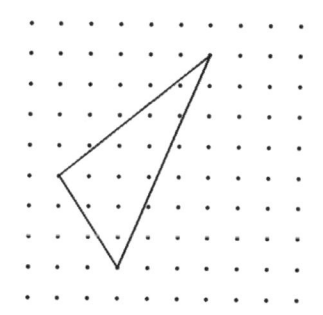 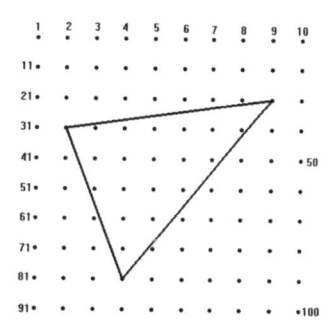

Atividade 3

O professor apresenta aos alunos redes de pontos 3 x 3 e solicita que determinem todos os tipos de triângulos que se pode construir nessas redes.

Resposta:

Esses são os oito tipos possíveis de triângulos numa rede 3 x 3.

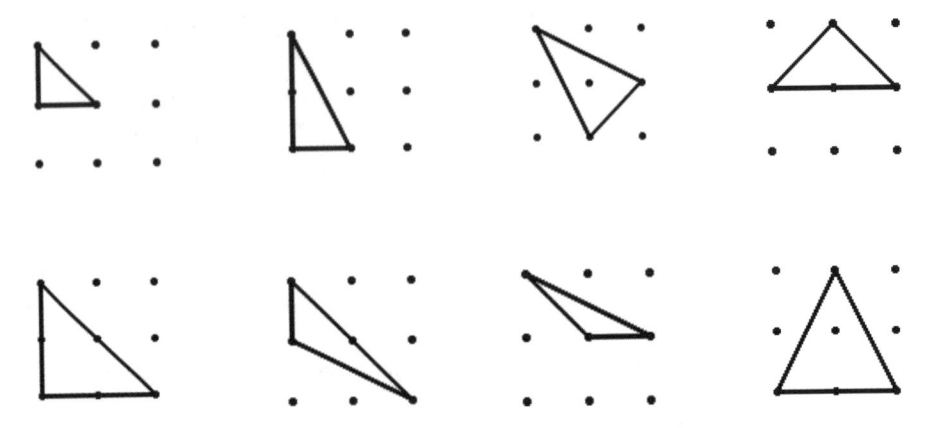

Atividade 4

O professor apresenta aos alunos de séries iniciais redes de pontos, numeradas ou não, e solicita que componham figuras que apresentem quadriláteros e triângulos.

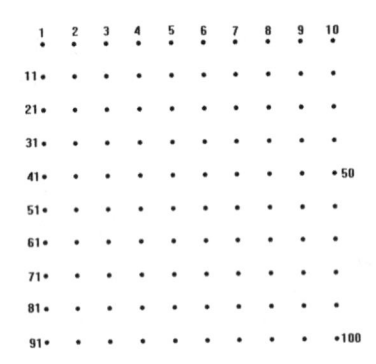

Possível resposta

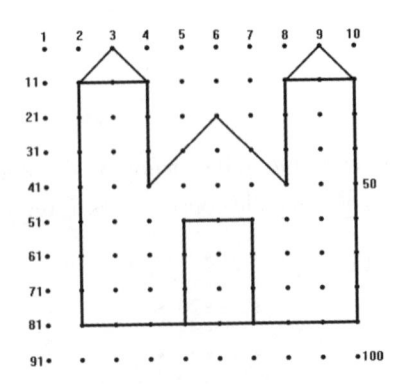

C.3 - POLÍGONOS EM REDES ISOMÉTRICAS

As atividades com figuras geométricas podem também ser apresentadas em *redes isométricas*.

Atividade 1

Ainda explorando os conceitos que envolvem triângulos, o professor apresenta uma rede isométrica de pontos e solicita que os alunos escrevam a sequência numérica que determina:

a) um triângulo retângulo;

b) um triângulo isósceles;

c) um triângulo obtusângulo.

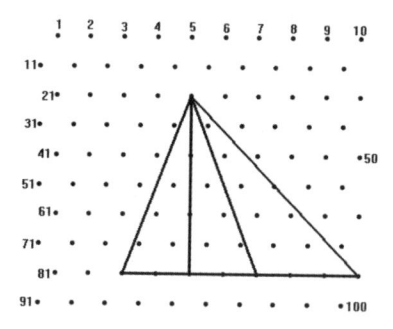

Respostas

a) 25, 83, 85, 25 ou 25, 85, 87, 25 ou mesmo 25, 85, 90, 25.

b) 25, 83, 87, 25.

c) 25, 87, 90, 25.

Sugestões de polígonos em rede isométrica:

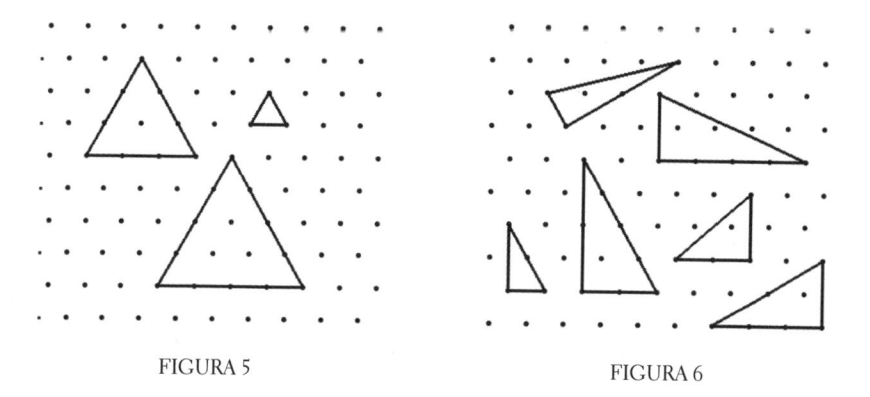

FIGURA 5   FIGURA 6

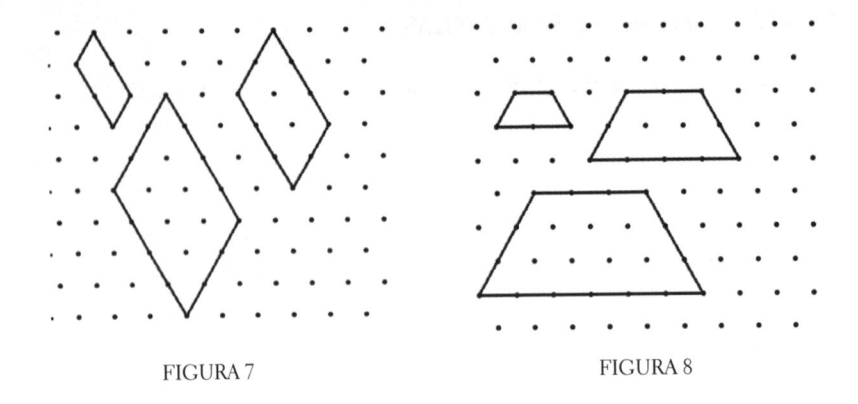

FIGURA 7   FIGURA 8

D - INDICAÇÕES BIBLIOGRÁFICAS

IRVIN, B. B. *Circular Geoboard*. Lincolnshire, USA: Learning Resources, 1995.

IRVIN, B. B. *Geometry Fractions with Geoboards*. Lincolnshire, USA: Learning Resources, 1996.

SERRAZINA, L.; MATOS, J. M. *O geoplano na sala de aula*. Lisboa: APM, 1988.

*

CAPÍTULO 2

APRENDENDO SIMETRIAS

A - INTRODUÇÃO AO ESTUDO DE SIMETRIAS

Aqui sugerimos atividades para geoplanos quadrivértices e redes de pontos do mesmo tipo. O objetivo é introduzir e explorar os conceitos que envolvem o estudo das simetrias.

Mas... o que é simetria? Simetria é todo movimento de um módulo ou de um objeto, sem que este mude sua forma ou tamanho.

No entanto, algumas figuras, objetos, letras, número, etc., possuem um *eixo de simetria*. O eixo de simetria é uma linha que divide algo em duas partes simétricas, isto é, como se fossem o objeto e a sua imagem num espelho. Observe as letras H e K grafadas nas redes de pontos abaixo:

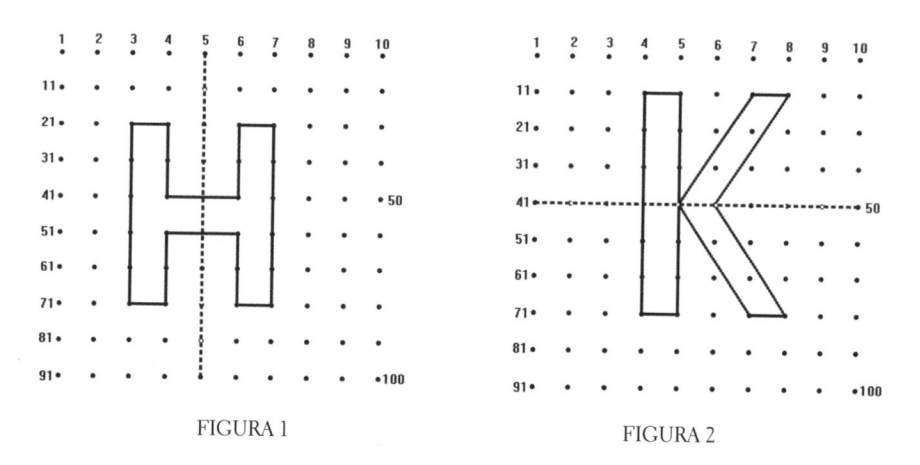

FIGURA 1   FIGURA 2

Elas podem auxiliar o professor a levar os alunos à aquisição dos conceitos de simetria, eixo de simetria e simetria axial (a simetria reconhecida pela presença de um eixo de simetria, que algumas vezes representa a mediatriz).

Seguem algumas atividades sugeridas para a introdução e o desenvolvimento deste tema.

B - ATIVIDADES

Atividade 1

O professor apresenta as redes de pontos abaixo e solicita que os alunos "completem" a figura observando o eixo de simetria:

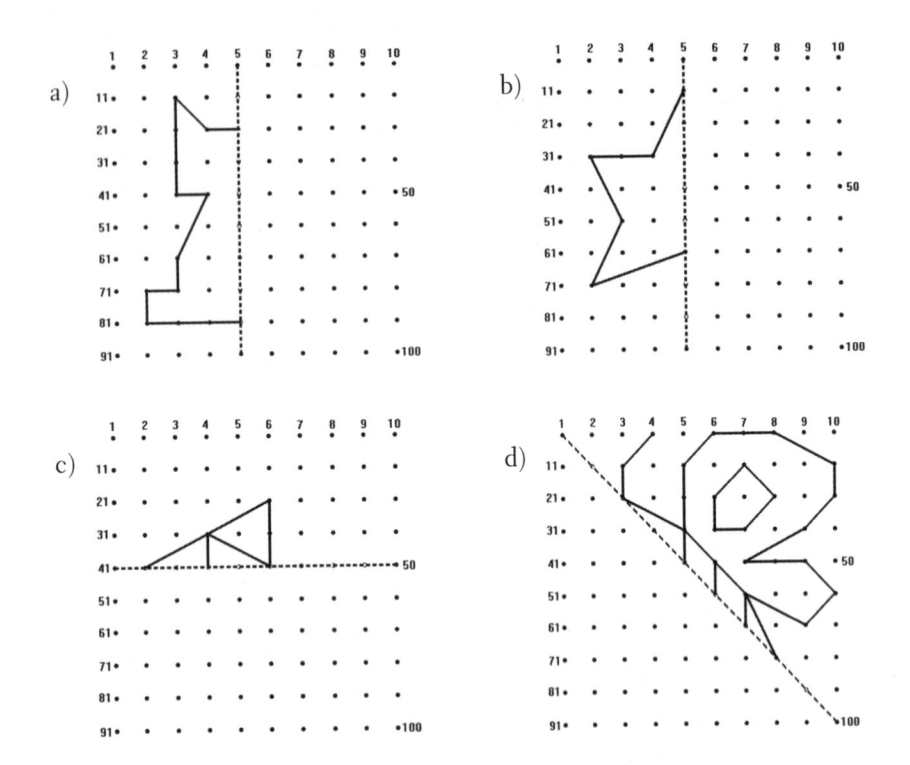

Observação: Como é possível construir uma figura simétrica a outra, considerando um eixo de simetria *externo* à figura dada, o exemplo abaixo e a atividade a seguir podem auxiliar o professor na introdução e na exploração dessa ideia.

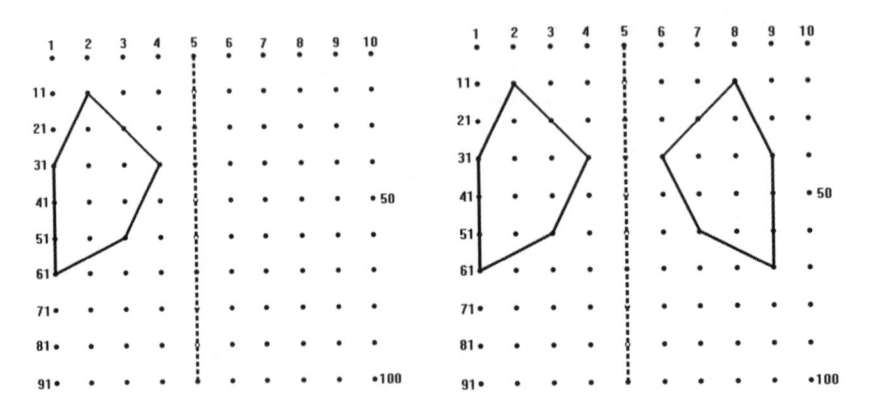

FIGURA 3

Atividade 2

O professor apresenta aos alunos as redes de pontos a seguir, as quais apresentam uma figura e um eixo de simetria e em seguida solicita que os alunos reproduzam uma figura simétrica à dada, observando o eixo de simetria.

a) Barquinho

c) Seta

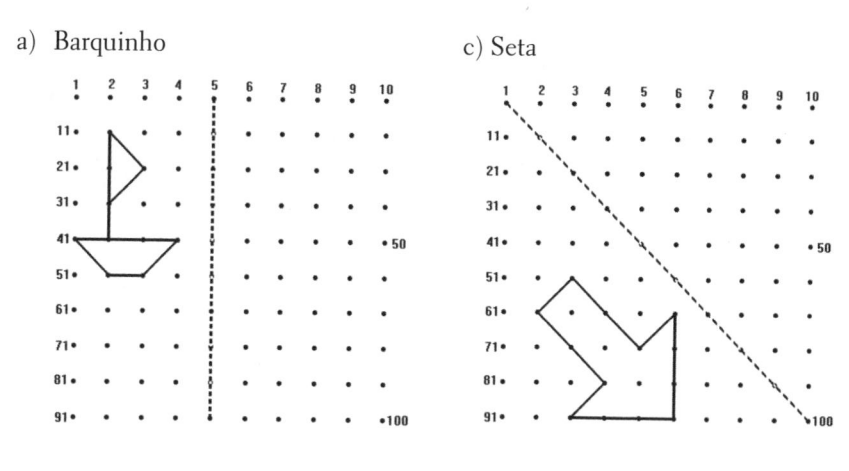

b) Peixe

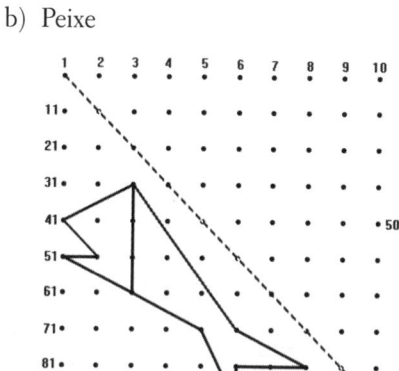

Se julgar conveniente, o professor poderá aplicar atividades semelhantes às descritas, para geoplanos ou redes isométricas.

Para facilitar o trabalho em sala de aula sugerimos:

Árvore de Natal

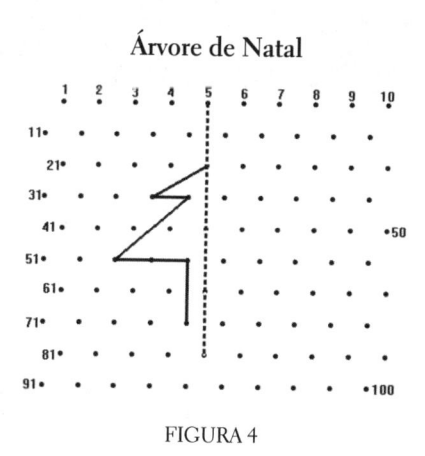

FIGURA 4

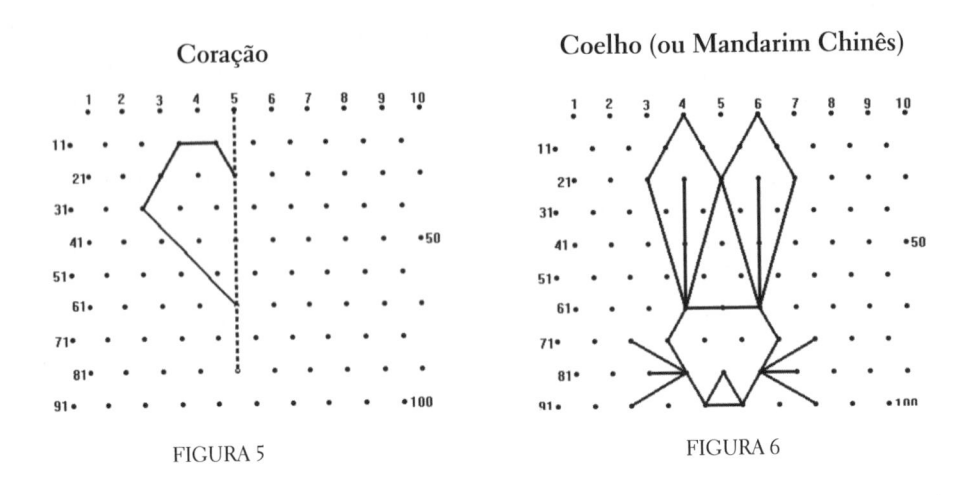

Coração

Coelho (ou Mandarim Chinês)

FIGURA 5

FIGURA 6

C - SUGESTÕES DE SIMETRIA NO GEOPLANO

Com satisfação, destacamos a seguir algumas fotografias de simetrias em geoplanos do trabalho de nossa colega Rosemeire Bressan apresentado no I Simpósio Nacional de Ensino de Ciência e Tecnologia, na Universidade Tecnológica Federal do Paraná, em 2009.

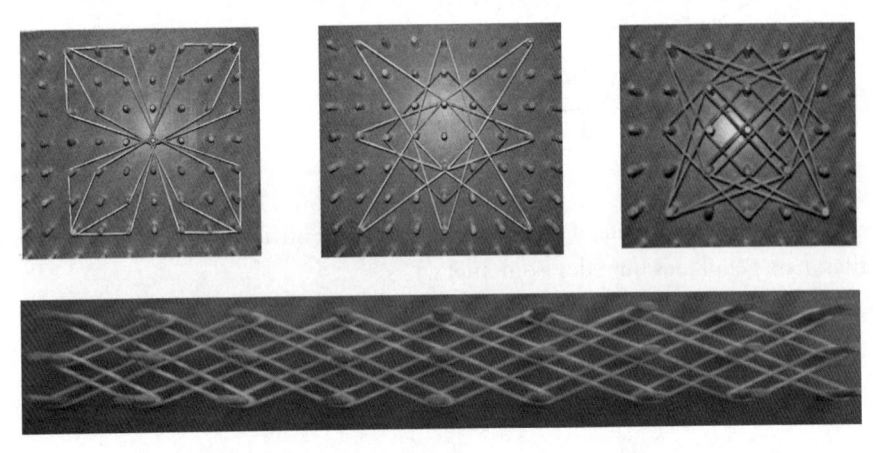

FIGURA 7

Nota: As três primeiras figuras apresentam simetria reflexional e rotacional, enquanto a faixa apresenta simetria translacional, reflexional horizontal e vertical, e rotacional de 180°.

ÁREAS, COMPRIMENTOS E PERÍMETROS

CAPÍTULO 3
ÁREAS

A - O QUE É UMA ÁREA?

Área é a medida de uma superfície. Mas o que é medir? Medir é comparar, ou seja, para medir uma superfície, basta compará-la a outra superfície. Aqui a unidade adotada será a superfície delimitada por um quadradinho formado por pontos consecutivos, dois a dois, da rede de pontos.

Observe:

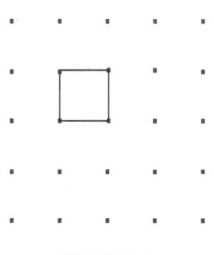

FIGURA 1

A área da superfície limitada pelo quadradinho destacado na figura será indicada por ■ ou Aq (área do quadradinho).

O objetivo das atividades aqui apresentadas é levar os alunos a determinarem a área de polígonos demarcados em um geoplano de rede quadrangular (ou em uma rede quadrangular de pontos impressos em papel). Elas podem ser aplicadas em classes a partir da 3ª série (ou 4º ano) do ensino fundamental.

B - ATIVIDADES
Atividade 1

Determinar as áreas dos *retângulos* ABCD, EFGH e IJKL:

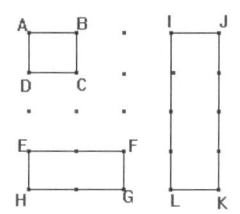

Resposta:

$A_{ABCD} = 1$ ■

$A_{EFGH} = 2$ ■

$A_{IJKL} = 4$ ■

Atividade 2

Determinar as áreas dos *paralelogramos*:

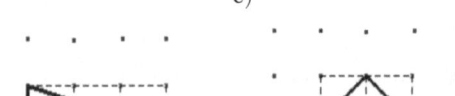

Respostas

a) A = 2 metades de ■ ⇒ A = 1 ■

b) A = 1 ■ + 2 metades de ■ ⇒ A = 1 ■ + 1 ■ = 2 ■

c) Para o cálculo dessa área foi utilizado um artifício que, para os alunos mais novos, talvez seja complicado. O "truque" é determinar a área E externa do paralelogramo e a área total T do retângulo que contém o paralelogramo e, em seguida, determinar a diferença entre as áreas T e E.

T (área do retângulo pontilhado) = 3 ■

E (área externa do paralelogramo) = 2 metades de 2 ■

A = T - E = 3 ■ - 2 ■ = 1 ■

Atividade 3

Determinar as áreas dos *triângulos*:

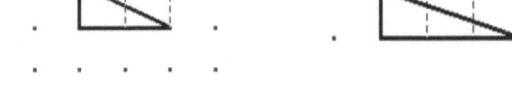
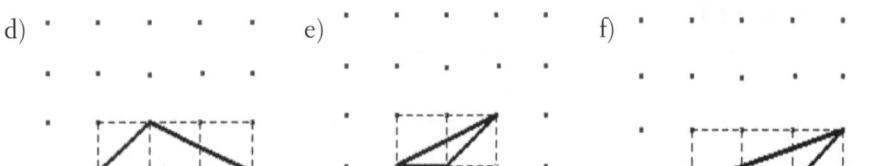
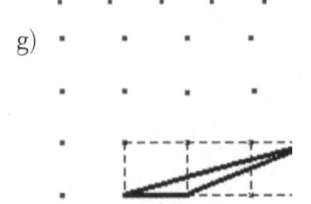

Respostas

a) A = 1 metade de 2 quadrados ⇒ A = 2 ■ / 2 = 1 ■

b) A = 1 metade de 3 quadrados ⇒ A = 3 ■ / 2 = 1,5 ■

c) A = 2 metades de 2 quadrados ⇒ A = 1 ■

d) A = 1 metade de 1 quadrado + 1 metade de 2 quadrados / A = ■ / 2 + 2 / ■ 2
= 0,5 ■ + 1 ■ = 1,5 ■

e) Para o cálculo da área do triângulo, pode-se utilizar o mesmo artifício utilizado no item c) da atividade anterior.

T = área total da figura = 2 ■

E = área externa ao triângulo = 1 metade de 2 quadrados + 1 metade de 1
quadrado = (2 ■ / 2) + (1 ■ / 2) = 1 ■ + 0,5 ■ = 1,5 ■

A = T - E = 2 ■ - 1,5 ■ = 0,5 ■

f) E aqui, o mesmo artifício...

T = área total da figura = 3 quadrados = 3 ■

E = área externa ao triângulo = 1 metade de 3 quadrados + 1 metade de 1
quadrado = (3 ■ / 2) + (1 ■ / 2) = 4 ■ / 2= 2 ■

A = T - E = 3 ■ - 2 ■ = 1 ■

g) E, mais uma vez, o mesmo truque...

T = área total da figura = 3 ■

E = área externa ao triângulo = 1 metade de 3 quadrados + 1 metade de 2
quadrados = (3 ■ / 2) + (2 ■ / 2) = (5 ■ / 2) = 2,5 ■

A = T - E = 3 ■ - 2,5 ■ = 0,5 ■

Atividade 4

Determinar a área de *polígono* qualquer

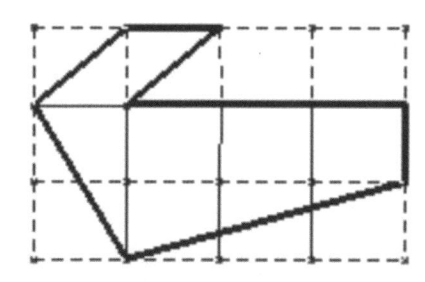

Resposta

Primeiro processo

A = 2 metades de 1 quadrado + 1 metade de 2 quadrados + 1 metade de 3 quadrados + 3 quadrados

A = 2 (■ / 2) + (2 ■ / 2) + (3 ■ / 2) + 3 ■ = ■ + ■ + 1,5 ■ + 3 ■ =
= 6,5 ■

Segundo processo

T = área total da figura = 12 ■

E = área externa ao polígono = 2 metades de 1 quadrado + 1 metade de 2 quadrados + 1 metade de 3 quadrados + 2 quadrados

E = 2 (■ / 2) + (2 ■ / 2) + (3 ■ / 2) + 2 ■ = ■ + ■ + 1,5 ■ + 2 ■ = 5,5 ■
A = T - E = 12 ■ - 5,5 ■ = 6,5 ■

*

CAPÍTULO 4

COMPRIMENTOS E PERÍMETROS

Preliminares: É óbvio que segmentos em redes quadrivértices, quando são horizontais ou verticais, possuem comprimentos fáceis de serem determinados, como se observa nas ilustrações seguintes em redes 3 x 3.

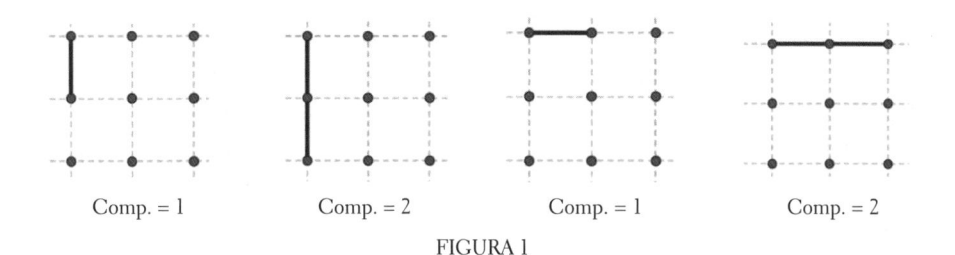

| Comp. = 1 | Comp. = 2 | Comp. = 1 | Comp. = 2 |

FIGURA 1

Entretanto, determinar comprimentos de segmentos inclinados já não é tão simples, pois eles são dados por números irracionais.

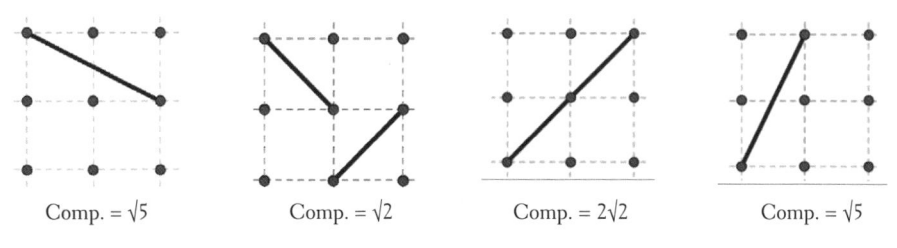

| Comp. = √5 | Comp. = √2 | Comp. = 2√2 | Comp. = √5 |

FIGURA 2

Uma vez que precisaremos desses comprimentos, por exemplo, no estudo de perímetros, nos dedicaremos a sua obtenção. Faremos o mesmo na descoberta de comprimentos em redes triangulares isométricas.

A - REDES QUADRIVÉRTICES

A.1 - PROCEDIMENTOS DE DESCOBERTA

A.1.1 - Usando a relação pitagórica

O procedimento obviamente só é aplicável na descoberta dos comprimentos dos segmentos inclinados para alunos que já aprenderam Teorema de Pitágoras. Porém, assim mesmo faremos duas ilustrações.

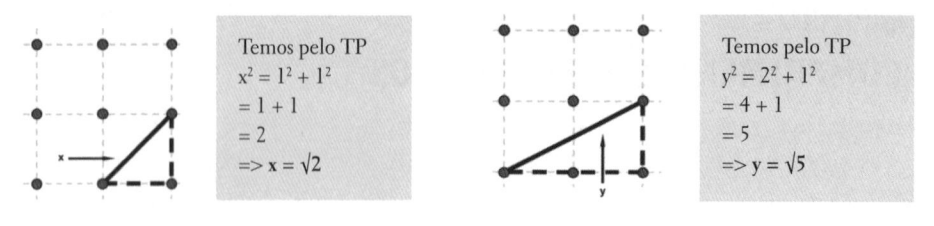

FIGURA 3 · FIGURA 4

A.1.2 - Sem o uso da relação pitagórica

É claro que esse procedimento tem o objetivo complementar de fornecer atividades a alunos em séries iniciais do ensino fundamental, que desconhecem a relação do Teorema de Pitágoras.

a) Construímos inicialmente um quadrado cujo lado é dado pelo próprio segmento. Construímos as duas diagonais do quadrado formando quatro triângulos que equivalem em área a dois quadradinhos da rede quadrivértice. Indicando por x o comprimento do segmento **a**, inclinado, a área do quadrado também é dada por x^2, de onde segue que $x^2 = 2$, e portanto $x = \sqrt{2}$.

Segmento a

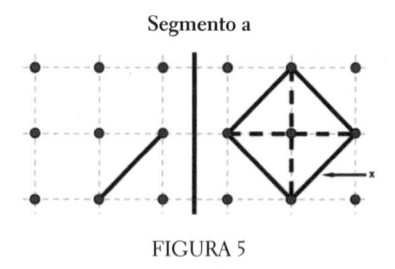

FIGURA 5

b) Construímos também um quadrado cujo lado é dado pelo próprio segmento. Para isso, os alunos precisarão ampliar um pouco sua rede e, em seguida, descobrir a área do quadrado por decomposição do seu interior, conforme fizemos na segunda figura: A = 1 quadradinho da rede + 4 triângulos.

Segmento b

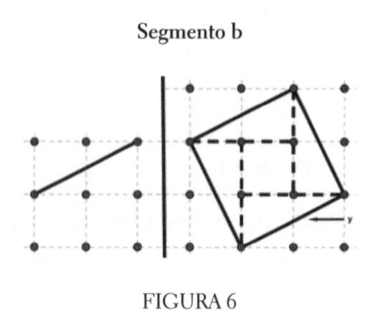

FIGURA 6

c) Mas cada triângulo é metade de 2 quadradinhos, então:

A = 1 quadradinho + 4 quadradinhos = 5 quadradinhos.

Como a unidade de área é a de 1 quadradinho, então A = 5.

Indicando por **y** o comprimento do segmento **b**, a área é também dada por $A = y^2$, de onde se obtém $y^2 = 5$, que fornece o comprimento $y = \sqrt{5}$.

Segmento c

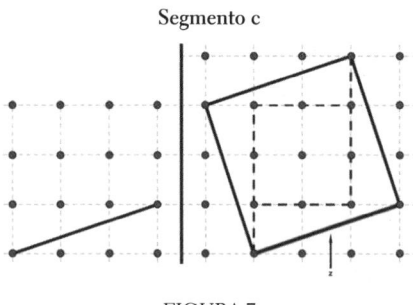

FIGURA 7

Novamente, é preciso ampliar a rede para que se possa construir o quadrado cujo lado seja o segmento **c**.

Vejamos a área do quadrado:

1. por decomposição: A = 4 quadradinhos + 4 triângulos = 4 quadradinhos + 6 quadradinhos = 10 quadradinhos

2. indicando o comprimento de **c** por **z**, temos $A = z^2$, de onde se encontra $z^2 = 10$, que implica ser $z = \sqrt{10}$.

Nota: O professor interessado em explorações poderá investigar os três resultados anteriores, $\sqrt{2}$, $\sqrt{5}$ e $\sqrt{10}$; principalmente os radicandos 2, 5 e 10. Verificará que crescem sucessivamente em 3 e 5, de onde ser plausível que o próximo aumento seja do ímpar 7, ou que o próximo radicando seja 10 + 7 = 17, e consequentemente o comprimento do segmento seja $\sqrt{17}$, e sucessivamente $\sqrt{26}$, e a credibilidade do padrão será obtida realizando as atividades seguintes.

Atividade

Descobrir o comprimento dos segmentos inclinados dados nas figuras sem utilizar o Teorema de Pitágoras e depois conferir, empregando-o.

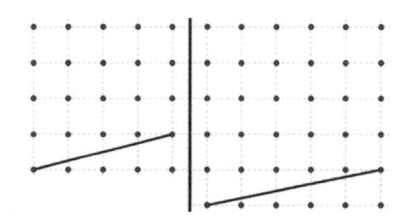

A.1.3 - Variante de A.1.2 com o emprego da Fórmula de Pick

A Fórmula de Pick, $A = F : 2 + I - 1$, fornece a área A de um polígono cujos vértices são pontos da rede, onde F é o número de pontos da rede pertencentes à fronteira (contorno) do polígono e I é o número de pontos da rede que são interiores ao polígono.

Ora, em A.1.2 calculamos, sempre por decomposição, a área do quadrado de lado dado pelo segmento inclinado; então essa área pode ser também calculada pela Fórmula de Pick. Assim, no segmento inclinado **a** (FIG. 5), temos $A = 4 : 2 + 1 - 1 = 2 + 1 - 1 = 2$, de onde segue que $x^2 = 2$ que fornece $x = \sqrt{2}$.

Para o segmento **b** (FIG. 6), temos por Pick $A = 4 : 2 + 4 - 1 = 2 + 4 - 1 = 5$, de onde se obtém o valor $y = \sqrt{5}$.

Observação: A Fórmula de Pick será estudada em outro capítulo.

A.1.4 - Propriedade dos lados de polígonos semelhantes

Propriedade: "A razão das áreas de dois polígonos semelhantes é igual ao quadrado da razão dos lados homólogos dos polígonos".

Infelizmente essa propriedade aparece poucas vezes nos livros didáticos e muito raramente é empregada em sala aula (cremos que devido à dificuldade de seu estudo). Contudo, a seguir fornecemos elementos para o ensino da propriedade.

<u>Descobrindo a propriedade para quadrados:</u>[2]

- Consideremos um quadrado de lado uma unidade; portanto, sua área será $A_1 = 1$;

FIGURA 8

- Construímos outro quadrado, agora de lado duas unidades, então sua área será $A_2 = 4$;
- Duplicamos (duas vezes maior) o lado, e a área quadruplicou (quatro vezes maior).

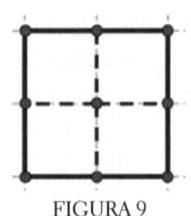

FIGURA 9

---

[2] Todos os quadrados são semelhantes entre si. Também todos os triângulos equiláteros são semelhantes entre si.

Razão das áreas $\rightarrow A_2 : A_1 = (4$ 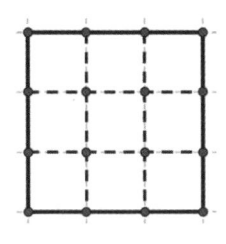$) : (1$ $ = 4 : 1$

$$= 2^2 : 1^2 = (2 : 1)^2$$

- Consideremos agora um quadrado de lado três unidades, portanto sua área será $A_3 = 9$;

- Triplicamos (três vezes maior) o lado, e a área ficou nove vezes maior.

FIGURA 10

Razão das áreas $\rightarrow A_3 : A_1 = (9$ $) : (1$ $) =$

$= 9 : 1 = 3^2 : 1^2 = (3 : 1)^2$

Nas duas comparações dos quadrados, encontramos: A *razão das áreas é igual ao quadrado da razão dos lados.*

Comparando a área do terceiro com a área do segundo, teremos:

$$A_3 : A_2 = (9 \blacksquare) : (4 \blacksquare) = 9 : 4 = 3^2 : 2^2 = (3 : 2)^2$$

e o mesmo fato se verifica.

- Consideremos um quadrado de lado uma unidade, portanto com $A_1 = 1$, e outro com o seu lado medindo x = 1,5 unidades;

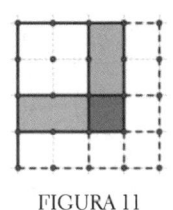

FIGURA 11

- A área fica ampliada de duas metades do quadrado mais um quadradinho, que é ¼ do quadrado de lado 1, então:

$$A_x = 1 \blacksquare + \text{ampliação} = 1 \blacksquare + 1 \blacksquare + (¼) \blacksquare = (9/4) \blacksquare$$

Comparando $\blacksquare A_x : A_1 = [(9/4) \blacksquare] : (1 \blacksquare) = (9/4) : 1 = (2,25) : 1$

$$= (1,5)^2 : 1^2 = (1,5 : 1)^2$$

Notável! Novamente tudo se confirma: A *razão das áreas dos quadrados é igual ao quadrado da razão dos lados.*

Descobrindo a propriedade para retângulos

Façamos um exemplo, considerando dois *retângulos semelhantes*, o primeiro 2 x 3 e o segundo 3 x 4,5. Eles preenchem a condição de semelhança desde que a razão de lados que se correspondem são proporcionais:

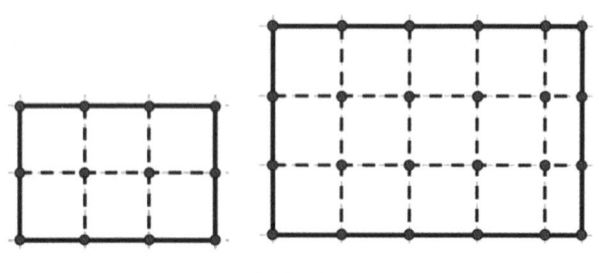

FIGURA 12

$$2 : 3 = 3 : 4,5$$

Área do 1° retângulo $A_{2x3} = 6$ ■.
Área do 2° retângulo: $A_{3x4,5} = 12$ ■ + 3 metades de ■ = 13,5 ■
Razão de lados homólogos $2 : 3 = 1 : 1,5$
Razão das áreas $A_{2x3} : A_{3x4,5} = 6$ ■ $: 13,5$ ■ $= 6 : 13,5 = 1 : 2,25 = (1 : 1,5)^2 =$ (razão de dois lados homólogos)^2

Conclusão parcial: A propriedade vale para retângulos!

> ## Mas será que a propriedade vale para triângulos equiláteros?

- Consideremos um triângulo equilátero de lado duas unidades e um triângulo de lado uma unidade.

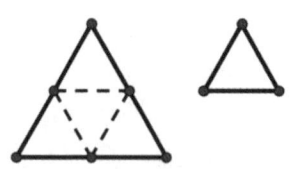

FIGURA 13

- Razão dos lados $L_2 : L_1 = 2 : 1$

- Razão das áreas tomando como unidade de área um triângulo unitário $A_2 : A_1 = 4\Delta : 1\Delta = 4 : 1 = (2 : 1)^2 = (L_2 : L_1)^2$

> ## Oba! Vale para estes dois triângulos equiláteros.

- Consideremos o triângulo de lado três e um de lado duas unidades.

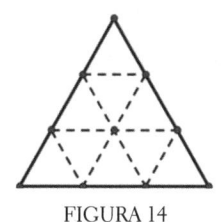

FIGURA 14

- Razão dos lados → $L_3 : L_2 = 3 : 2$;

Razão das áreas → $A_3 : A_2 = 9 \Delta : 4 \Delta$

$= 9 : 4 = (3^2 : 2^2) = (3 : 2)^2 = (L_3 : L_2)^2$

Ótimo! Também vale para estes triângulos equiláteros!

- Consideremos um triângulo de lado 2 e um triângulo de lado $1 + 1/3 = 4/3$;

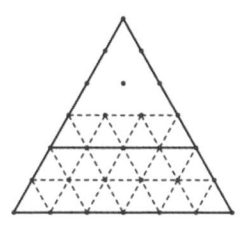

FIGURA 15

- Razão dos lados → $L_2 : L_{4/3} = 2 : (4/3) =$

$= 2 \times (3/4) = 6/4$ ou $3 : 2$

Área do segundo triângulo

$A_{4/3} = 1 \Delta + (7/9)\Delta = (16/9)\Delta$

Razão das áreas → $A_2 : A_{4/3} = (4\Delta) : (16/9)\Delta = 4 : (16/9)$

$= 4 \times (9/16) = 9/4 = 3^2 / 2^2 = (3/2)^2 = (L_2 : L_{4/3})^2$ (Beleza!)

Conclusão parcial: A propriedade é válida para triângulos equiláteros.

CONCLUSÃO

A razão das áreas de dois quadrados ou de dois triângulos equiláteros é igual ao quadrado da razão dos seus lados (e a razão das áreas de dois retângulos semelhantes é igual ao quadrado da razão de lados homólogos).

Lembretes

1. A propriedade é mais geral, valendo para áreas de polígonos semelhantes.

2. No espaço, a razão dos volumes de poliedros semelhantes é igual ao cubo da razão das arestas homólogas.

<u>Aplicando a propriedade</u>

1. Consideremos um quadrado de lado com comprimento **x** e um de lado unitário.

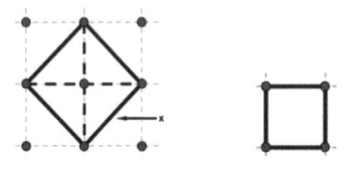

FIGURA 16

Razão das áreas = Quadrado da razão dos lados

$\rightarrow A_x : A_1 = (x : 1)^2 = x^2$ ou $A_x : A_1 = 2\ \blacksquare : 1\ \blacksquare = 2 : 1 = 2$

$\rightarrow x^2 = 2$ de onde $x = \sqrt{2}$

2. Consideremos um quadrado cujo comprimento do lado é **y** e um de lado **1**. Temos:

FIGURA 17

$A_y : A_1 = (y : 1)^2 = y^2$ ou

$A_y : A_1 = (1\ \blacksquare + 4$ metades de $(2\ \blacksquare : 1\ \blacksquare)$

$\qquad = (5\ \blacksquare) : (1\ \blacksquare) = 5 : 1 = 5$

$y^2 = 5$ de onde $y = \sqrt{5}$

3. Consideremos agora um quadrado de lado com comprimento **z** e um de lado **1**. Temos:

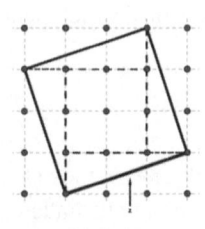

FIGURA 18

$$A_z : A_1 = (z : 1)^2 = z^2 \text{ ou}$$

$$A_z : A_1 = (4Aq + 4 \times 1{,}5Aq) : 1Aq$$

$$= 10Aq : 1Aq = 10 : 1 = 10$$

de onde $z^2 = 10$ e $z = \sqrt{10}$

4. Seja agora o segmento inclinado de comprimento **k** exibido na rede 3 x 4.

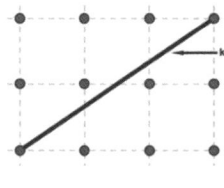

FIGURA 19

Para a construção do quadrado de lado com comprimento **k**, ampliamos a rede para 6 x 6.

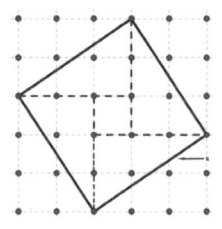

FIGURA 20

Novamente, comparamos a sua área com a área de um quadrado unitário: A_k : $A_1 = (k : 1)^2 = k^2$ ou

$$A_k : A_1 = (1Aq + 4 \text{ metades de } 6Aq) : (1Aq) = 13Aq : 1Aq = 13 : 1 = 13$$

$k^2 = 13$ de onde **k** $= \sqrt{13}$.

Nota: Seria adequado conferir com o Teorema de Pitágoras. Com a Fórmula de Pick temos A = F : 2 + I - 1 = 4 : 2 + 12 - 1 = 13, e decorre ser **k** $= \sqrt{13}$, que também confirma.

B - APLICANDO A PROPRIEDADE EM REDES ISOMÉTRICAS

Temos visto que a propriedade das áreas é válida para triângulos equiláteros; portanto podemos aplicá-la em situações análogas àquelas dos quadrados em redes quadrivértices.

1. Seja, numa rede triangular isométrica, um segmento *vertical* de comprimento **r** a ser determinado (pela propriedade).

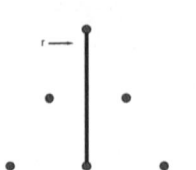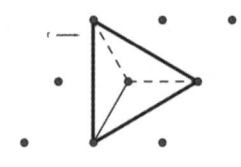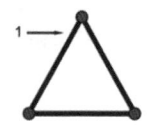

FIGURA 21

Construímos o triângulo equilátero de lado **r** e comparamos a sua área com a área de um triângulo unitário.

$T_r : T_1 = (r : 1)^2 = r^2$ ou $T_r : T_1 = $ (3 metades de $2T_1$) : $1T_1 =$

$= 3T_1 : 1T_1 = 3 : 1 = 3 => r^2 = 3$ de onde **r = $\sqrt{3}$**

2. Seja um segmento inclinado de comprimento **s** a ser determinado.

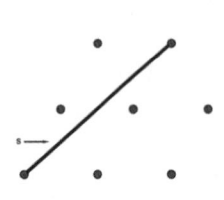

FIGURA 22

Ampliamos um pouco a rede triangular para construirmos o triângulo equilátero de lado com comprimento **s** e comparamos a sua área com a área de um triângulo unitário:

$T_s : T_1 = (s : 1)^2 = s^2$ ou $T_s : T_1 = $ (3 metades de $4T_1 + 1T_1$) : $1T_1$

$= 7T_1 : 1T_1 = 7 => s^2 = 7$, de onde **s = $\sqrt{7}$**

3. Seja um segmento inclinado de comprimento **t** a ser obtido.

Construímos o triângulo equilátero de lado **t**; para isso ampliamos a rede isométrica. Vamos então comparar as áreas por dois procedimentos: pela propriedade e pela análise geométrica do interior.

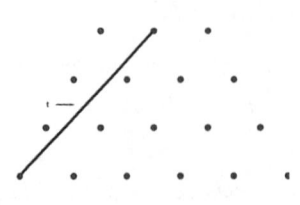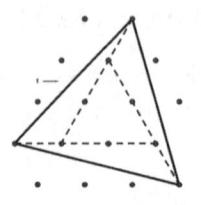

$T_t : T_1 = (t : 1)^2 = t^2$

ou $T_t : T_1 = $ (3 metades de $6T_1 + 4T_1$) : $1T_1 = 13T_1 : 1T_1 = 13$ $=> t^2 = 13$, de onde **t = $\sqrt{13}$**.

FIGURA 23

Nota: O leitor possivelmente está lembrado de nossa nota, logo no começo do capítulo, sobre a investigação dos comprimentos $\sqrt{2}$, $\sqrt{5}$ e $\sqrt{10}$ de segmentos em redes quadrivértices, que leva a inferir que os próximos são $\sqrt{17}$ e $\sqrt{26}$, desde que os aumentos sucessivos dos radicandos sejam 3, 5, 7 e 9. Ora, em redes triangulares isométricas encontramos os comprimentos $\sqrt{3}$, $\sqrt{7}$ e $\sqrt{13}$. Que tal realizar uma inferência análoga? Seria plausível conjecturar que o próximo segmento deve ser $\sqrt{21}$? O padrão é credível?

Atividade

Descobrir os comprimentos **s** e **t** anteriores usando como recurso a variante para a obtenção da área pela Fórmula de Pick.

Todavia, no caso de rede isométrica, deve ser empregada a extensão da fórmula dada por $A = F + 2(I - 1)$, onde A, F e I têm os mesmos significados (ver capítulo específico).

Assim, no cálculo do comprimento **r**, temos $A = 3 + 2(1 - 1) = 3$.

C - PERÍMETROS

C.1 - EM NÚMEROS INTEIROS E EM IRRACIONAIS

Toda poligonal aberta ou fechada simples, dada por lados não inclinados em relação à rede de pontos quadrivértice, tem o perímetro em número inteiro, como se observa na FIG. 24.

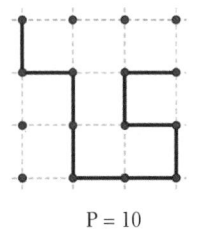
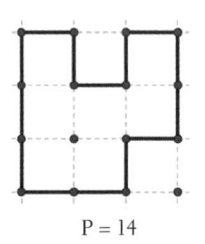

P = 10   P = 14

FIGURA 24

Todas as poligonais com algum lado inclinado em relação à rede de pontos têm perímetro irracional, como mostramos na FIG. 25.

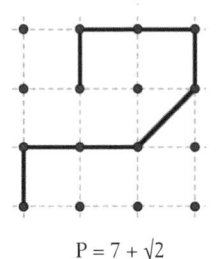

$P = 7 + \sqrt{2}$ $P = 5 + \sqrt{2} + \sqrt{5} + \sqrt{10}$

FIGURA 25

Sugestão: O professor pode organizar duas sucessões de atividades: uma fornecendo a poligonal e solicitando o perímetro, outra fornecendo o perímetro e pedindo a poligonal. Deve lembrar que o segundo tipo em geral permite mais de uma solução.

C.2 - IGUALDADE DE PERÍMETROS PARA ÁREAS IGUAIS?

É comum os alunos confundirem os dois conceitos ou então julgar que se duas figuras possuem áreas iguais, necessariamente os perímetros são iguais. Sugerimos o uso das atividades seguintes para o devido esclarecimento.

Atividade tipo I

1. Fornecer exemplos em rede 3 x 3 de poligonais fechadas simples com a mesma área 3 e perímetros diferentes.

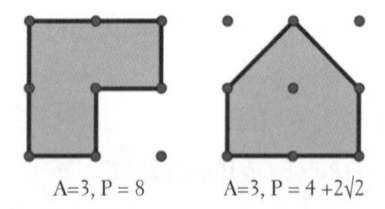

A=3, P = 8   A=3, P = 4 +2√2

2. Convidar os alunos à descoberta de exemplos em rede 4 x 4 com área 5 e perímetros diferentes.

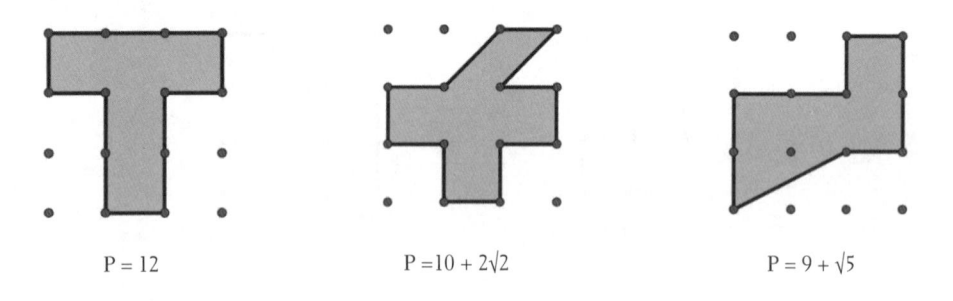

P = 12   P =10 + 2√2   P = 9 + √5

Atividade tipo II

1. Fornecer exemplos em rede 3 x 3 de poligonais fechadas simples com o mesmo perímetro (4 + 2√2) e áreas diferentes.

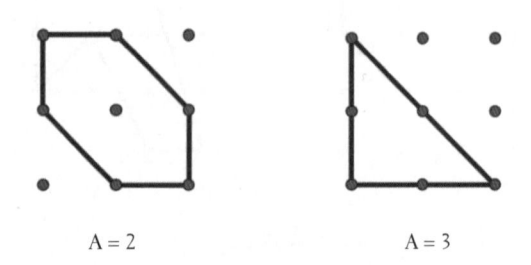

A = 2   A = 3

2. Incentivar os alunos a descobrirem exemplos em rede 4 x 4 com:

a) perímetros iguais a 12 e áreas diferentes;

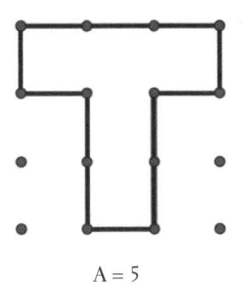
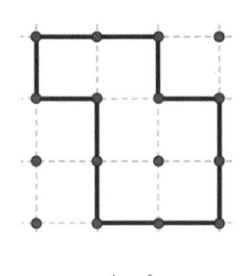
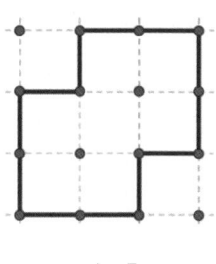

A = 5   A = 6   A = 7

b) perímetros iguais a $12 + \sqrt{2}$ e áreas diferentes;

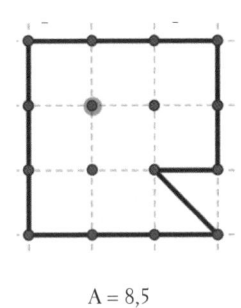
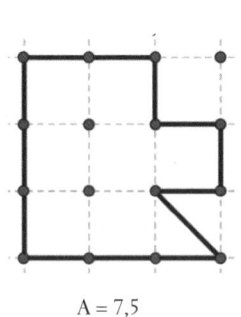
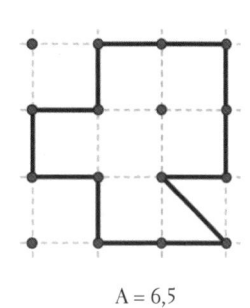

A = 8,5   A = 7,5   A = 6,5

Atividade de tipo especial

Mas, afinal, existem polígonos de formas diferentes com áreas iguais e perímetros iguais?

A resposta é sim! A seguir oferecemos três exemplos (a verdade é que existem muitos).

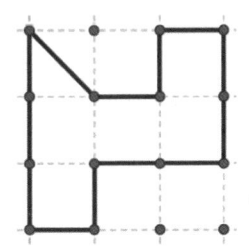
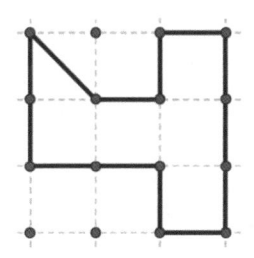
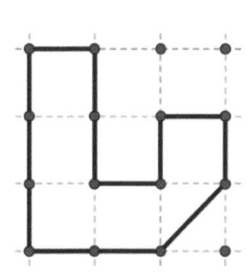

Todos com $A = 5,5$ e $P = 12 + \sqrt{2}$

FIGURA 26

C.3 - PERÍMETROS MÁXIMOS EM REDES N X N

C.3.1 – Em números inteiros

Considerando o que estudamos sobre comprimentos de segmentos, resulta que todo polígono com perímetro em número inteiro não pode ter lados inclinados.

a) rede 3 x 3

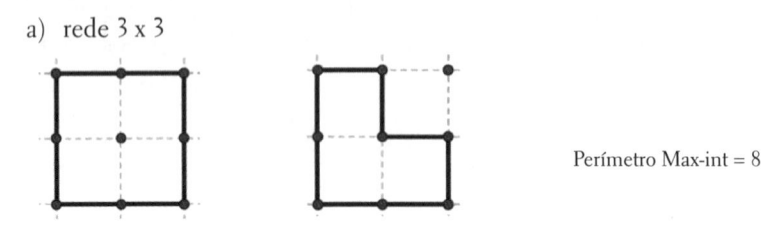

Perímetro Max-int = 8

FIGURA 27

Nota: Observe-se que não é possível empregar todos os pontos da rede, de onde Max-int = $3^2 - 1$.

b) rede 4 x 4

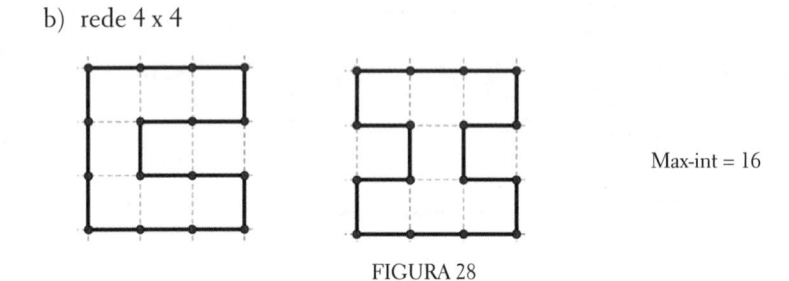

Max-int = 16

FIGURA 28

Nota: Todos os pontos da rede foram utilizados, de onde Max-int = 4^2.

c) rede 5 x 5

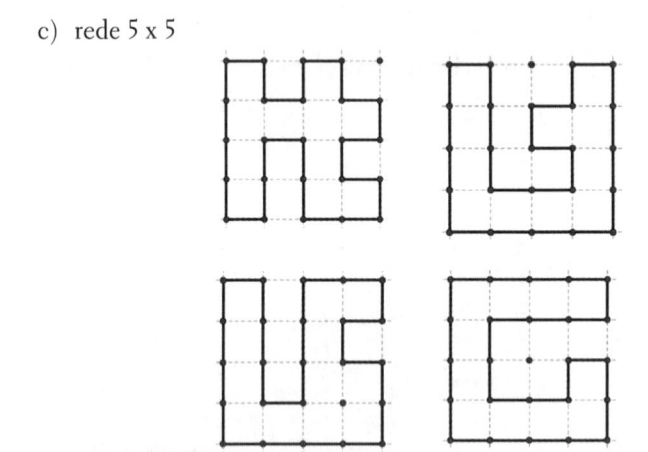

FIGURA 29

Nota: Novamente, sobra um ponto da rede, e não é possível usar todos; logo: Max-int = $5^2 - 1 = 24$.

d) rede 6 x 6

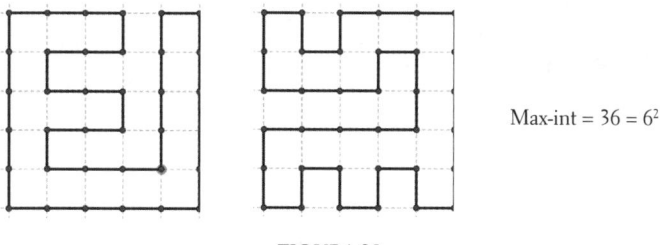

Max-int = 36 = 6²

FIGURA 30

<u>Explorando as observações anotadas</u>

1. Todo perímetro em número inteiro de qualquer poligonal fechada simples é um número par.

2. Em rede n x n temos: se n é par, então Max-int = n^2; e se n é ímpar, então Max-int = n_2 - 1.

C.3.2 - Em número irracional

As poligonais fechadas simples com perímetro irracional devem ter algum segmento inclinado em relação à rede de pontos, pois seu comprimento é irracional (soma de número inteiro com irracional é irracional, e soma números de irracionais é irracional).

a) rede 3 x 3

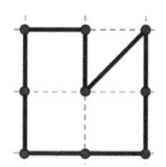

Perímetro Max-irra = 8 + $\sqrt{2}$ ≈ 9,4

FIGURA 31

Nota: Todos os pontos da rede foram empregados.

b) rede 4 x 4

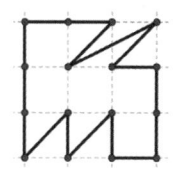 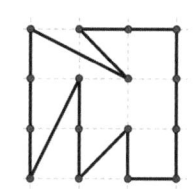

P = 11 + 4$\sqrt{2}$ + $\sqrt{5}$ ≈ 18,9   P = 12 + 2$\sqrt{2}$ + 2$\sqrt{5}$ ≈ 19,3

FIGURA 32

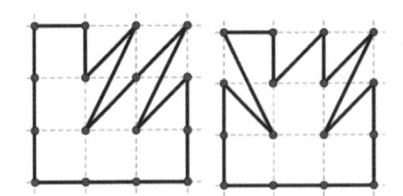

$$\text{Max-irra} = 10 + 4\sqrt{2} + 2\sqrt{5} \approx 20{,}1$$

FIGURA 33

c) rede 5 x 5

$P = 16 + 5\sqrt{2} + 2\sqrt{5} + 2\sqrt{13} \approx 34{,}8$

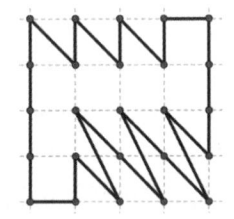

$P = 13 + 9\sqrt{2} + 3\sqrt{5} \approx 35{,}4$

FIGURA 34

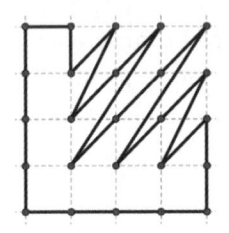

$$\text{Max-irra} = 12 + 9\sqrt{2} + 2\sqrt{5} + 2\sqrt{13} \approx 36{,}4$$

FIGURA 35

d) rede 6 x 6

Seria um destes dois polígonos dados a seguir o de perímetro Max-irra ou algum outro? Que tal descobrir?

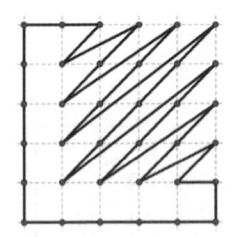 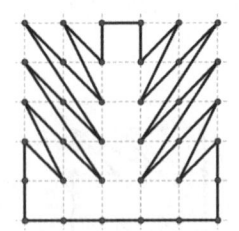

FIGURA 36

Comentário: Infelizmente não descobrimos uma estratégia completa e perfeita; apenas há alguns indícios de procedimentos:

1. Todo ponto da rede deve ser utilizado.

2. O número de parcelas do perímetro é sempre igual a n^2 (útil para verificação); sejam números inteiros, sejam irracionais. Assim, a solução Max-irra em rede 5 x 5 é dada por $12 + 9\sqrt{2} + 2\sqrt{5} + 2\sqrt{13}$, ou simplesmente $12 + 9 + 2 + 2 = 25 = 5^2$ segmentos. Observe-se que nas outras tentativas o mesmo acontece.

Lembrete: Os problemas de máximo perímetro possibilitam uma revisão da extração de raízes quadradas.

C.4 - UMA NOVA ATIVIDADE SOBRE PERÍMETROS

Ilustração 1

Seja a construção numa rede 4 x 4 de poligonais simples fechadas com perímetro $10 + \sqrt{2}$. Entendemos o perímetro composto de $10 + 1 = 11$ segmentos: 10 segmentos (horizontais ou verticais) e um inclinado; portanto devemos usar 11 pontos da rede. Contudo, numa rede 4 x 4 temos 16 pontos, então sobram $16 - 11 = 5$ pontos sem utilizar. Assim, todo polígono que não usar 5 pontos terá o perímetro solicitado.

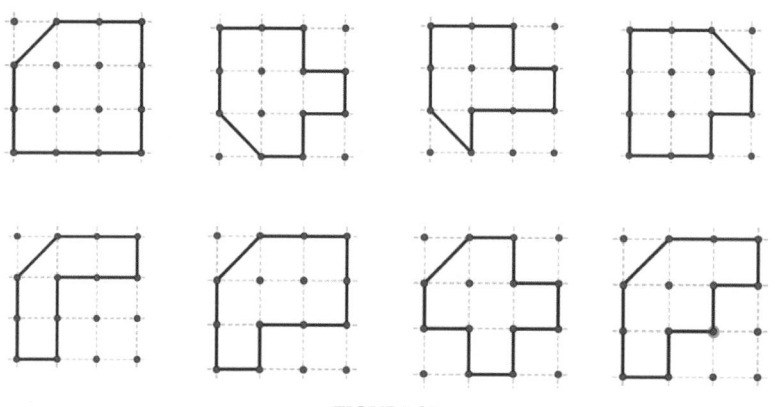

FIGURA 37

Ilustração 2

Construir poligonais fechadas simples em rede 3 x 3, todas com perímetro $3 + \sqrt{2} + \sqrt{5}$. Entendemos $3 + 1 + 1 = 5$ segmentos, sendo 3 não inclinados e 2 inclinados, ou que devemos usar 5 pontos da rede; e como a rede tem 9 pontos, resulta que $9 - 5 = 4$ pontos não devem ser empregados.

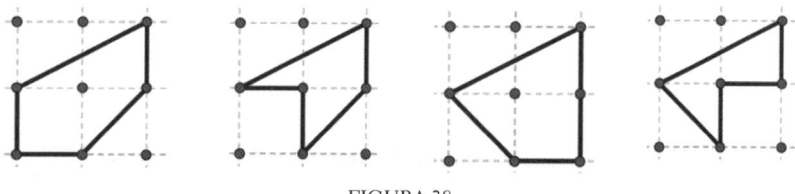

FIGURA 38

Ilustração 3

Construir polígonos simples em rede 3 x 4 com perímetros $2 + 3\sqrt{2} + \sqrt{10}$.

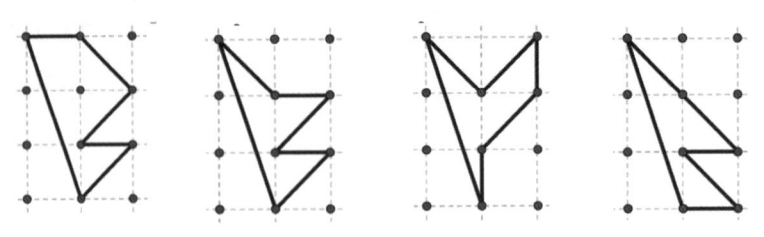

FIGURA 39

C.5 - ISSO VALERIA RECIPROCAMENTE?

Dada uma poligonal fechada, a ela corresponde um número **p** de pontos não utilizados igual à diferença entre o número de pontos da rede e o de segmentos da poligonal. A questão recíproca que se propõe é a seguinte: *separados quaisquer p pontos da rede, a eles corresponderá o mesmo perímetro?* A resposta é *não*. Basta exibirmos contraexemplo:

Perímetro $2 + 3\sqrt{2} + \sqrt{10}$)

Separemos 6 (em preto) dos 3 x 4 = 12 pontos, conforme as figuras dadas abaixo.

FIGURA 40

É *impossível* construir em qualquer das duas poligonais fechadas com o mesmo perímetro. Entretanto é *possível* construir poligonais fechadas com o mesmo número de segmentos (6 e 6).

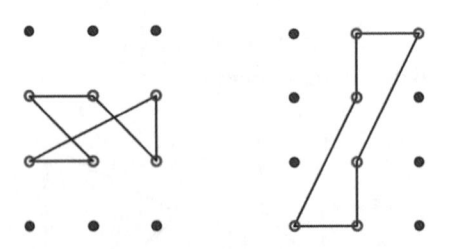

FIGURA 41

*

CAPÍTULO 5

FÓRMULA DE PICK: EXTENSÕES E APLICAÇÕES

A - INTRODUÇÃO

Estudamos no Capítulo 3 atividades para a obtenção de áreas de figuras (polígonos simples) com vértices em pontos. Usamos dois procedimentos:

a) contagem dos quadradinhos interiores ou suas partes;

b) contagem dos quadradinhos de um retângulo que envolve a figura e, em seguida, subtração da parte externa à figura.

Neste capítulo estudaremos um fácil e notável procedimento pelas suas aplicações educacionais, que consiste em contar pontos da rede:

a) os pertencentes à fronteira (contorno) da figura;

b) os interiores à figura.

Após essas duas contagens utilizamos uma simples fórmula denominada Fórmula de Pick, em homenagem ao seu criador. [3]

Parece-nos que o despertar da atenção de matemáticos se deve à obra de Coxeter (1961). [4]

Inicialmente vamos ilustrar como o professor do ensino fundamental pode, em sala de aula, orientar a sua descoberta por inferência plausível em redes quadrivértices; e então aplicá-la, em atividades educacionais, na busca das áreas de alguns polígonos.

No decorrer do capítulo sancionaremos a fórmula descoberta; para isso daremos três opções de demonstração, duas ao nível do ensino médio e de qualquer licenciatura.

B - DESCOBRINDO A FÓRMULA DE PICK

Indiquemos com F o número de pontos da rede pertencentes à fronteira (contorno, borda) do polígono com os vértices em pontos da rede; e com I o número de pontos da rede interiores ao polígono. Seja A a área do polígono, considerando cada quadradinho como unidade de área.

---

[3] Georg Alexander Pick, nascido em Viena (1859) e falecido em 1943 no campo de concentração de Theresienstadt. A fórmula foi publicada em 1889.

[4] Nessa obra, Coxeter cita tê-la encontrado no livro *Mathematical Snapshots*, de H. Steinhaus (1938).

O professor calcula junto com os alunos F e A de cada polígono seguinte.

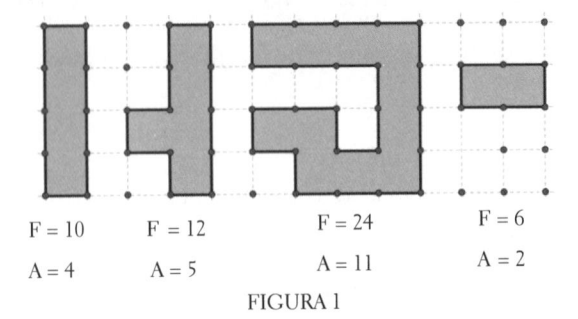

F = 10   F = 12   F = 24   F = 6

A = 4   A = 5   A = 11   A = 2

FIGURA 1

Então o professor indaga aos alunos: Existe algum cálculo simples com F que forneça A?

Resposta esperada: "Sim, dividindo-se F por 2 e subtraindo uma unidade".[5]

Nova pergunta: Será que o padrão de cálculo vale para polígonos que possuem lados inclinados? Vamos descobrir nos polígonos seguintes.

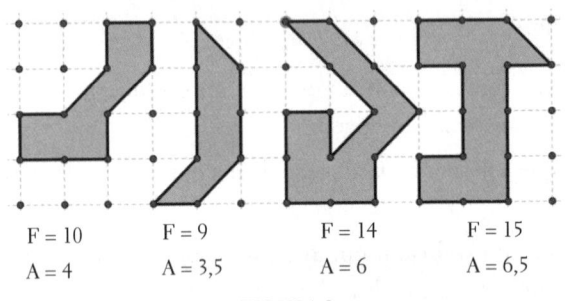

F = 10   F = 9   F = 14   F = 15

A = 4   A = 3,5   A = 6   A = 6,5

FIGURA 2

Respostas:

"Deu certo", "Funcionou".

Segue que a inferência plausível de dividir F por 2 e depois subtrair uma unidade é agora passível de *credibilidade*. O padrão é credível. Professores poderão tornar a inferência *bem credível* verificando o padrão em figuras bem especiais; claro, mantendo I = 0.

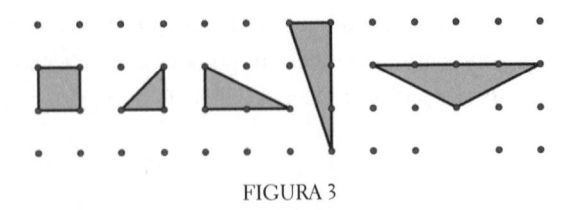

FIGURA 3

---

[5] Vários alunos poderão responder que no quarto polígono também basta dividir por 3. Explique-lhes que essa regrinha não serve para os outros.

B.2 - COM I =1

Pergunta do professor:

Será que descobrimos uma fórmula para calcular a área de todos os polígonos com vértices em pontos da rede? Vamos verificar na figura quadrada que possui um só ponto interior.

Pelo padrão, devemos ter A = 8 : 2 – 1 = 4 - 1 = 3, mas o correto é A = 4.

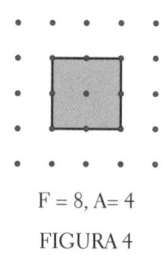

F = 8, A= 4

FIGURA 4

Que pena, não deu certo... Mas, calma! É melhor fazermos outros exemplos com I = 1 e investigar.

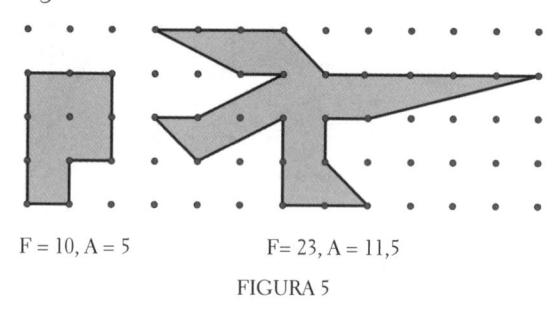

F = 10, A = 5   F= 23, A = 11,5

FIGURA 5

Os alunos logo descobrirão que nesses dois exemplos é suficiente dividir F por 2; essa regrinha é também aplicável ao polígono quadradão.

B.3 - COM I = 2

Analogamente, com polígonos com dois pontos interiores, como os das figuras seguintes, o professor conduzirá os alunos a descobrirem que a área pode ser encontrada dividindo-se F por 2 e depois adicionando 1.

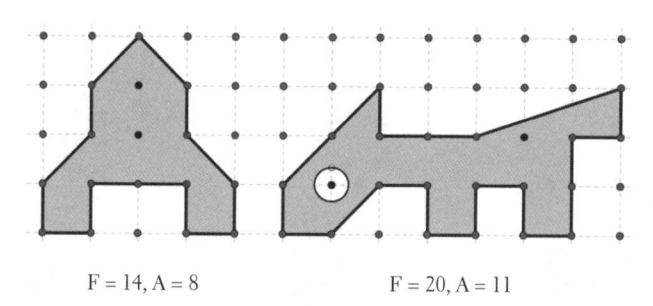

F = 14, A = 8   F = 20, A = 11

FIGURA 6

B.4 - COM I QUALQUER

Temos, pelos resultados anteriores, em resumo:

$$I = 0 => A = F : 2 - 1, I = 1 => A = F : 2, I = 2 => A = F : 2 + 1$$

e então novamente os alunos serão conduzidos a inferir que deve ser:

$$I = 3 => A = F : 2 + 2 \text{ e } I = 4 => A = F : 2 + 3$$

Portanto, em geral, para qualquer I temos A = F: 2 + (I - 1), que nada mais é que a famosa Fórmula de Pick:

$$A = \frac{F}{2} + I - 1$$

B.5 - APLICAÇÕES IMEDIATAS

1. Calcular as áreas das três figuras utilizando a Fórmula de Pick.

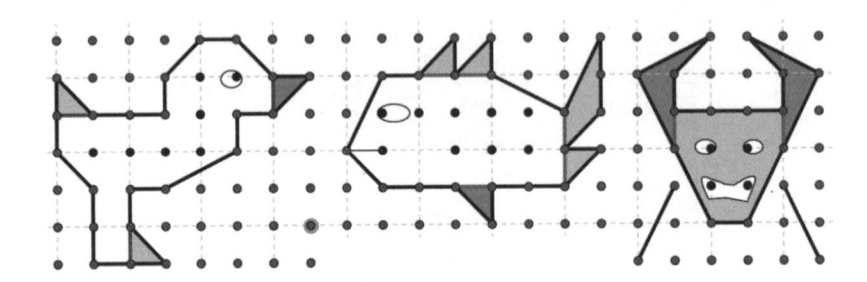

2. Construir polígonos simples em rede quadrivértice com área:

a) 3 unidades

A Fórmula de Pick fornece a área A = F/ 2 + I - 1, portanto com A = 3 temos F/2 = 4 - I ou F = 8 - 2 I

Uma vez que todo polígono tem F ≥ 3, encontramos 8 - 2 I ≥ 3, ou então 5 ≥ 2 I. Segue que I só assume os valores 0, 1 ou 2:

I = 0 => F = 8	I = 1 => F = 6	I = 2 => F = 4

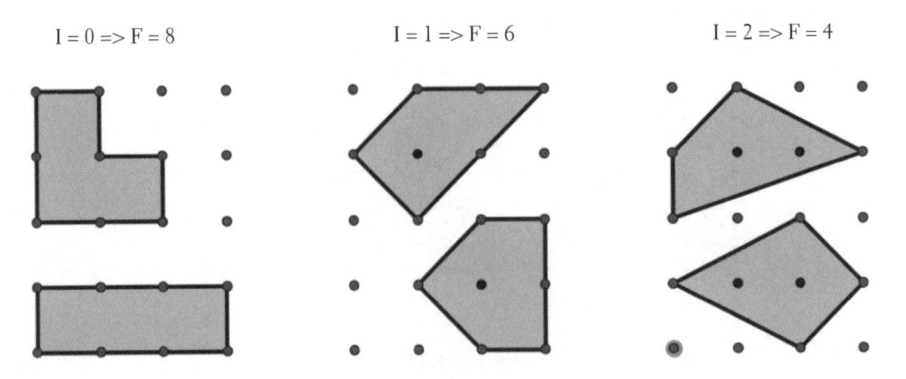

b) 5 unidades

Analogamente para A = 5 descobre-se que:

$I = 0 \Rightarrow F = 12, I = 1 \Rightarrow F = 10, I = 2 \Rightarrow F = 8,$

$I = 3 \Rightarrow F = 6$ e $I = 4 \Rightarrow F = 4.$

3. Dados 5 pontos A(3), B(12), C(7), D(27) e E(16) de uma rede quadrivértice, descobrir qual polígono simples, tendo esses pontos por vértices, tem maior área.

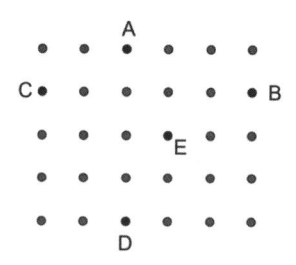

Nota: Para descobrir o polígono de maior área é preciso calcular as áreas para cada polígono, modificando a ordem dos vértices.

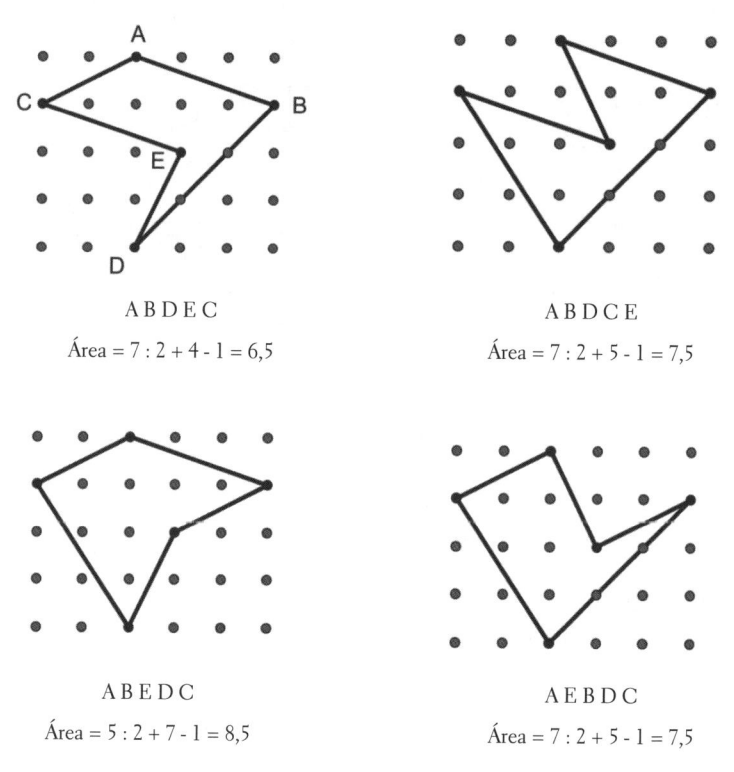

A B D E C
Área = 7 : 2 + 4 - 1 = 6,5

A B D C E
Área = 7 : 2 + 5 - 1 = 7,5

A B E D C
Área = 5 : 2 + 7 - 1 = 8,5

A E B D C
Área = 7 : 2 + 5 - 1 = 7,5

Observa-se que o polígono A B E D C é o de maior área; aliás, uma exploração rápida confirma a propriedade de que esse polígono é o que possui menor reentrância (ponta para dentro).

C - EXTENSÃO PARA REDE ISOMÉTRICA

Consideramos numa rede triangular isométrica a unidade de área dada pelo menor triângulo equilátero. Procedendo de forma análoga à que fizemos para rede quadrivértice, isto é, usando inferência plausível e credibilidade, pode-se conduzir os alunos à descoberta de uma extensão da Fórmula de Pick:

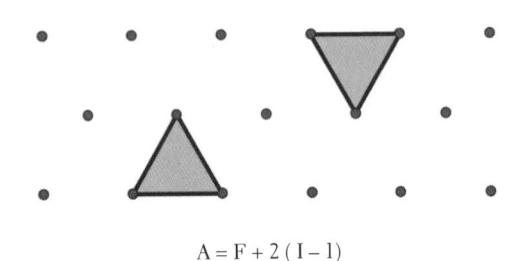

$$A = F + 2 (I - 1)$$

FIGURA 7

Ilustrações

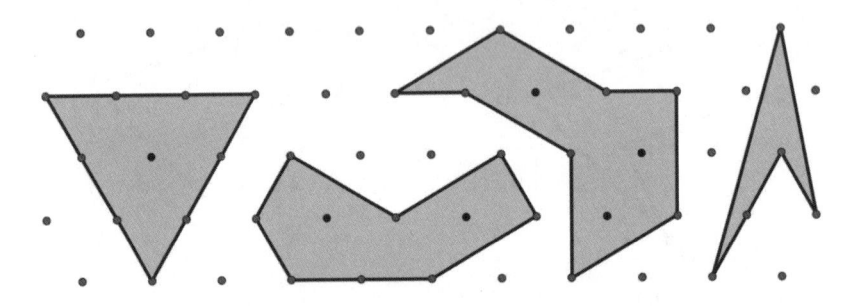

FIGURA 8

1) $F=9, I=1 \Rightarrow A=9+2(1-1)= 9$;
2) $F=8, I=2 \Rightarrow A=8+2(2-1)=10$;
3) $F=8, I=3 \Rightarrow A=8+2(3-1)=12$;
4) $F=5, I=0 \Rightarrow A=5+2(0-1)=3$.

Atenção: Experimente calcular diretamente as áreas e compare.

Curiosidade: Uma curiosa uniformidade entre as duas fórmulas em forma de uma só fração:

$$A_{triangular} = [F + 2(I - 1)]/1 \text{ e } A_{quadrivértice} = [F + 2(I - 1)]/2$$

de onde inferir que:

$A_{pentagonal} = [F + 2(I - 1)]/3$ e $A_{hexagonal} = [F + 2(I - 1)]/4$ (apenas correta se a fronteira do polígono tiver todos os seus lados com os extremos em pontos contíguos da rede).

D - POLÍGONOS COM "FUROS"

D.1 - EM REDE QUADRIVÉRTICE

Consideremos um polígono numa rede quadrivértice cujo interior contenha outros polígonos, os quais chamaremos "furos".

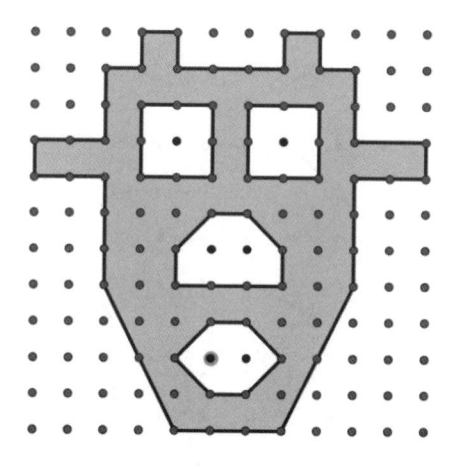

FIGURA 9

Estabeleçamos uma fórmula para a área interior ao polígono excluindo-se as áreas dos k furos e indicando:

A = área do polígono furado;

A^* = área do polígono (sem furos);

A_i = área do i-ésimo furo;

I_i = número de pontos interiores ao i-ésimo furo;

I = número de pontos interiores ao polígono furado;

I^* = número de pontos interiores ao polígono (sem furos);

F = número de pontos das fronteiras;

F^* = número de pontos da fronteira externa (sem furos);

F_i = número de pontos da fronteira do i-ésimo furo.

Temos $A = A^* - (A_1 + A_2 + ... + A_k)$; em consequência, por Pick, teremos $= (F^*/2 + I^* - 1) - \Sigma (F_i/2 + I_i - 1)$

Observando que $I^* = I + \Sigma F_i + \Sigma I_i$ e que $\Sigma 1 = k$ obtemos substituindo

$A = F^*/2 + I + \Sigma F_i + \Sigma I_i - 1 - \Sigma F_i/2 - \Sigma I_i + k$;

$= F^*/2 + I + \Sigma F_i/2 - 1 + k$; mas desde que $F = F^* + \Sigma F_i$ temos:

$$A = F/2 + I - 1 + k$$

que, em particular, é a Fórmula de Pick para k = 0 (polígono sem furos).

Ilustração

Na figura anterior, temos um polígono de k = 4 furos, com:

I = 14, F = 38 + 8 + 8 + 8 + 6 = 68

portanto A = 34 + 14 - 1 + 4 = 51.

<u>Investigando um caso curioso</u>

Como contar os pontos se houver estrangulamentos (pontos que são comuns a duas fronteiras)?

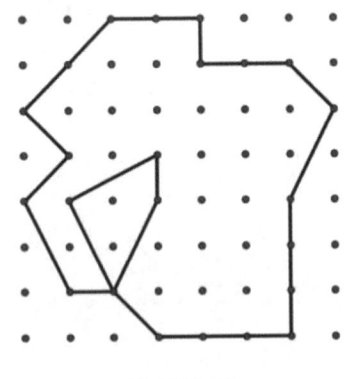

FIGURA 10

D.2 - REDE TRIANGULAR ISOMÉTRICA

Da mesma maneira, estabelece-se em rede triangular isométrica a área de polígonos com furos dada por:

$$A = F + 2(I - 1 + k)$$

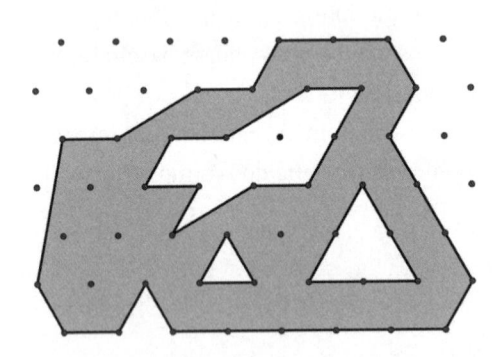

$$A = 41 + 2(5 - 1 + 3) = 55$$

FIGURA 11

Nota: Sugerimos realizar alguns exemplos com essa extensão e compará-los com o cálculo direto por contagem dos triângulos equiláteros unidades de área.

E - APLICAÇÕES A RELAÇÕES PITAGÓRICAS

A seguir será dada uma sucessão de aplicações da Fórmula de Pick à exibição educacional da existência de relações pitagóricas, quer em redes quadrivértices, quer em redes isométricas.

Variaremos os polígonos semelhantes construídos sobre os catetos e a hipotenusa dos triângulos retângulos, mas sempre tomando cuidado para que seus lados sejam homólogos na semelhança.

E.1 - REDE QUADRIVÉRTICE

E.1.1- Quadrados construídos sobre os lados de triângulo retângulo

a) triângulo retângulo isósceles

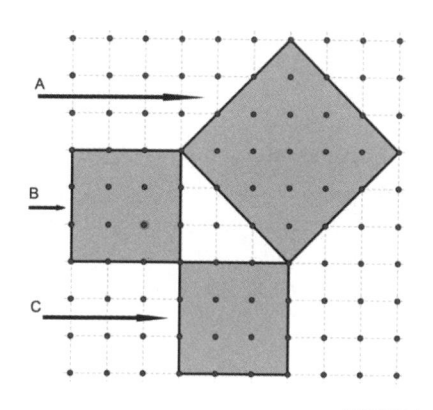

$$B = 12/2 + 4 - 1 = 9 +$$
$$\underline{C = 12/2 + 4 - 1 = 9}$$
$$A = 12/2 + 13 - 1 = 18$$

FIGURA 12

Conclusão: A área do quadrado construído sobre a hipotenusa é igual à soma das áreas dos quadrados construídos sobre os catetos.

b) triângulo retângulo escaleno

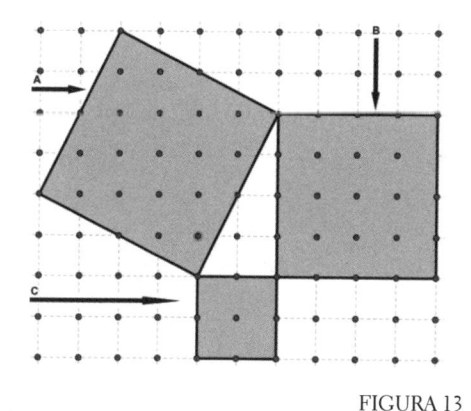

$$B = 16/2 + 9 - 1 = 16 +$$
$$\underline{C = 8/2 + 1 - 1 = 4}$$
$$A = 8/2 + 17 - 1 = 20$$

FIGURA 13

Conclusão: A mesma anterior.

E.1.2 - Retângulos construídos sobre os lados de triângulo retângulo

a) escaleno

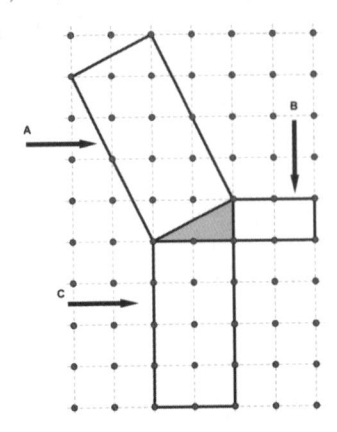

$B = 6/2 + 0 - 1 = 2 +$

$C = 12/2 + 3 - 1 = 8$

$A = 6/2 + 8 - 1 = 10$

FIGURA 14

Conclusão: A área do retângulo construído sobre a hipotenusa é igual à soma das áreas dos retângulos construídos sobre os catetos.

Condição: Os três retângulos devem ser semelhantes, e os lados homólogos precisam ser os lados do triângulo.

b) isósceles

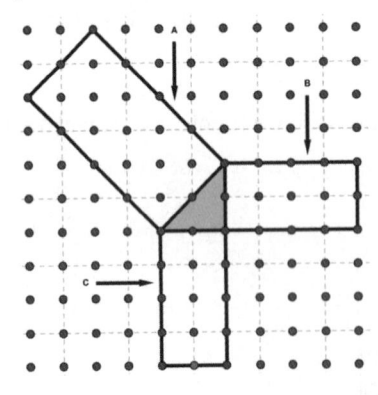

$B = 12/2 + 3 - 1 = 8 +$

$C = 12/2 + 3 - 1 = 8$

$A = 12/2 + 11 - 1 = 16$

FIGURA 15

Conclusão: A mesma anterior.

Respeitamos a semelhança dos retângulos e dos lados homólogos?

Cuidado! Vamos exemplificar.

Suponha-se que temos um triângulo retângulo de lados três, quatro e cinco unidades. Sobre eles construíram-se os retângulos de lados 3 x 6, 4 x 8, e 5 x 2,5. Todos são semelhantes, pois em todos o lado maior é o dobro do menor. Mas a área do retângulo construído sobre a hipotenusa é 12,5 unidades;

portanto *não é igual* à soma 3 x 6 + 4 x 8 = 50. Por que deveria ser 5 x 10 o retângulo da hipotenusa?!

O interessante é que para quadrados não nos referimos à condição. De fato está certo, todos os quadrados são semelhantes.

E.1.3 - Paralelogramos construídos sobre os lados de triângulo retângulo isósceles

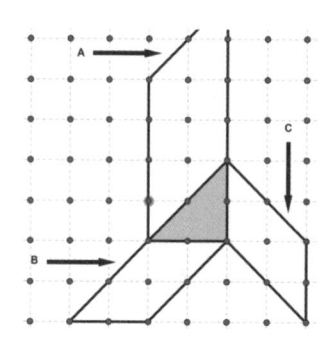

$$B = 8/2 + 1 - 1 = 4 +$$
$$\underline{C = 8/2 + 1 - 1 = 4}$$
$$A = 12/2 + 3 - 1 = 8$$

FIGURA 16

Conclusão: A área do paralelogramo construído sobre a hipotenusa é igual à soma das áreas dos paralelogramos construídos sobre os catetos.

Observação: Note-se que os paralelogramos satisfazem a condição de semelhança: possuem os mesmos ângulos, 45° e 135°, e a mesma razão de proporcionalidade entre o lado maior e o menor, igual a $\sqrt{2}$; além disso, é satisfeita a condição de lados homólogos: os menores são os lados do triângulo retângulo e os maiores poderiam ser os lados do triângulo retângulo; é o que faremos a seguir.

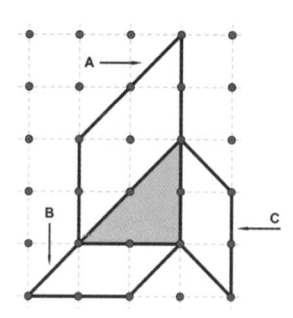

$$B = 6/2 + 0 - 1 = 2 +$$
$$\underline{C = 6/2 + 0 - 1 = 2}$$
$$A = 8/2 + 1 - 1 = 4$$

FIGURA 17

Conclusão: A mesma anterior.

Cálculo das razões (verificando-se a proporcionalidade dos lados):

Paralelogramos dos catetos:

Lado maior = 2 e lado menor = $\sqrt{2}$
Razão do maior para o menor = $2/\sqrt{2} = \sqrt{2}$

Paralelogramo da hipotenusa:

Lado maior = $2\sqrt{2}$ e lado menor = 2

Razão do maior para o menor = $2\sqrt{2}/2 = \sqrt{2}$

E.2 - REDE ISOMÉTRICA

E.2.1 - Triângulos equiláteros, hexágonos regulares e losangos construídos sobre os lados de triângulo retângulo

Convidamos o leitor a realizar atividades análogas de verificação da validade da relação pitagórica na FIG. 18.

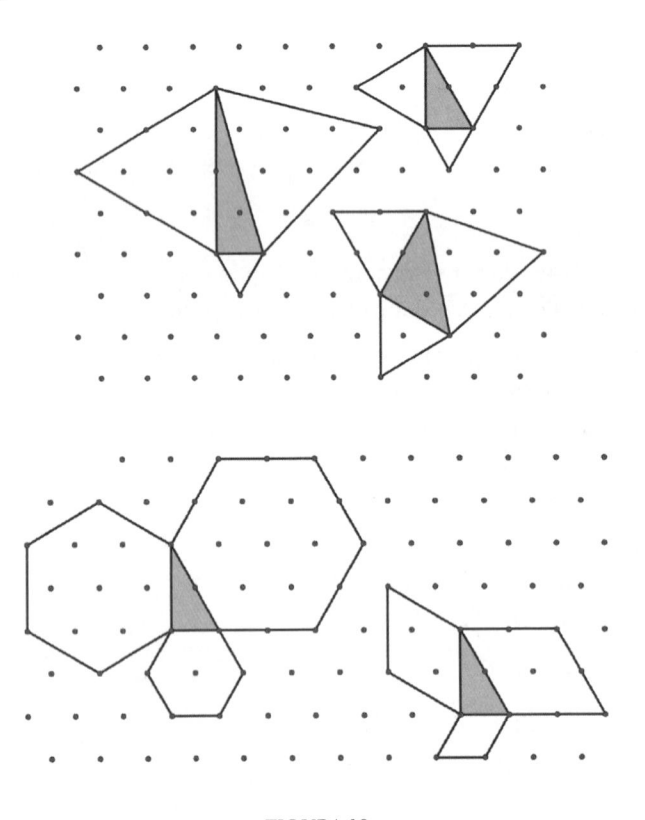

FIGURA 18

CONCLUSÃO GERAL

Em todas as figuras é verificada a relação pitagórica, e todas podem ser utilizadas para os alunos aceitarem a Generalização do Teorema de Pitágoras: *A área do polígono construído sobre a hipotenusa é igual à soma das áreas dos polígonos semelhantes construídos sobre os catetos, mas os lados comuns devem ser lados homólogos na semelhança.*

F - PROVANDO (+ OU -)!

Várias são as demonstrações que provam a Fórmula de Pick; vamos nos limitar a só três, porém daremos apenas a linha de ação, um esboço. Iniciaremos com uma noção da curiosa prova de Coxeter, que começa supondo-a conhecida, mostra que ela goza de aditividade e prova-a por indução.

F.1 - PROVA DE COXETER

Acoplemos dois polígonos da rede que possuam as ternas de elementos (F_1, I_1, A_1) e (F_2, I_2, A_2) de tal forma que tenham uma poligonal aberta simples com $n+2$ ($n \geq o$) pontos da rede em comum, sem remontar. Obtemos um novo polígono com:

$$A = A_1 + A_2; \ F = F_1 + F_2 - (n + 2) - n; \ I = I_1 + I_2 + n$$
$$\text{Temos } F : 2 + I - 1 = (F_1 + F_2 - 2n - 2) : 2 + (I_1 + I_2 + n) - 1$$
$$= (F_1 : 2 + I_1 - 1) + (F_2 : 2 + I_2 - 1)$$

Mas, se admitimos a Fórmula de Pick conhecida em particular, a igualdade anterior prova sua aditividade.

Iniciando com polígonos com poucos pontos na fronteira e poucos ou nenhum no interior (cuja validade já reconhecemos) podemos, por justaposição, acoplar sucessivamente outros polígonos, obtendo qualquer polígono da rede, e sempre a fórmula será válida.

F.2 - PROVA POR TRIANGULAÇÃO E EULER

Triangulemos todo o polígono, tendo os triângulos com os vértices nos pontos da fronteira e pontos interiores; mas sem cruzamentos de seus lados. Temos o número de regiões R igual ao número T de triângulos.

Utilizemos a Fórmula de Euler (para grafos planares sem contar a grande região) $R + N = A + 1$, onde A é o número de arestas (ou lados) e N o número de nós ou pontos (no caso $N = F + I$).

É óbvia a igualdade $3T = 2A - F$, pois os lados da fronteira não são comuns a dois triângulos. O que implica $A = (3T + F) : 2$.

Substituindo na Fórmula de Euler, obtemos: $T + F + I = (3T + F) : 2 + 1$; de onde $T = F + 2I - 2$; e como T (número de triângulos, fundamentais ou primitivos) é o dobro da área S em unidades de área (quadradinhos da rede), obtemos $2S = F + 2I - 2$, que implica a fórmula $S = F : 2 + I - 1$.

F.3 - PROVA POR DIFERENÇAS FINITAS[6]

Suponhamos a área A dada pela função a duas variáveis (número de pontos da fronteira e número de pontos interiores) $A(F; I)$. Temos:

---

[6] De autoria de Ruy Madsen Barbosa, coordenador do GGEP.

a) $A(F+1; I) = A(F; I) + \frac{1}{2}$

   (em qualquer situação)

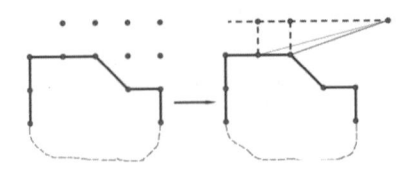

   ou $\Delta_1 A(F; I) = \frac{1}{2}$

FIGURA 19

b) $A(F; I + 1) = A(F; I) + 1$

   (em qualquer situação)

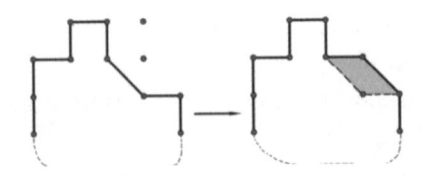

   ou $\Delta_2 A(F; I) = 1$

FIGURA 20

de onde as diferenças finitas de ordem superior são nulas.

Substituindo-se a) e b) na Fórmula Polinomial de Gregory-Newton a duas variáveis de diferenças finitas descendentes.[7]

$$P(x + x_o; y + y_o) = \sum_{i+j=o}^{n} \binom{x}{i}\binom{y}{j}\Delta_1^i\Delta_2^j P(x_o; y_o)$$

com $P(x_o; y_o) = A(3;0) = \frac{1}{2}$ (considerando portanto inicial um triângulo com três pontos na fronteira e nenhum ponto interior), encontra-se $A(F + 3; I + 0) = \frac{1}{2} + F / 2 + I$, e trocando-se F por F - 3 implica ser $A(F; I) = \frac{1}{2} + (F - 3) / 2 + I$, ou ainda $A(F; I) = F : 2 + I - 1$

G - INDICAÇÕES BIBLIOGRÁFICAS

ANDRADE, D. A Fórmula de Pick. *Boletim da Sociedade Paranaense de Matemática*, v. 9, p. 119-125, 1988.

BARBOSA, R. M. Inferência plausível e credibilidade: descoberta de padrões para a Fórmula de Pick. *Revista de Educação Matemática*, São Paulo: SBEM-SP, v. 5, n. 3, p. 81, 1997.

---

[7] Ver BARBOSA (1975, v. 2, p. 252-253).

DING, R.; KOLODZEICZIK, K., KEAY, J. A New Pick-Type Theorem on the Hexagonal Lattice. *Discrete Mathematics*, n. 68, 171-177, 1988.

FUNKENBUSH, W. W. From Euler's Formula to Pick's Formula Using an Edge Theorem. *The American Mathematical Monthly*, n. 81, p. 647-688, 1974.

GASKELL, L. L.; KLAMKIN, M. S., WATSEN, P. Triangulations and Pick's Theorem. *Mathematical Magazine*, v. 49, n. 1, p. 35-37, 1978.

LIMA, E. Como calcular a área de um polígono se você sabe contar. In: LIMA, E. *Meu professor de Matemática e outras histórias*. Rio de Janeiro: SBM, 1987. (Coleção Fundamentos da Matemática Elementar).

MARSHALL, A. C. Pick with Holes. *Mathematics Teaching*, n. 50, p. 67-68, 1970.

NIVEN, I.; ZUCKERMAN, H. S. Lattice Points an Polygonal Area. *The American Mathematical Monthly*, n. 74, p. 1195-2000, 1967.

VARBERG, D. E. Pick's Theorem Revisited. *The American Mathematical Monthly*, n. 92, p. 584-587, 1985.

TERCEIRA PARTE

CAMINHOS E RECOBRIMENTOS EM REDES QUADRIVÉRTICES

Cap. 6: *Caminhos e recobrimentos em redes quadrivértices*
Cap. 7: *Caminhos e recobrimentos em redes isométricas*

CAPÍTULO 6

CAMINHOS E RECOBRIMENTOS EM REDES QUADRIVÉRTICES

A - CONCEITOS BÁSICOS

Primeiramente vamos rever alguns conceitos geométricos básicos para o desenvolvimento das atividades.

A.1 - SEGMENTOS CONSECUTIVOS

Dois segmentos de reta são consecutivos quando possuem um extremo em comum e nenhum outro ponto em comum (FIG. 1). Na FIG. 2 temos exemplos de segmentos não consecutivos.

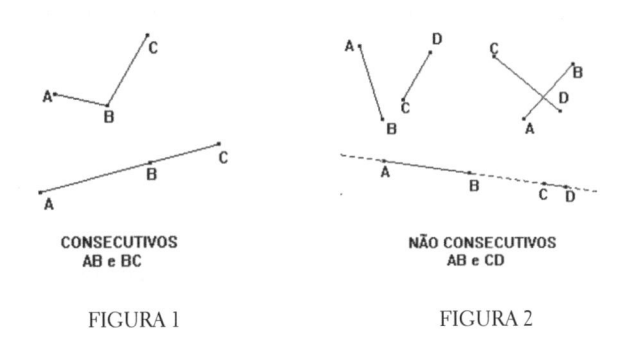

CONSECUTIVOS
AB e BC

NÃO CONSECUTIVOS
AB e CD

FIGURA 1

FIGURA 2

A.2 - POLIGONAL PLANA

Dado um conjunto de pontos de um plano, consideramos poligonal plana toda sucessão de segmentos consecutivos dois a dois, tendo por extremos pontos desse conjunto (FIG. 3). Observe-se que na FIG. 4 temos entes geométricos que não podem ser considerados poligonais.

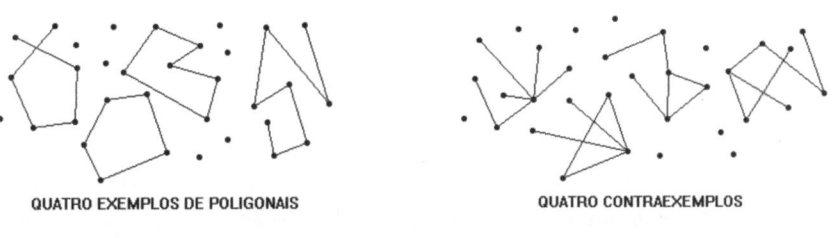

QUATRO EXEMPLOS DE POLIGONAIS

QUATRO CONTRAEXEMPLOS

FIGURA 3

FIGURA 4

Aos extremos dos segmentos damos o nome de vértices da poligonal, e os seus lados são os segmentos. Note que os vértices de toda poligonal são extremos de no máximo dois segmentos. Chamamos de ponto interno da poligonal a qualquer ponto pertencente a um dos segmentos que não seja vértice.

Uma poligonal é simples quando seus lados não se cruzam (FIG. 5). Caso contrário, ela é não simples (FIG. 6).

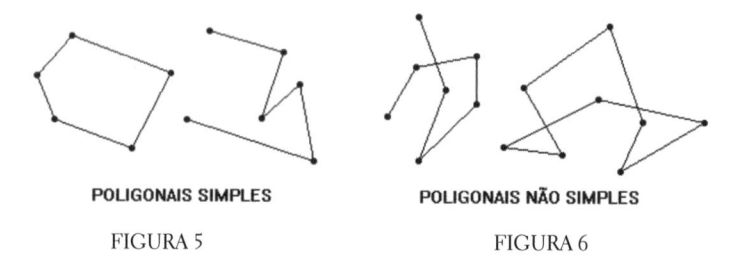

POLIGONAIS SIMPLES

FIGURA 5

POLIGONAIS NÃO SIMPLES

FIGURA 6

Os vértices da poligonal que são extremos de um único segmento são chamados extremos da poligonal. Uma poligonal é aberta quando possui dois extremos (FIG. 7). Caso contrário, é dita poligonal fechada, uma vez que não existe poligonal com um só extremo (FIG. 8).

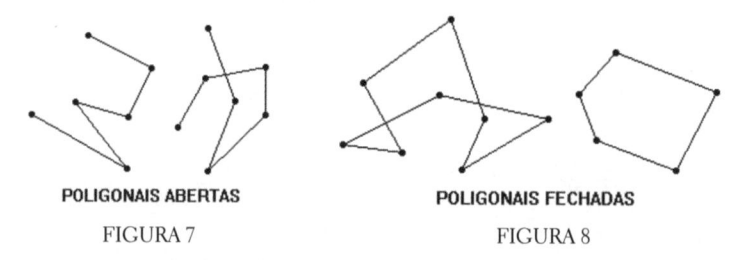

POLIGONAIS ABERTAS

FIGURA 7

POLIGONAIS FECHADAS

FIGURA 8

Vejamos um exemplo: a poligonal seguinte (FIG. 9) é simples e aberta. Os pontos A e H são os extremos da poligonal. Para representá-la, podemos usar a notação ABCDEFGH ou HGFEDCBA.

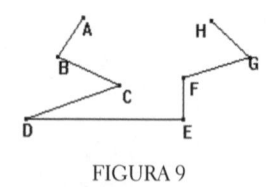

FIGURA 9

B - CAMINHOS E RECOBRIMENTOS

Dado um conjunto de pontos de um plano, denominamos *caminho* toda poligonal aberta simples cujos vértices e extremos pertençam a este conjunto. Por se tratar de uma poligonal aberta simples, o caminho possui dois extremos. Um é chamado ponto de origem, e o outro, ponto terminal (ou final).

Quando um caminho possui todos os pontos do conjunto dado, temos um *recobrimento*.

Portanto temos: um caminho de um conjunto de pontos é recobrimento se e só se todos os pontos do conjunto forem vértices do caminho. Em resumo, resulta que um recobrimento cobre todos os pontos do conjunto, além de não cruzar com ele próprio.

As atividades propostas neste capítulo são desenvolvidas apenas com recobrimentos. Usaremos redes quadradas 2 x 2, 3 x 3, 4 x 4 e maiores, e também redes isométricas 2 x 2x 2, 3 x 3 x 3 e 4 x 4 x 4 e maiores.

B.1 - RECOBRIMENTOS EM REDES QUADRADAS

Os pontos nas redes quadradas serão numerados conforme a FIG.10.

2 x 2   3 x 3   4 x 4   5 x 5

Para identificar o ponto de origem e o ponto terminal de um recobrimento, vamos estabelecer uma notação de ordem[8]. Por exemplo, observe o recobrimento na FIG. 11. Os extremos são 4 e 7, então o recobrimento terá a seguinte notação de ordem: 412365987, com 7 sendo seu ponto terminal. Agora, se considerarmos 7 como seu ponto de origem, temos outro recobrimento, dado por 789563214, seu recobrimento inverso (FIG. 13). Observe que as duas ordens não fornecem o mesmo recobrimento.

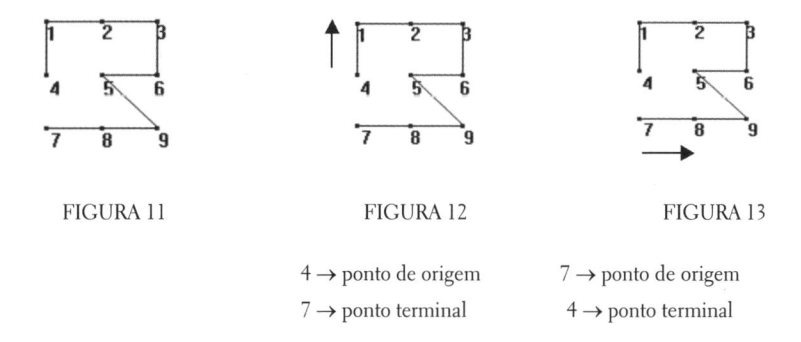

FIGURA 11   FIGURA 12   FIGURA 13

                         4 → ponto de origem   7 → ponto de origem
                         7 → ponto terminal   4 → ponto terminal

---

[8] A notação de ordem das redes quadradas 4 x 4, 5 x 5 ou maiores necessitam do uso de parênteses. O não uso desse artifício poderia gerar confusão ao tratarmos, por exemplo, do ponto 12 e do lado 12 da poligonal.

Veja um exemplo na rede 4 x 4.

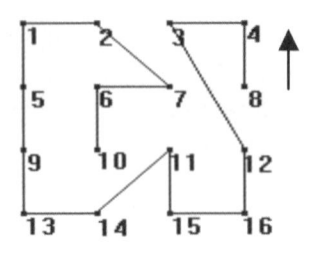
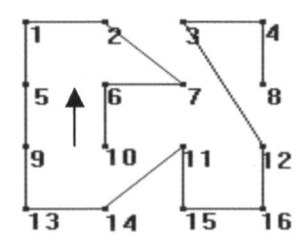

8 → ponto de origem

10 → ponto terminal

FIGURA 14

10 → ponto de origem

8 → ponto terminal

FIGURA 15

Disso tiramos a seguinte propriedade: *Se um recobrimento existe em uma determinada ordem, então o seu recobrimento inverso também existe.*

B.2 - CLASSES DE EQUIVALÊNCIA

B.2.1 - Aprendendo

Observe os seguintes recobrimentos.

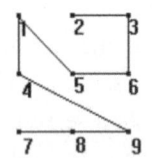
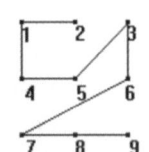

FIGURA 16

FIGURA 17

É fácil perceber que o segundo foi obtido através de uma reflexão vertical do primeiro. Porém, são recobrimentos diferentes, apesar de manterem uma mesma estrutura.

Continuando a refletir o primeiro recobrimento (FIG. 16), agora por um eixo horizontal, obtemos o recobrimento da FIG. 18.

Ainda é possível ter outro elemento com mesma estrutura (FIG. 19), obtido através da reflexão por um eixo vertical da FIG. 18 ou por rotação de 180°, no sentido horário, do recobrimento da FIG. 16.

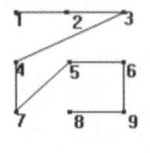
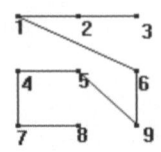

FIGURA 18

FIGURA 19

Agora, vamos analisar este outro recobrimento (FIG. 20). Perceba que o obtemos com uma rotação de 270° no sentido horário do recobrimento da FIG. 16.

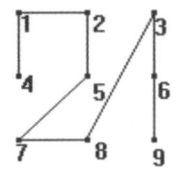

FIGURA 20

Com isso, exemplificamos o que iremos chamar de *classes de equivalência*: Se um recobrimento existe, podemos obter novos recobrimentos diferentes com mesma estrutura fazendo com ele reflexões horizontais e verticais e rotações de 90°, 180° e 270°. A esse conjunto de recobrimentos de mesma estrutura damos o nome de classes de equivalência.

Para verificar quantas e quais são as classes de equivalência, é necessário primeiro estudar quais são os possíveis pontos de origem. Em seguida, deve-se analisar quais seriam os próximos pontos a serem ligados, chegando assim a todas as possibilidades.

B.2.2 - Classes de equivalência para recobrimentos numa rede quadrada 2 x 2

A rede quadrada 2 x 2 é muito simples e pequena. Verifica-se sem problemas que são apenas duas as classes de equivalência. Cada uma possui quatro elementos, resultando em oito recobrimentos.

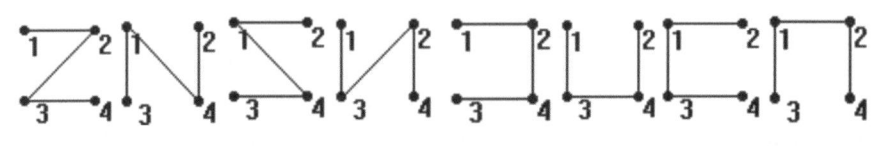

FIGURA 21

B.2.3 - Classes de equivalência para recobrimentos numa rede quadrada 3 x 3

É fácil entender que precisamos estudar apenas os recobrimentos que têm como ponto de origem 1, 2 ou 5. Percebemos isso ao fazer uma simples rotação no sentido horário.

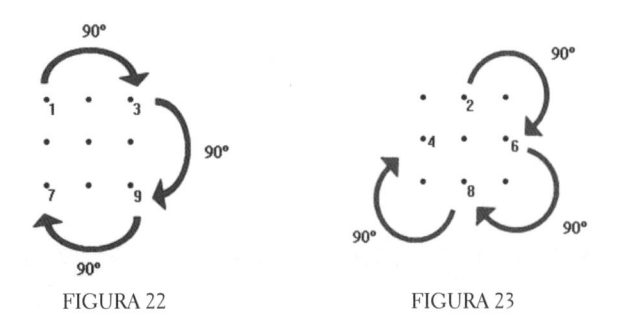

FIGURA 22   FIGURA 23

Ao estudar 1 como ponto de origem, não precisamos estudar os pontos 3, 7 e 9, já que se localizam numa posição de rotação (ou reflexão) do ponto 1 (FIG. 22), ou seja, todos estão num canto da rede. A ideia é a mesma para o ponto 2. Não precisamos estudar os pontos 4, 6 e 8, pois cada um deles é ponto médio de um lado da rede (FIG. 23).

Agora o ponto 5 está numa posição única: o centro. Ele deve ser analisado como ponto de origem (FIG. 24).

FIGURA 24

Vamos fazer primeiro a análise das classes de equivalência dos recobrimentos que têm como ponto de origem o 5. Percebe-se que o segundo ponto pode ser qualquer um dos oito restantes, a saber, 1, 2, 3, 4, 6, 7, 8 e 9.

Se escolhemos 1 para ser o segundo passo, podemos ter para terceiro tanto o 2 quanto o 4. Os outros pontos não podem ser escolhidos pois acabariam por "trancar" alguns pontos, ou ainda gerariam segmentos que se interceptariam, determinando uma poligonal que não é um recobrimento. Se escolhemos 2 para ser o segundo passo, temos como opção para terceiro os pontos 1 e 3.

Juntando esses resultados à análise para segundo passo com os pontos 3, 4, 6, 7, 8 e 9, temos as seguintes ordenações:

512	521	532	541	563	574	587	596
514	523	536	547	569	578	589	598

Continuando, verificamos que, por exemplo, para 512, o quarto ponto deve ser obrigatoriamente o 3, o quinto ponto deve ser o 6 e o sexto passo o ponto 9.

É fácil perceber que para as 16 ordenações apresentadas anteriormente, os pontos de posição 4, 5 e 6 são escolhas únicas. Com isso temos:

512369	521478	532147	541236	563214	574123	587412	596321
514789	523698	536987	547896	569874	578963	589632	598741

Observando 512369, temos a possibilidade de tomar o 4 ou o 8 como sétimo ponto. E isso se repete para todas as ordenações já encontradas, ou seja, para todas elas temos duas opções de sétimo passo. Assim:

5123694	5214783	5321476	5412367	5632147	5741236	5874123	5963214
5123698	5214789	5321478	5412369	5632149	5741238	5874129	5963218
5147892	5236981	5369872	5478961	5698743	5789632	5896321	5987412
5147896	5236987	5369874	5478963	5698741	5789634	5896327	5987416

Tomando como exemplo o recobrimento de início 5123694, percebemos que são duas as possibilidades de finalizá-lo: escolhendo para últimos pontos tanto 78 quanto 87. Porém, para algumas dessas 32 ordenações acontece de ter apenas uma maneira de finalizar o recobrimento. É o caso, por exemplo, das ordenações 5214783 e 5214789. Para a primeira temos obrigatoriamente de terminar com 69; para a segunda, terminamos com 63.

O leitor pode verificar que, para as ordenações cujo segundo passo é um ponto no "canto" (a saber: 1, 3, 7 ou 9), temos duas maneira de término. Já para as que possuem o segundo passo no ponto médio (a saber: 2, 4, 6 ou 8), existe apenas uma maneira de finalização.

Portanto temos 48 recobrimentos com ponto de origem 5. São eles:

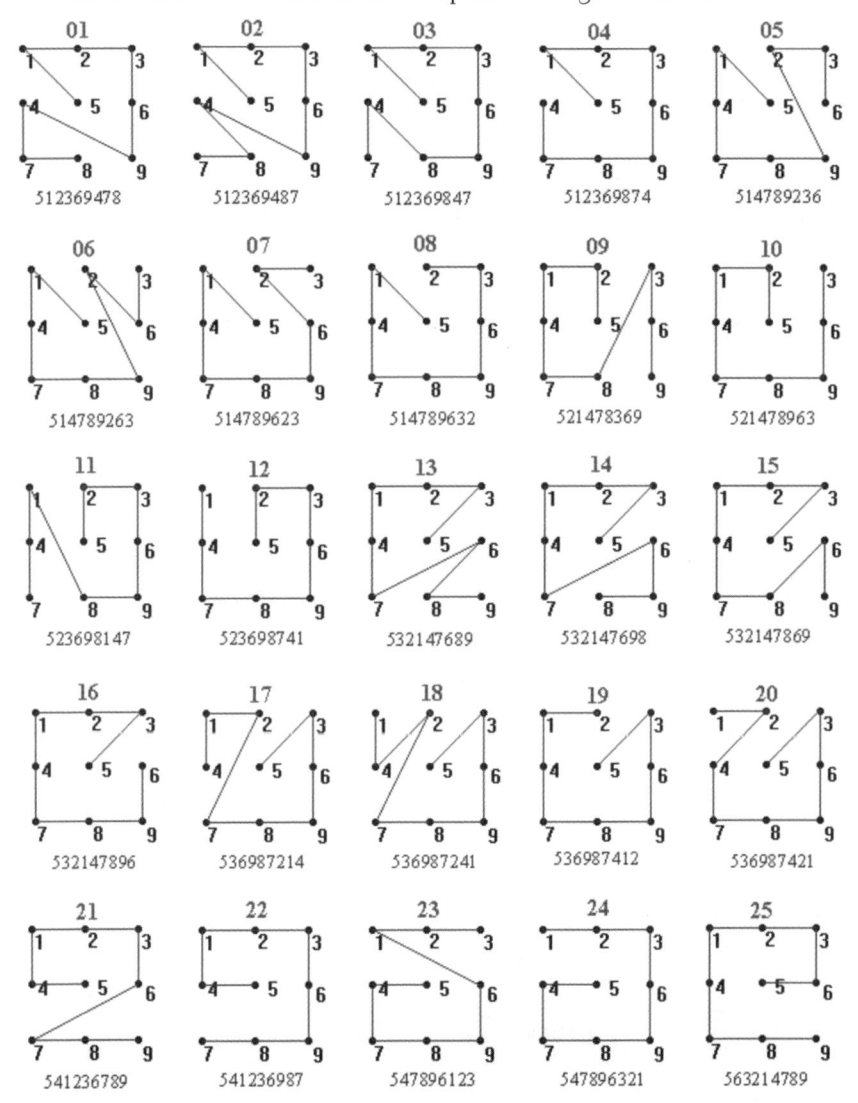

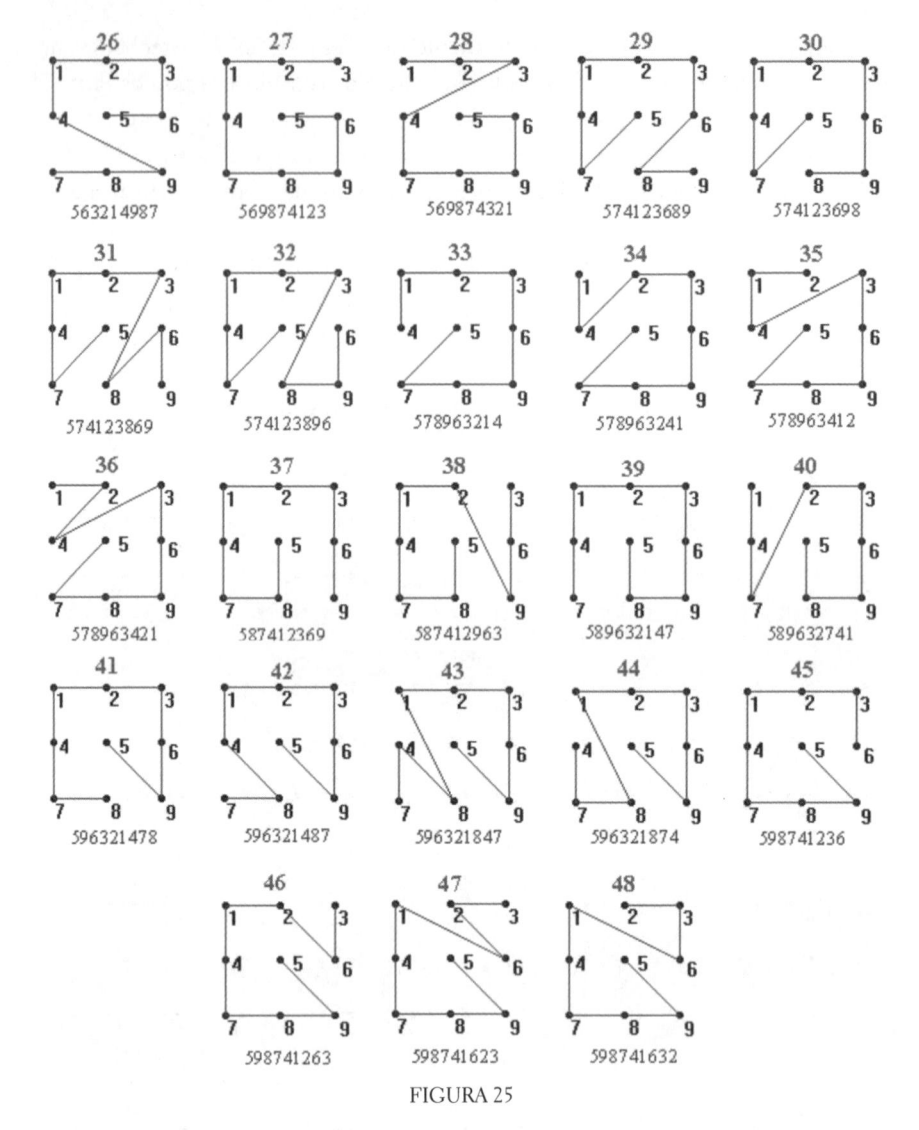

FIGURA 25

Ao observarmos esses 48 recobrimentos, percebemos que algumas estruturas se repetem. Por exemplo, os recobrimentos de número 17, 48 e 32, nessa ordem, são obtidos por rotação de 90º, 180º e 270º (em sentido horário) do recobrimento de número 01.

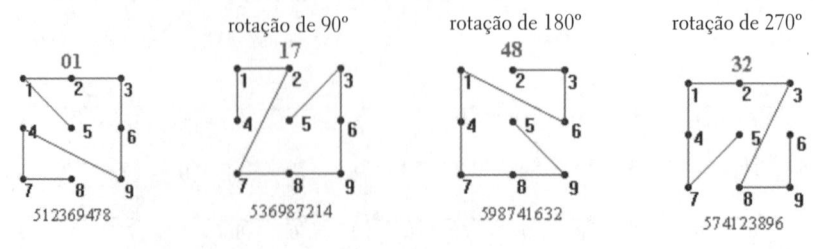

FIGURA 26

Podemos verificar ainda que essa estrutura aparece como se tivesse acontecido uma reflexão do recobrimento 01 por um eixo vertical. É o recobrimento número 14 (FIG. 27).

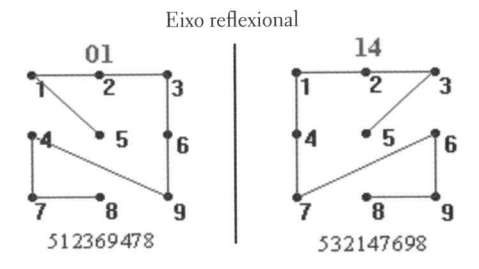

FIGURA 27

Temos ainda mais três recobrimentos com a mesma estrutura. São os de número 44, 35 e 05. Eles são obtidos, nessa ordem, ao se fazer rotações de 90°, 180° e 270° (em sentido horário) do recobrimento 14.

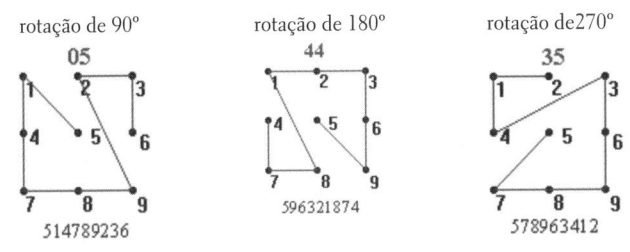

FIGURA 28

Assim, concluímos que, para os recobrimentos de início no ponto 5, são exatamente seis as classes de equivalência. Elas contêm oito elementos cada: o representante da classe, três obtidos por rotações deste, um obtido por reflexão e três obtidos por rotações deste último.

Chamando as classes de A_5, B_5, C_5, D_5, E_5 e F_5, seus representantes podem ser:

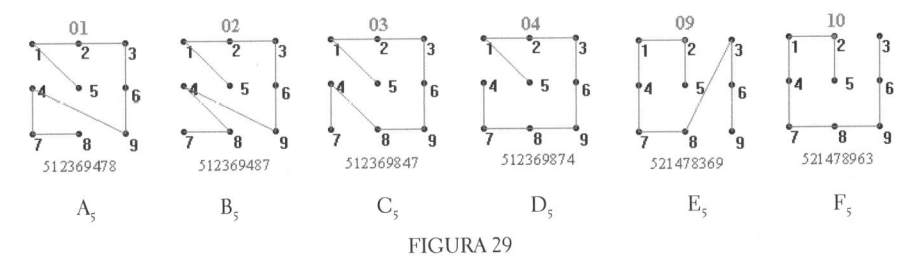

FIGURA 29

Observando essas classes de equivalência do 5, verificamos que quatro têm extremo num ponto do canto e duas têm extremo no ponto médio de um lado. Vamos, então, separá-las em dois conjuntos: $\{5,c\}$ e $\{5,m\}$, em que c significa ponto de canto, e m, ponto médio de um lado. O primeiro conjunto possui quatro elementos, e o segundo possui dois elementos.

Com isso, vamos mudar o nome das classes:

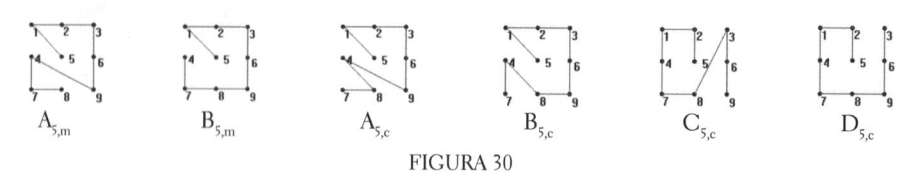

FIGURA 30

Fizemos a contagem de recobrimentos com ponto de origem 2 e obtemos um total de 72. Observamos que 16 deles têm extremo no ponto médio de um lado, 52 têm extremo num ponto de canto e quatro têm extremo no ponto central, o 5.

Separando as classes de equivalência do 2 agora em três conjuntos, temos: $\{2,5\}$ com duas classes, $\{2,c\}$ com 26 classes e $\{2,m\}$ com cinco classes.

No conjunto $\{2,5\}$ estão as classes $A_{5,m}$ e $B_{5,m}$, já estudadas.

As classes de equivalência do conjunto $\{2,m\}$ podem ser representadas por:

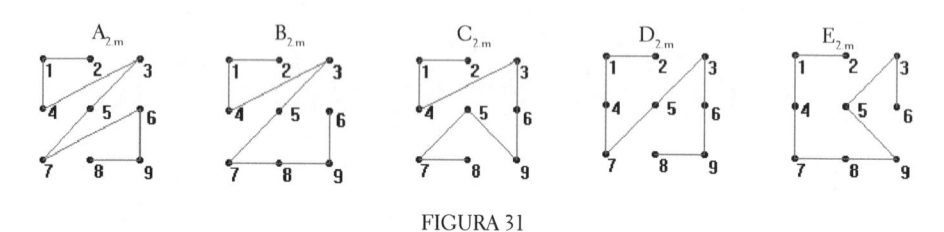

FIGURA 31

As classes do conjunto $\{2,c\}$ podem ser representadas por:

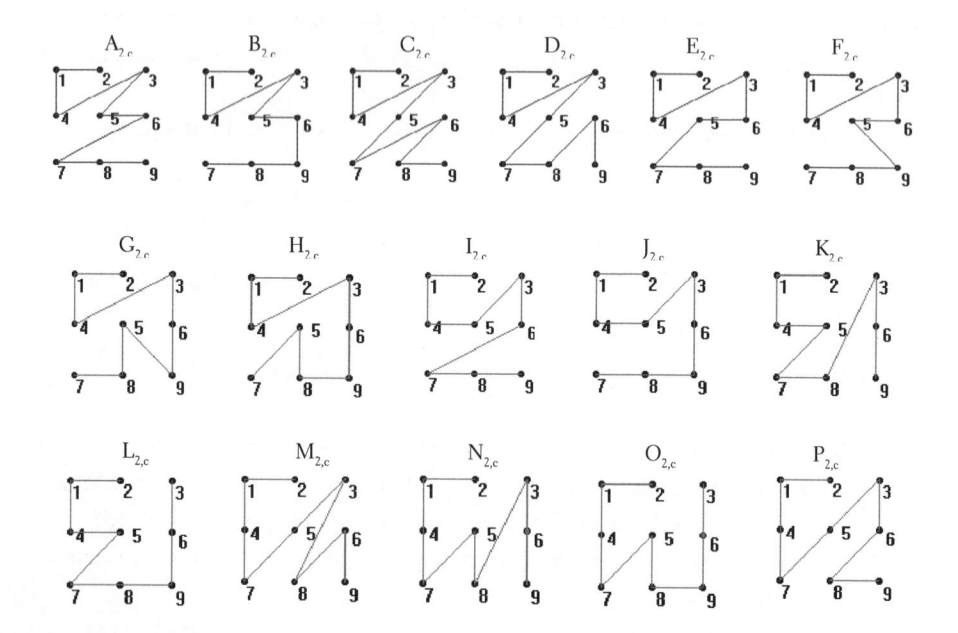

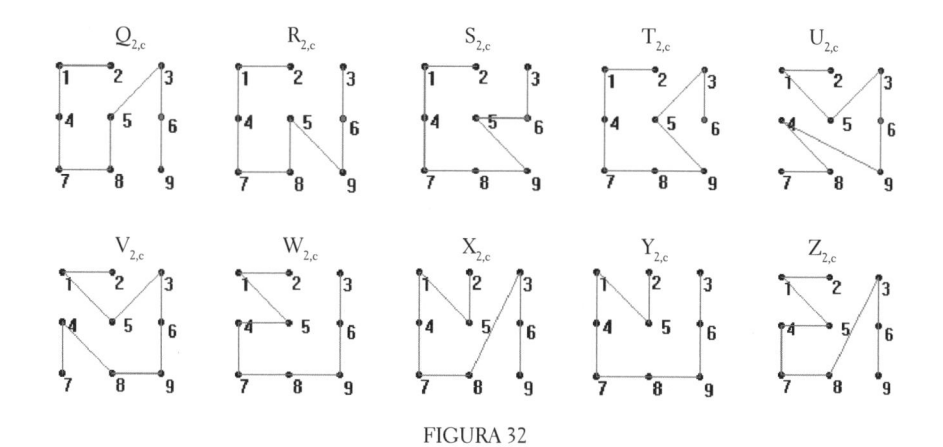

FIGURA 32

Realizamos a contagem de recobrimentos com ponto de origem no 1 e obtemos 148 elementos. Seguindo o mesmo raciocínio, separamos as classes de equivalência do 1 em três conjuntos: $\{1,5\}$ com quatro classes, $\{1,c\}$ com 24 classes e $\{1,m\}$ com 26 classes.

Os conjuntos $\{1,5\}$ e $\{1,m\}$ coincidem, respectivamente, com $\{5,c\}$ e $\{2,c\}$.

As classes do conjunto $\{1,c\}$ podem ser representadas por:

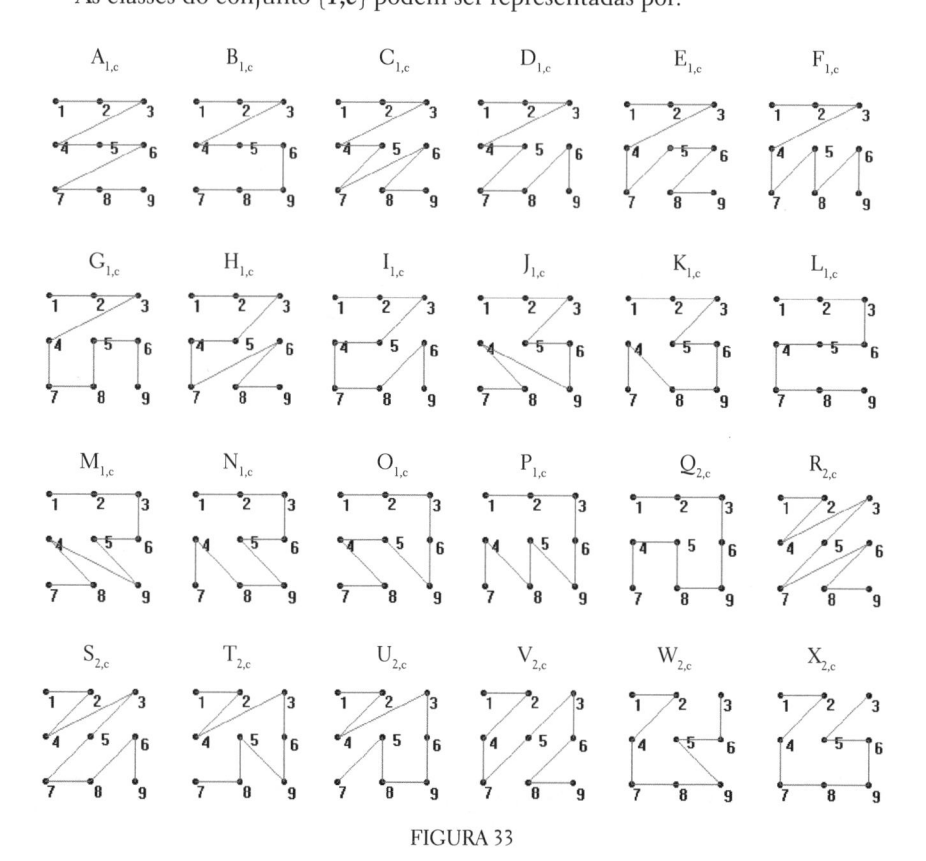

FIGURA 33

Concluímos, portanto, que existem 61 classes de equivalência de recobrimentos em rede quadrada 3 x 3. Todos os seus representantes podem sofrer rotações e reflexões.

Se realizarmos todas as transformações possíveis no representante de cada classe de equivalência aqui apresentada, teremos a *quantidade total de recobrimentos* admissível numa rede quadrada 3 x 3.

> **Se considerarmos a notação de ordem como fator que identifica a diferença entre dois recobrimentos, será que a quantidade acima dobrará?**

B.3 - UM PROCEDIMENTO ESTRATÉGICO

Fornecemos a seguir um procedimento para a obtenção de recobrimentos em redes 4 x 4 a partir de recobrimentos em redes 3 x 3 chamado de procedimento estratégico. Na verdade, descobrir todos os recobrimentos em 4 x 4 seria uma tarefa árdua (existem milhares!).

O leitor interessado poderá empregar o mesmo procedimento para fazer a transposição de recobrimentos 4 x 4 para 5 x 5 e assim por diante.

B.3.1 - Recobrimentos numa rede quadrada 4 x 4 ou maior

A rede quadrada 4 x 4 pode ser vista como um prolongamento da rede quadrada 3 x 3, com o acréscimo de sete pontos (quatro pontos na vertical e três pontos na horizontal).

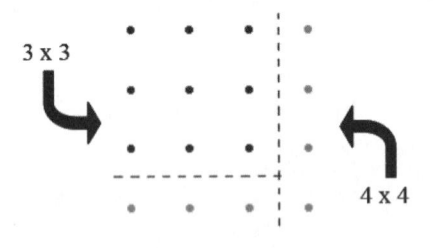

FIGURA 34

Assim, todo recobrimento já conhecido da rede 3 x 3 pode ser prolongado até se tornar um recobrimento de rede 4 x 4. Por exemplo:

a) usando apenas um ponto

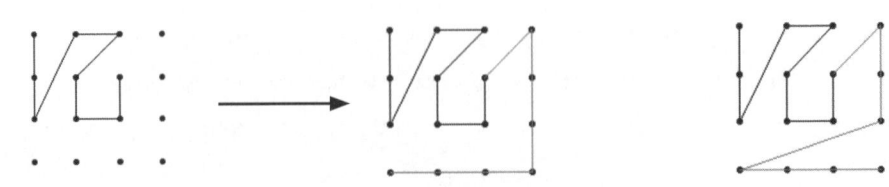

b) usando dois pontos

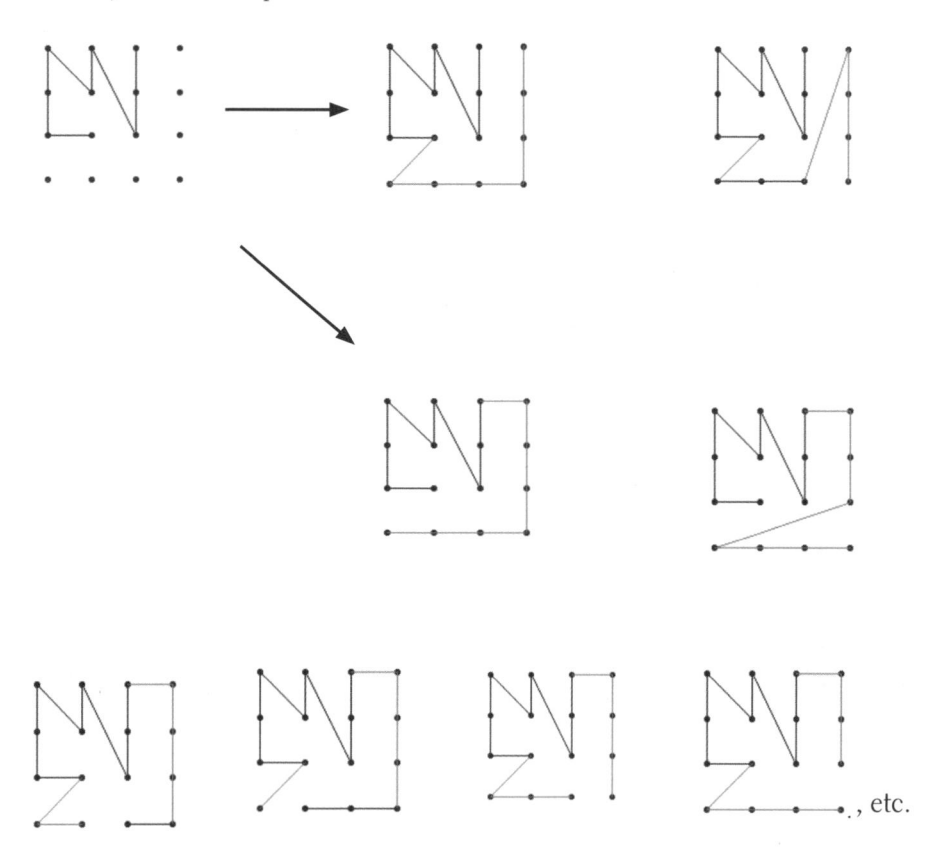

FIGURA 35

Isso já garante a existência de pelo menos 56 classes de equivalência.

Da mesma maneira, a rede 5 x 5 pode ser vista como um prolongamento da rede 4 x 4 e todo recobrimento em 4 x 4 pode ser prolongado até se tornar um recobrimento na rede 5 x 5, por exemplo:

a) usando apenas um ponto

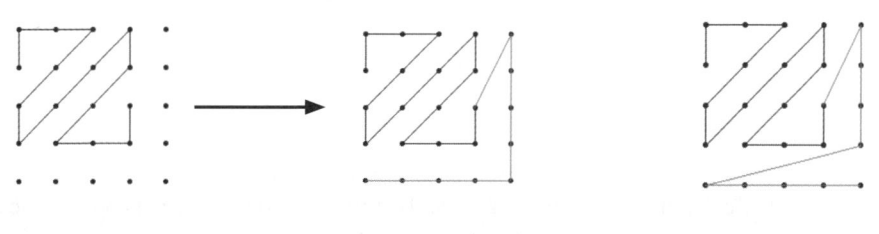

FIGURA 36

b) usando dois pontos

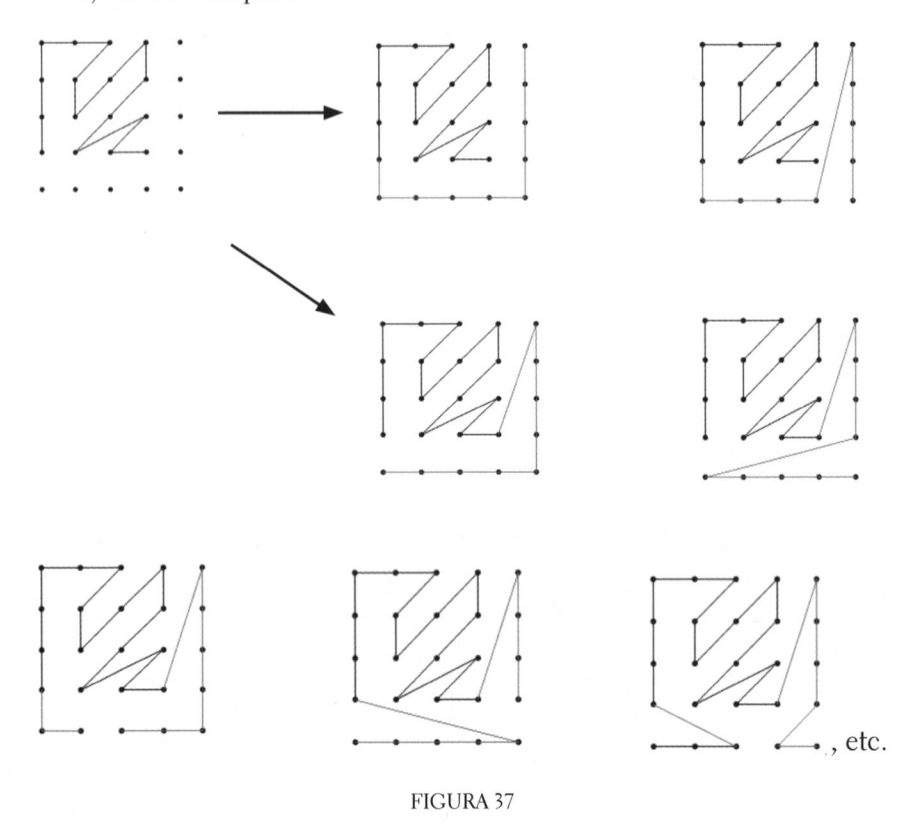

FIGURA 37

O estudo das classes de equivalência para rede quadrada 4 x 4 é feito a partir dos pontos 1, 2, e 6. Observar que, ao separar a rede 3 x 3 dentro da 4 x 4, esses são pontos que ficam exatamente na mesma posição 1, 2 e 5 daquela rede (FIG. 38).

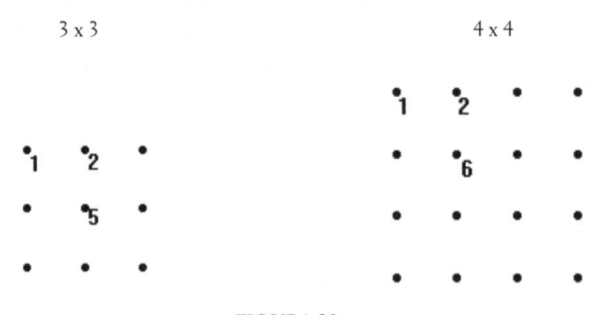

FIGURA 38

Para a rede quadrada 5 x 5, os pontos de estudo são 1, 2, 3, 7, 8 e 13. Para a rede 6 x 6 fazemos o estudo dos pontos 1, 2, 3, 8, 9 e 15 localizados na mesma posição dos pontos de estudo da rede 5 x 5 (FIG. 39).

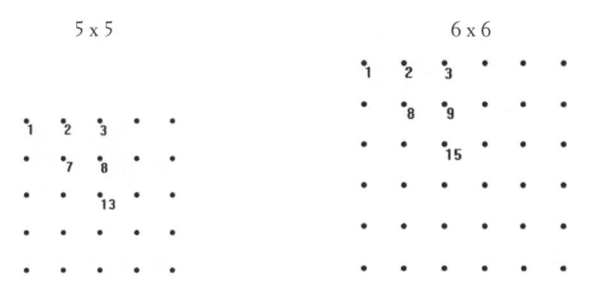

FIGURA 39

Essa análise vai ao seguinte resultado: para redes quadradas n x n, n∈IN, os pontos de estudo são os que pertencem à chamada *região fundamental*[9] do quadrado. Na FIG. 40, a região fundamental do quadrado ABCD é o triângulo retângulo AMO.

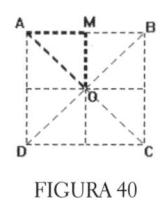

FIGURA 40

B.4 - CONTANDO RECOBRIMENTOS

Comentamos anteriormente que para descobrir a quantidade total de recobrimentos numa rede basta fazer todas as transformações geométricas possíveis nos representantes de cada classe de equivalência. Mas como saber se todas foram realizadas?

Ao analisar a rede quadrada 3 x 3 (e todas as outras redes quadradas), verificamos que ela pode ser transformada oito vezes. São elas: a própria rede, sua reflexão por um eixo vertical, as rotações de 90°, 180° e 270° e as respectivas reflexões verticais (FIG. 41).

o recobrimento	reflexão vertical	rotação 90°	refl. vert. rot. 90°
1 2 3	3 2 1	7 4 1	3 6 9
4 5 6	6 5 4	8 5 2	2 5 8
7 8 9	9 8 7	9 6 3	1 4 7

rotação 180°	refl. vert. rot. 180°	rotação 270°	refl. vert. rot. 270°
9 8 7	7 8 9	9 6 3	1 4 7
6 5 4	4 5 6	8 5 2	2 5 8
3 2 1	1 2 3	7 4 1	3 6 9

FIGURA 41

[9] Região fundamental: um bloco gerador de uma tesselação regular do plano (ver FIRBY; GARDINER, 1991, p. 154).

No entanto, na rede quadrada 3 x 3 existem diversos recobrimentos com simetria central, ou seja, uma parte dele (que vai até o ponto 5), ao ser rotacionada em 180°, coincide com a outra parte. Vejam quais são:

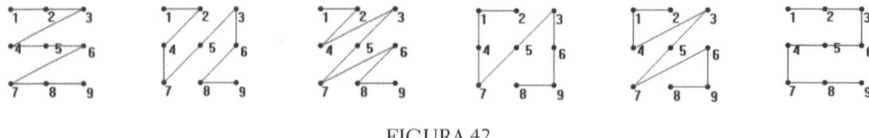

FIGURA 42

Nesses casos devemos tomar cuidado, pois ao realizarmos as oito transformações geométricas, apenas quatro serão válidas. Observe alguns exemplos:

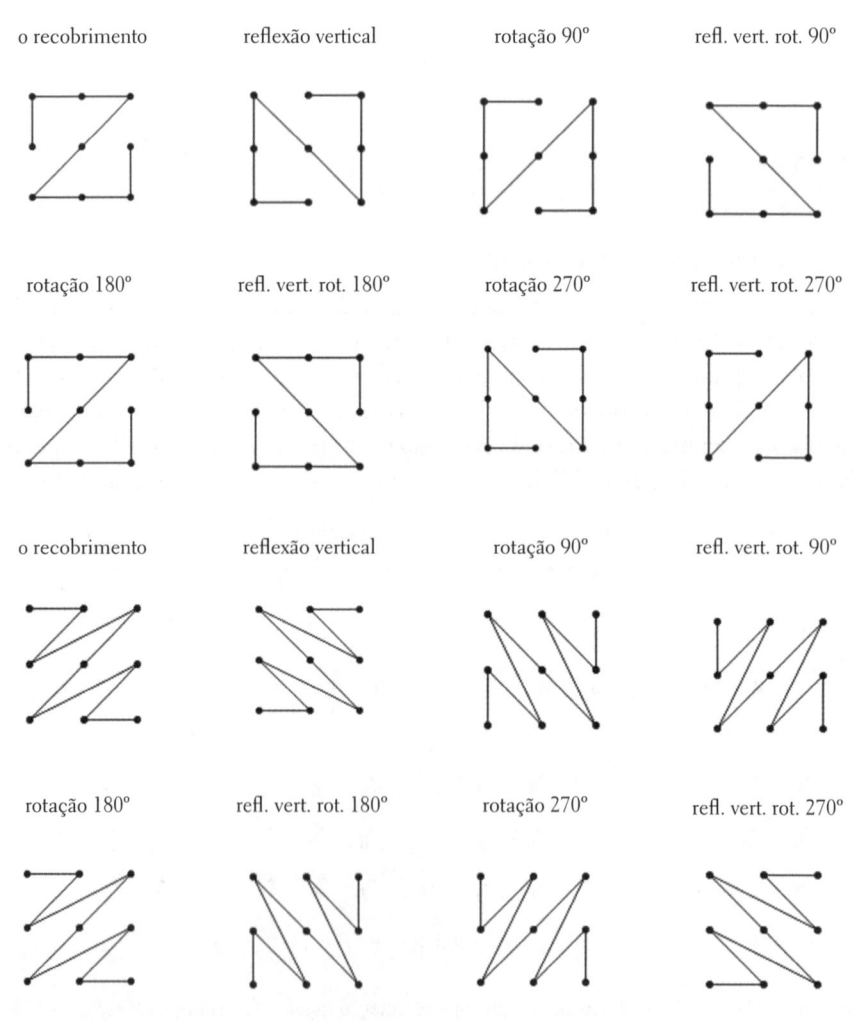

FIGURA 43

Existe ainda uma propriedade que diferencia recobrimentos: a notação de ordem. Não existem recobrimentos com simetria axial (que possuem eixo reflexional) nem outros casos a serem estudados.

Todo recobrimento tem duas notações de ordem: ida e volta.

Assim, ao tomarmos os recobrimentos representantes de cada classe de equivalência dessa rede (já conhecemos todos eles!) e fazermos essas oito transformações (ou quatro para os casos especiais), considerando também a notação de ordem, chegamos ao número total de recobrimentos!

TABELA 1

	Quantidade de classes	Transformações geométricas	Notação de ordem	Total
Com simetria central	6	4	2	48
Sem simetria central	55	8	2	880
TOTAL	61	–	–	928

Portanto, concluímos que a rede quadrada 3 x 3 possui 928 recobrimentos diferentes. Eles podem ser separados em classes de equivalência nomeadas por $\{c,c\}$, $\{c,m\}$, $\{m,m\}$, $\{5,c\}$ e $\{5,m\}$.

TABELA 2

	Quantidade de classes		Transformações geométricas		Notação de ordem	Total
	Sem simetria central	Com simetria central	Sem simetria central	Com simetria central		
$\{c,c\}$	20	4	8	4	2	352
$\{c,m\}$	26	0	8	0	2	416
$\{m,m\}$	3	2	8	4	2	64
$\{5,c\}$	4	0	8	0	2	64
$\{5,m\}$	2	0	8	0	2	32
TOTAL	55	6	–	–	–	928

C - ATIVIDADES

Atividade 1

Dê a notação de ordem dos seguintes recobrimentos:

a) 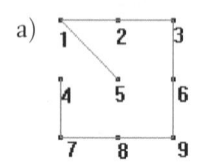   c) 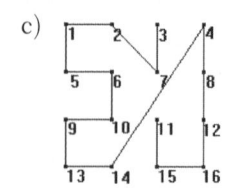   e)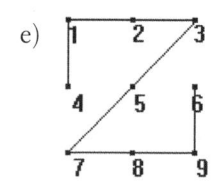

b) 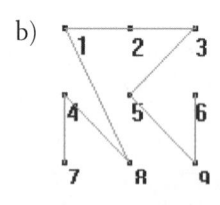   d)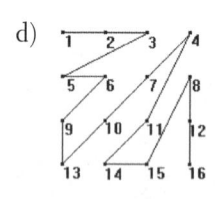

Dada dessa maneira, essa atividade sempre admite duas respostas, já que depende do ponto de origem considerado pelo aluno. Uma maneira de se obter uma única solução é o professor indicar a orientação do recobrimento, por exemplo, item e).

Observe que a solução do item a) pode ser 512369874 ou 478963215, mas no item e) a solução é única: 41235789.

Atividade 2

Faça no papel de pontos os recobrimentos dados pelas ordens seguintes:

- 3 x 3
    - a) 968753214
    - b) 236514987
    - c) 874951623

- 4 x 4
    - a) (6)(2)(1)(5)(9)(7)(3)(4)(8)(10)(13)(11)(12)(16)(15)(14)
    - b) (11)(16)(12)(8)(4)(3)(2)(7)(10)(15)(14)(13)(9)(5)(1)(6)
    - c) (5)(9)(6)(1)(2)(3)(4)(7)(10)(13)(14)(15)(16)(11)(8)(12)

Apesar de ser uma atividade bastante simples e com solução única para cada sequência, o professor poderá sugerir também sequências que não determinam recobrimentos para que os alunos identifiquem onde está a falha. Por exemplo, dada a sequência 634125987, é possível verificar que não representa um recobrimento, pois não se trata de uma poligonal aberta simples, como mostra a FIG. 44, já que os lados 25 e 34 se interceptam.

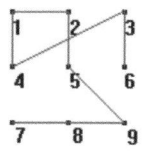

FIGURA 44

O professor também poderá fornecer um ou mais vértices do recobrimento, pedindo para que os alunos o completem. Veja nossa sugestão na Atividade 3.

Atividade 3

Complete as seguintes notações de ordem a fim de que se tornem recobrimentos.

- 3 x 3
    - a) 3 _ _ _ 9 _ _ _ _
    - b 4 _ _ _ _ _ _ _ 8
    - c) 6 _ _ 1 _ 5 _ _ _
- 4 x 4
    - a) (3) _ _ _ (8) _ _ _ _ _ _ _ _ _ _ _
    - b) (16) _ _ _ _ _ _ _ _ _ _ _ _ _ _ 2
    - c) (4)(7)_ _ _ _ (9) _ _ _ _ _ _ (14)_ (16)

Os alunos poderão encontrar diferentes recobrimentos que satisfazem a condição dada. Vejamos algumas soluções para o item a) da rede quadrangular 3 x 3.

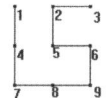 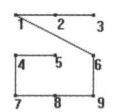 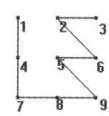 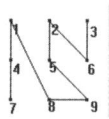

FIGURA 45

Nesse tipo de atividade, poderão ocorrer casos em que há um único recobrimento como solução. Por exemplo, a sequência 1 _ _ 6 _ _ 7 _ 9, cujo único diagrama possível está representado na FIG. 46.

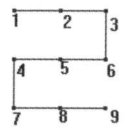

FIGURA 46

Ainda nesse tipo de atividade, o grau de dificuldade pode ser aumentado ao pedir que os alunos encontrem todos os recobrimentos possíveis, como sugerido na Atividade 4.

Atividade 4

Encontre todos os recobrimentos possíveis.

- 3 x 3
  a) 1 _ 7 _ _ _ _ 9 _
  b) 12 _ 6 _ _ _ 7_
  c) _ 5 _ _ 4 _ _ _ 8
  d) _ 9 _ 3 _ _ _ 7 _

- 4 x 4
  a) (9) _ _ _ _ (5) _ _ (16) _ _ (7) _ _ _ (1)
  b) (12) _ _ _ (15) _ _ _ _ _ (1)_ _ _ _ _ _ _ (8)
  c) _ _ (2) _(4) _ (7) _ _ _ (14) _ _ _ _ (10)
  d) _ (13) _ _ (9) _ _ _ (3) _ _ (8) _ _ _ _

Na FIG. 47, temos todos os recobrimentos possíveis para o item **a**. rede quadrada 3 x 3.

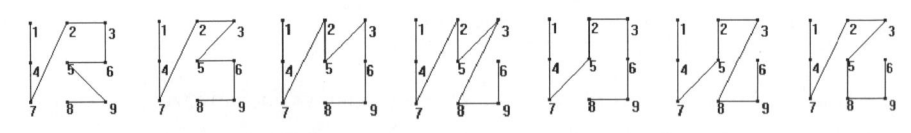

FIGURA 47

Atividade 5

Prolongue os recobrimentos da rede 3 x 3 para a rede 4 x 4.

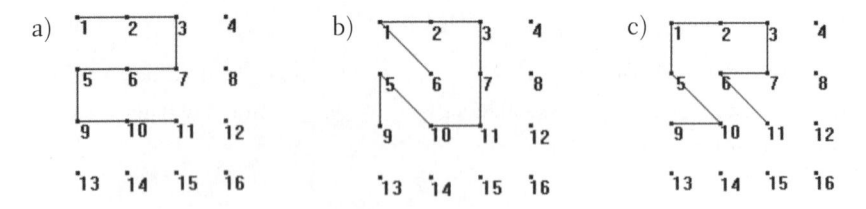

CAPÍTULO 7

CAMINHOS E RECOBRIMENTOS EM REDES ISOMÉTRICAS

A - RECOBRIMENTOS EM REDES ISOMÉTRICAS

Consideraremos as redes 2 x 2 x 2, 3 x 3 x 3 e 4 x 4 x 4 com seus pontos numerados conforme a FIG. 1.

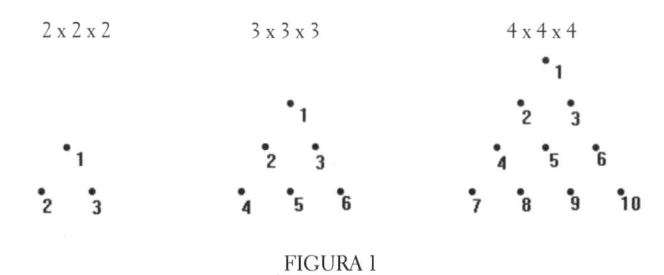

FIGURA 1

A notação de ordem para essas redes segue o mesmo perfil das redes quadradas.

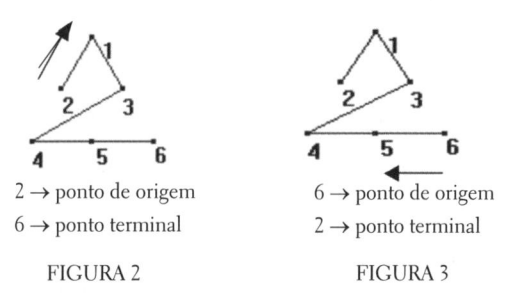

| 2 → ponto de origem | 6 → ponto de origem |
| 6 → ponto terminal | 2 → ponto terminal |

FIGURA 2   FIGURA 3

B - CLASSES DE EQUIVALÊNCIA

O estudo das classes de equivalência para redes isométricas é feito de maneira análoga ao realizado para a rede quadrada.

B.1 - CLASSES DE EQUIVALÊNCIA PARA RECOBRIMENTOS NUMA REDE ISOMÉTRICA 2 X 2 X 2

Para a rede isométrica 2 x 2 x 2 temos uma única classe de equivalência com três elementos. A FIG. 4 mostra todos os recobrimentos possíveis nessa rede.

FIGURA 4

B.2 - CLASSES PARA RECOBRIMENTOS NUMA REDE ISOMÉTRICA 3 X 3 X 3

Para obtermos as classes de equivalência da rede isométrica 3 x 3 x 3 precisamos estudar apenas os recobrimentos cujo ponto de origem é 1 ou 2. Os pontos 6 e 4 estão localizados em posições de rotação de 120° e 240°, respectivamente, do ponto 1 (FIG. 5); os pontos 3 e 5 podem ser obtidos por rotação do ponto 2 (FIG. 6).

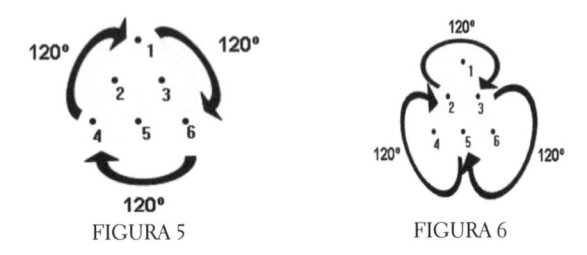

FIGURA 5 FIGURA 6

Essa análise nos forneceu quatro classes de equivalência (FIG. 7).

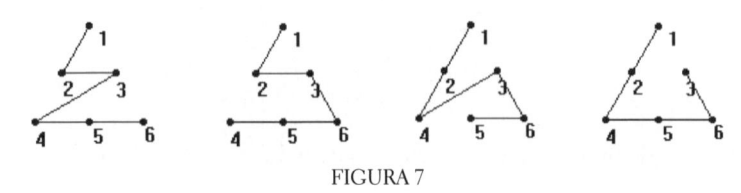

FIGURA 7

Note que duas classes são tipo $\{c,c\}$, e as outras são do tipo $\{c,m\}$. Fazendo todas as transformações geométricas possíveis com o representante de cada classe, obtemos um total de 24 recobrimentos para essa rede. Cada classe possui exatamente seis elementos.

B.3 - CLASSES DE EQUIVALÊNCIA PARA RECOBRIMENTOS NUMA REDE ISOMÉTRICA 4 X 4 X 4

A rede isométrica 4 x 4 x 4 nada mais é do que a união da rede isométrica 3 x 3 x 3 com 4 pontos dispostos horizontal e isometricamente. Disso tiramos que ao prolongarmos adequadamente todos os recobrimentos da rede 3 x 3 x 3 teremos recobrimentos para 4 x 4 x 4. Assim, existem pelo menos quatro classes de equivalência. Porém, realizando o estudo dos pontos 1, 2 e 5 na rede isométrica 4 x 4 x 4, encontramos o seguinte resultado: são 31 as classes do tipo $\{1,c\}$, 60 do tipo $\{1,m\}$ (ou $\{2,c\}$) e seis do tipo $\{1,5\}$(ou $\{5,m\}$).

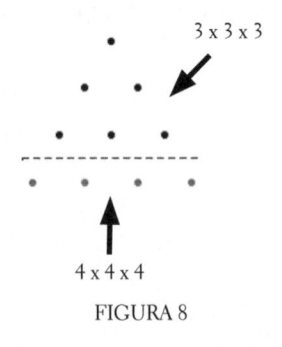

3 x 3 x 3

4 x 4 x 4

FIGURA 8

B.4 - CONTANDO RECOBRIMENTOS

Para conhecermos o número total de recobrimentos numa rede isométrica 4 x 4 x 4 ou maior podemos seguir esse procedimento.

A rede numerada pode ser transformada seis vezes. Quaisquer outras combinações de transformações geométricas resultam numa dessas. São elas: a própria rede, sua reflexão por um eixo vertical, as rotações por 120° e 240° e as respectivas reflexões (FIG. 9).

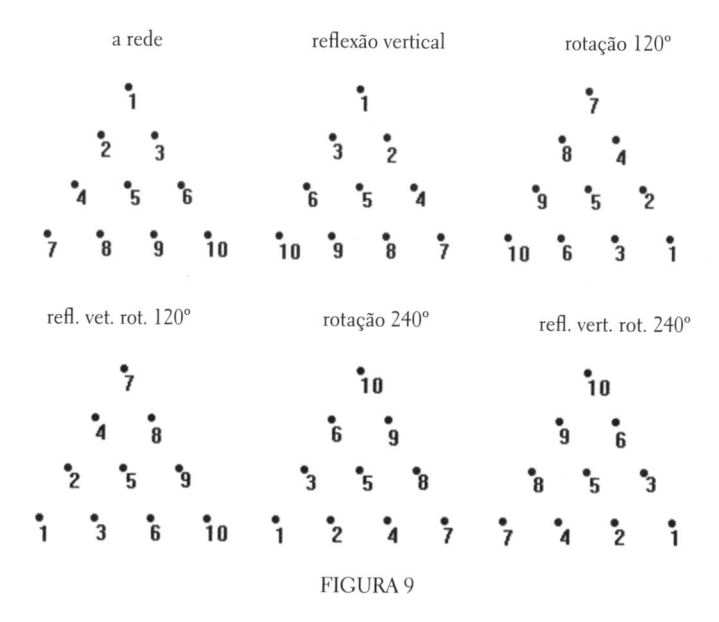

FIGURA 9

Não existem, nessa rede, recobrimentos com simetria central, tampouco com eixo reflexional. Apenas precisamos lembrar que todo recobrimento possui duas notações de ordem.

Como já conhecemos todas as classes de equivalência, basta tomar seu representante e transformá-lo 12 vezes.

Logo, como são 97 classes de equivalência, temos 97 x 12 = 1.164 recobrimentos na rede isométrica 4 x 4 x 4.

C - ATIVIDADES

Atividade 1

Encontre a notação de ordem dos seguintes recobrimentos:

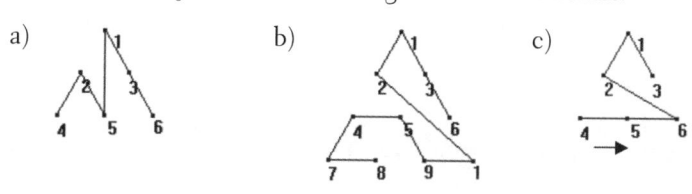

Atividade 2

Para cada notação de ordem, desenhe o recobrimento no papel de pontos.

- 3 x 3 x 3

a) 421356 b) 365421 c) 452136

- 4 x 4 x 4

a) (5)(8)(9)(10)(6)(3)(1)(2)(4)(7)
b) (7)(8)(4)(2)(5)(1)(3)(6)(9)(10)
c) (1)(3)(2)(5)(4)(7)(8)(6)(10)(9)

Atividade 3

Complete as notações de ordem, obtendo recobrimentos.

- 3 x 3 x 3

a) 2 _ _ 1 _ _
b) 5 _ _ _ _ 6
c) 2 _ _ 6 _ 1

- 4 x 4 x 4

a) (10) _ _ _ _ (5) _ _ _ _
b) (8) _ _ _ _ _ _ _ _ (2)
c) (7)(4) _ _ (10) _ _ _ _ (6)

Atividade 4

Encontre todos os recobrimentos possíveis, completando as notações de ordem.

- 3 x 3 x 3

a) 1 _ _ _ _ 5
b) 2 _ _ _ 3 _

c) _ 6 _ _ 2 _
d) _ _ 4 _ _ 3

- 4 x 4 x 4

a) (8) _ _ _ (9) _ (6) _ _ _
b) (5) _ _ _ _ (10) _ _ (2) _

c) _ (2)(4) _ (5) _ (6) _ _ _
d) (7) _ _ _ _ (1) _ (3) _ _

Atividade 5

Prolongue os recobrimentos da rede isométrica 3 x 3 x 3 para 4 x 4 x 4.

a)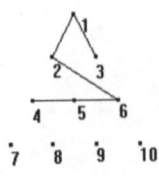

b)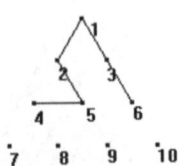

c)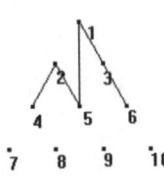

QUARTA PARTE

QUAIS E QUANTOS?

Nesta parte trataremos de algumas atividades nas quais as situações-problema consistem em descobrir *quais e quantas* figuras, solicitadas sob alguma condição, são possíveis de se obter em uma rede de pontos.

CAPÍTULO 8

FIGURAS EM REDES QUADRIVÉRTICES

A - ATIVIDADES PREPARATÓRIAS SIMPLES

Atividade 1

Descobrir quais e quantos quadrados podem ser construídos com todos os vértices nos pontos da seguinte rede quadrangular limitada:

Solução

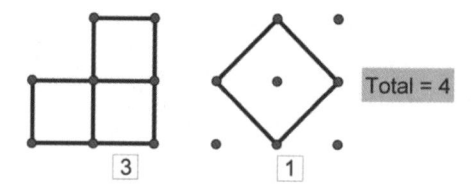

Atividade 2

Descobrir os quadrados que podem ser construídos com vértices nos pontos da seguinte rede quadrangular limitada:

Solução

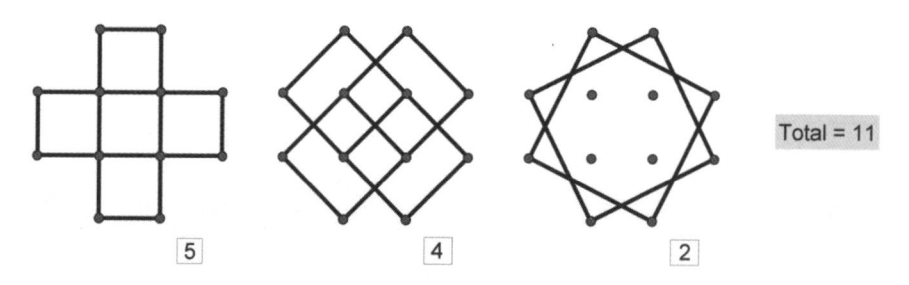

Atividade 3

Descobrir quais e quantos quadrados podem ser construídos com vértices nos pontos da rede quadrangular limitada dada.

Solução

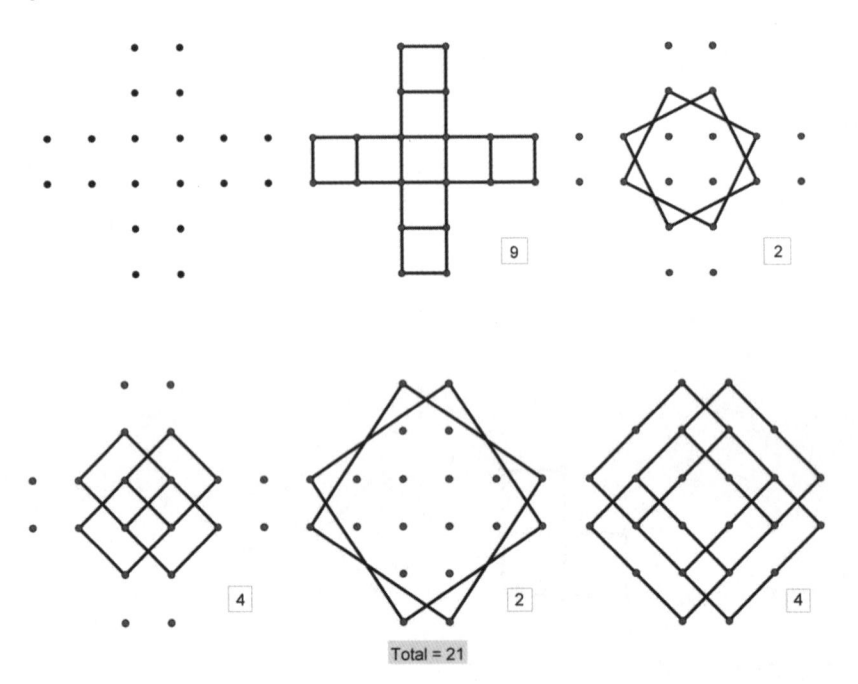

Total = 21

B - SEGMENTOS

Atividade

O professor dispõe uma rede quadrangular de pontos 3 x 3 e pede que os alunos descubram quais e quantos segmentos podem ser construídos com os extremos em pontos da rede.

Resolução por tipos

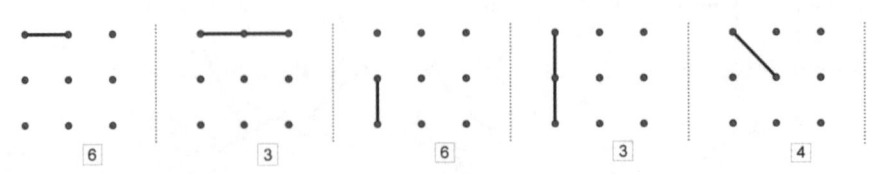

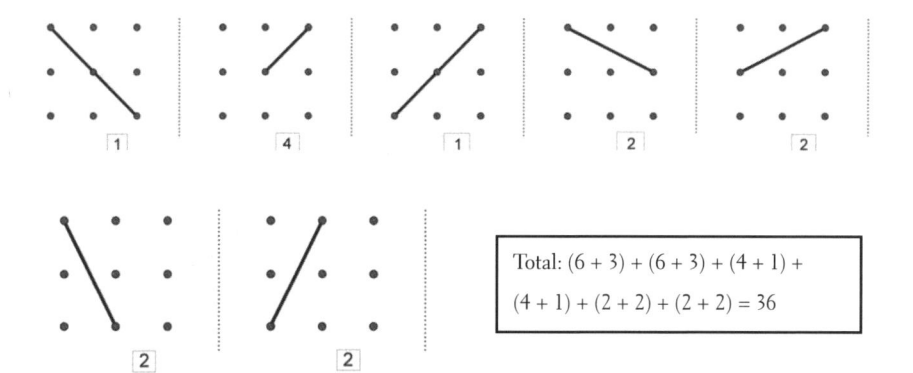

Total: $(6 + 3) + (6 + 3) + (4 + 1) + (4 + 1) + (2 + 2) + (2 + 2) = 36$

Comentário: Os professores poderão trabalhar a resolução do Problema 1 dialogando com os alunos a fim de descobrir quantos existem de cada tipo. É claro que a obtenção pode ser feita, por exemplo, considerando-se os tipos pelo comprimento dos segmentos; aliás, no capítulo 4 tratamos de como descobrir o comprimento de segmentos inclinados. No caso, teríamos cinco tipos, com comprimentos: 1, 2, $\sqrt{2}$, $2\sqrt{2}$ e $\sqrt{5}$ unidades.

A resolução anterior é adequada ao nível fundamental, porém o problema "quantos" pode ser tratado como questão de combinatória no ensino médio.

Vejamos: temos um conjunto de nove pontos, e a cada vez usamos dois (os extremos), portanto o número total de combinações de um conjunto de nove elementos tomados cada vez um subconjunto de 2 elementos que é dado por:

$$C_{9,2} = 9^{(2)} / 2! = 9 \cdot 8 / 1 \cdot 2 = 36$$

Nota: Usamos a notação $9^{(2)} = 9.8$ de potência fatorial decrescente, em que o expoente também indica o número de fatores e a base o primeiro fator.

C - TRIÂNGULOS

Atividade

Quais e quantos triângulos é possível construir com os vértices em pontos da rede 3 x 3?

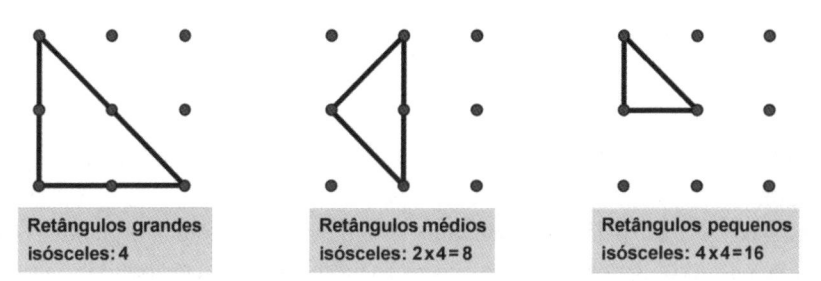

Retângulos grandes isósceles: 4

Retângulos médios isósceles: 2x4=8

Retângulos pequenos isósceles: 4x4=16

Resolução por tipos

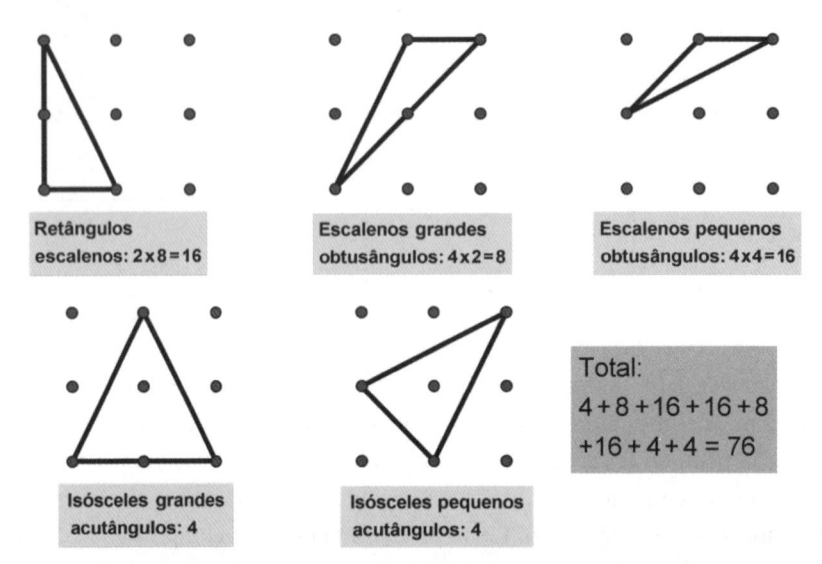

Comentário: Sugerimos aos professores realizar explorações com os alunos relativas aos "nomes" dos triângulos, classificando-os conforme a medida dos lados ou pelos ângulos.

Lembramos a conveniência de destacar o triângulo da sétima figura como isósceles:

- Um lado mede duas unidades e dois lados medem $\sqrt{5}$;

- Construir a altura no ponto médio da base horizontal que também mede duas unidades, e lembrar que as inclinadas (lados inclinados) são sempre maiores que as perpendiculares.

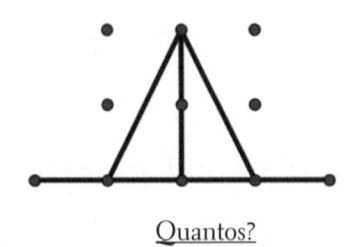

Quantos?

Para facilitar o trabalho dos professores, oferecemos dois procedimentos: um para fazer a contagem para cada tipo (conforme fizemos nas figuras) e outro apropriado para o ensino médio.

1º procedimento: Damos a seguir os raciocínios para os dois primeiros tipos de triângulos.

Seja o tipo dado pela primeira figura (triângulo retângulo isósceles grande). Como esse tipo possui o ângulo reto num canto, os do mesmo tipo devem apresentar a mesma característica, portanto podemos girá-lo para os outros três cantos, então teremos ao todo quatro triângulos dessa classe.

Seja o outro tipo, aquele dado pela segunda figura (triângulos retângulos isósceles médios). Vejamos um raciocínio (existem outros).

Como esse tipo tem o vértice do ângulo reto no ponto médio do contorno da rede, podemos girá-lo conservando essa propriedade e então obtemos mais três, totalizando quatro triângulos. Contudo, podemos construir também triângulos iguais com o vértice do ângulo reto no ponto central da rede e obtemos mais 4. Segue que teremos 2 x 4 = 8.

2° procedimento: Apropriado para o ensino médio. Temos um conjunto de nove pontos e a cada vez selecionamos um subconjunto de três pontos. Portanto, deveríamos ter o número total de triângulos dado por:

$$C_{9,3} = 9^{(3)} / 3! = 9 . 8 . 7 / 1 . 2 . 3 = 84$$

Entretanto, alguns dos três pontos selecionados podem ser colineares, como indicamos a seguir, num total de oito. Em consequência, o total de triângulos é dado por 84 - 8 = 76

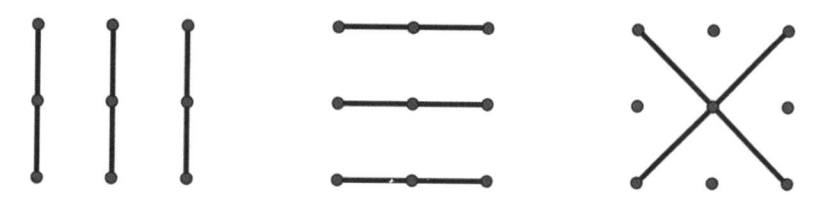

Nota: Em redes 4 x 4, encontram-se $C_{16,3}$ = 560 ternas e eliminam-se 48. Portanto, sobram 512 triângulos.

D - QUADRILÁTEROS

Quais e quantos quadriláteros é possível construir com todos os vértices em pontos da rede 3 x 3? Uma via para resolver essa situação-problema é separá-la por tipos de quadriláteros, o que facilitará o trabalho de descoberta.

D.1 - QUADRADOS

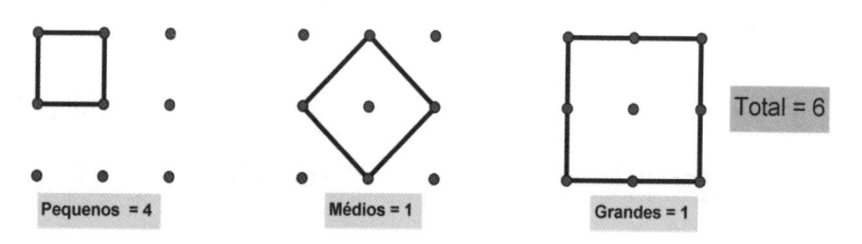

Pequenos = 4   Médios = 1   Grandes = 1   Total = 6

D.2 - RETÂNGULOS (QUE NÃO SÃO QUADRADOS)

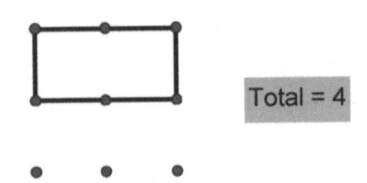

Total = 4

D.3 - PARALELOGRAMOS (QUE NÃO SÃO RETÂNGULOS)

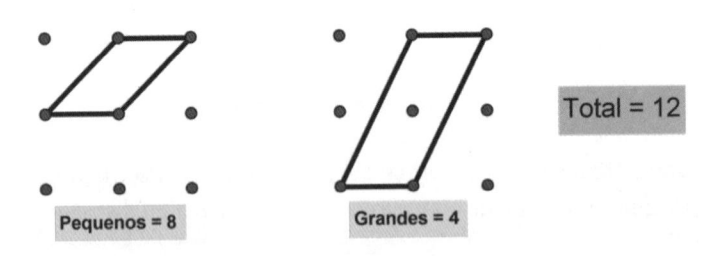

Total = 12

Pequenos = 8   Grandes = 4

D.4 - TRAPÉZIOS

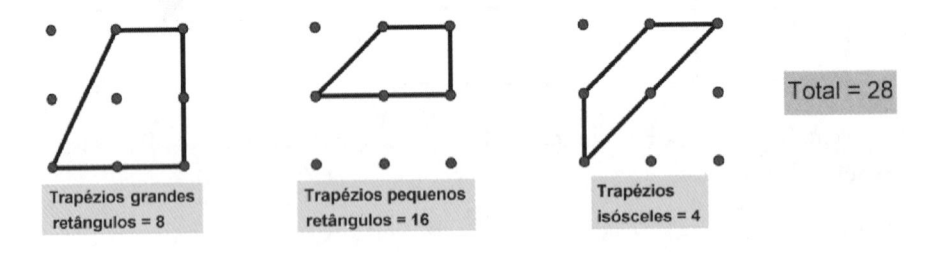

Total = 28

Trapézios grandes retângulos = 8   Trapézios pequenos retângulos = 16   Trapézios isósceles = 4

D.5 - QUADRILÁTEROS (QUE NÃO SÃO PARALELOGRAMOS NEM TRAPÉZIOS)

a) convexos

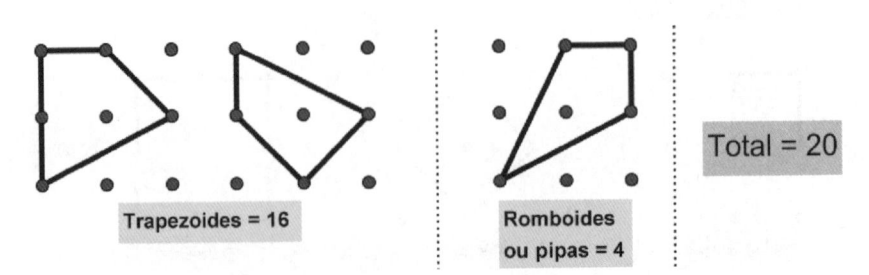

Total = 20

Trapezoides = 16   Romboides ou pipas = 4

b) côncavos

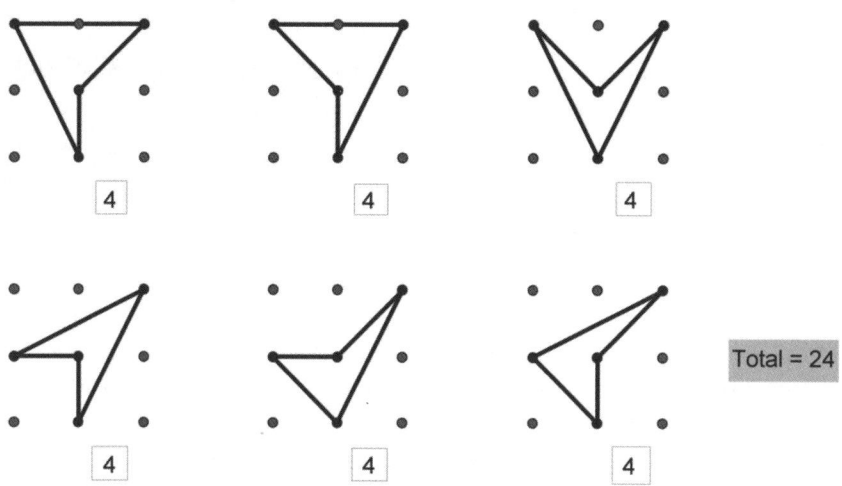

Nota: Para cada conjunto de quatro pontos selecionados para vértices temos três tipos de quadriláteros.

Total Geral: Agora obtemos o Total Geral de Quadriláteros em redes 3 x 3 simplesmente adicionando os totais parciais:

$$6 + 4 + 12 + 28 + 20 + 24 = \mathbf{94}.$$

Outro procedimento, mais adequado ao ensino médio, é a utilização da fórmula do número de combinações, mas ele responde apenas à questão "quantos".

Do conjunto de nove pontos da rede, selecionamos subconjuntos de quatro pontos; porém o número dessas combinações é apenas o número de quatro vértices possíveis.

$$C_{9,4} = 9^{(4)} / 4! = 9 . 8 . 7 . 6 / 1 . 2 . 3 . 4 = 126$$

Dizemos possíveis pois muitos deles não formam quadriláteros, o que acontece quando três deles estão alinhados e devem ser eliminados. Estes são de três tipos indicados a seguir:

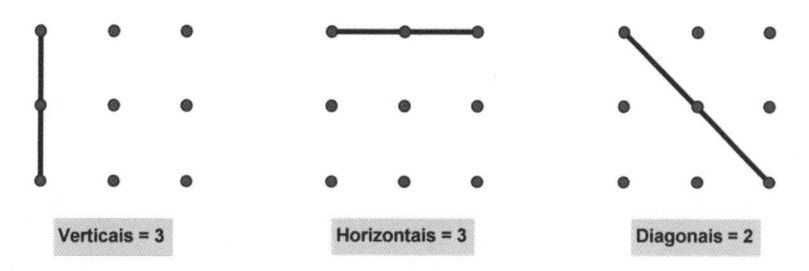

Em qualquer situação de três pontos alinhados, temos para o quarto ponto seis opções (seis pontos da rede sobrando). Em consequência, teremos de eliminar $8 \times 6 = \mathbf{48}$, e ficamos com $126 - 48 = 78$ quadriláteros.

Todavia, o leitor deve lembrar que a cada tipo côncavo obtido de quatro pontos temos, na verdade, mais dois tipos côncavos usando os mesmos vértices. Segue que ao número anterior, após a eliminação, devemos acrescentar 16 quadriláteros e, finalmente, teremos o total $78 + 16 = \mathbf{94}$ quadriláteros.

E - INDICAÇÕES BIBLIOGRÁFICAS

BARNFIELD, J. R. Geoboard Geometry. *The Mathematical Gazette*, v. 54, n. 390, p. 359-361, 1970.

Comentário: Resolve o problema de contagem do número de triângulos e o de quadriláteros, mas apenas usando a fórmula de combinações conforme também fizemos.

GRUPO GEOPLANO DE ESTUDOS E PESQUISAS. Sugestões de atividades educacionais usando o geoplano entre muitas possíveis. *Revista de Educação Matemática*, São Paulo: SBEM-SP, ano 8, n. 6-7, p. 63-68, 2001-2002.

Comentário: Entre várias sugestões, estuda o problema do número de triângulos em redes 3 x 3 (p. 67). Esse trabalho foi o primeiro do GGEP, na ocasião constituído só de três membros (F. S. Menino, M. C. B. de Marques e R. M. Barbosa).

GRUPO GEOPLANO DE ESTUDOS E PESQUISAS. Papel de pontos: quais e quantos – segmentos e triângulos em rede 3 x 3. *Revista Hispeci & Lema*, Bebedouro, SP: FAFIBE, v. 9, p. 127-129, 1996.

Comentário: São resolvidos os dois problemas, o de segmentos e o de triângulos, pelos dois procedimentos.

*

CAPÍTULO 9

QUADRADOS EM REDE QUALQUER LIMITADA

A - QUADRADOS EM REDES N X N

Estudaremos neste capítulo, inicialmente, um problema bastante atraente. Consiste na determinação de quais e quantos quadrados podemos construir numa rede n x n; portanto, é uma generalização da questão D.1 do Capítulo 8.

Dividimos os quadrados em dois tipos: quadrados com dois lados horizontais (e automaticamente dois verticais) e quadrados com lados inclinados. Eles serão chamados, respectivamente, de quadrados "paralelos" (alusão à rede) e quadrados "inclinados", e indicaremos o número de seus quadrados por QH_{nxn} e QI_{nxn}, respectivamente. Veremos cada um em dois níveis: ensino fundamental e ensino médio.

A.1 - QUADRADOS COM DOIS LADOS HORIZONTAIS

A.1.1 - Nível: ensino fundamental

É aconselhável iniciar a descoberta em redes menores:

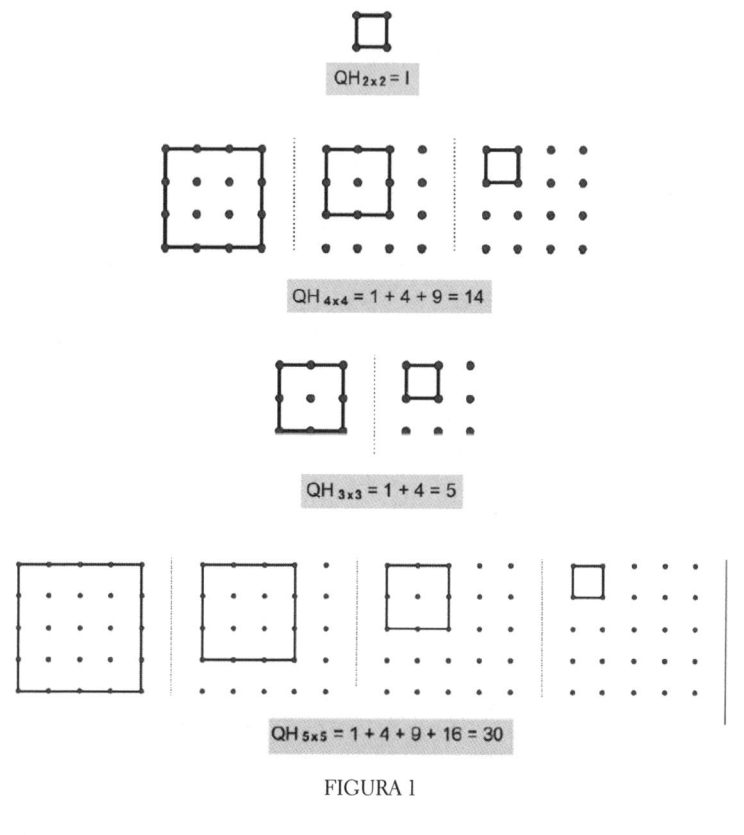

$$QH_{2x2} = 1$$

$$QH_{4x4} = 1 + 4 + 9 = 14$$

$$QH_{3x3} = 1 + 4 = 5$$

$$QH_{5x5} = 1 + 4 + 9 + 16 = 30$$

FIGURA 1

Observando os resultados particulares anteriores, que são somas de quadrados, podemos inferir que $QH_{n \times n} = 1^2 + 2^2 + 3^2 + ...+ (n - 1)^2$, e usando a fórmula da soma (supostamente conhecida) dos N primeiros quadrados de naturais, temos:

$$S_N = 1^2 + 2^2 + 3^2 + ... + N^2 = N.(N+1).(2N+1) / 6$$

Trocando N por n-1, descobrimos a fórmula:

$$QH_{n \times n} = (n - 1) . n . (2n - 1) : 6$$

Ilustrações: $QH_{6 \times 6} = 5 . 6 . 11 / 6 = 55$, $QH_{7x7} = 6 . 7 . 13 / 6 = 91$.

A.1.2 - Nível: ensino médio (ou licenciatura)

É óbvio que pode ser empregada a mesma via utilizada ensino fundamental, mas desde que nossa inferência seria só plausível com base em apenas quatro casos particulares para facilitar o trabalho dos professores. Observar que nem mesmo verificamos a credibilidade da inferência em mais redes, pois a busca por novos resultados seria cansativa e eliminaria a motivação inicial. Todavia, ao professor interessado, oferecemos o resultado por um argumento simples: a utilização do método de indução finita.

Prova

Assumimos por hipótese de indução que a fórmula é válida para a rede (k - 1) x (k - 1); isto é, $QH_{(k-1) \times (k-1)} = (k - 2) (k - 1) (2k - 3) : 6$

Vamos tentar descobrir como passar da rede (k - 1) x (k - 1) à rede k x k para quadrados de lado j.

Coloquemos um quadrado de lado j no canto esquerdo superior da rede k x k cobrindo uma rede (j + 1) x (j + 1). Sobram à direita, em cima, k - (j + 1), ou (k - j) - 1 pontos, e, em cima, podemos construir [(k - j) - 1] + 1, ou (k - j) quadrados de lado j.

Contudo, na coluna da direita da rede k x k, apenas podemos construir mais (k - j) - 1 novos quadrados de lado j, pois já existe um no canto superior direito. Em consequência, o número de quadrados de lado j da rede (k - 1) x (k - 1) aumenta para rede k x k de (k - j) + (k - j) - 1 = 2(k - j) - 1.

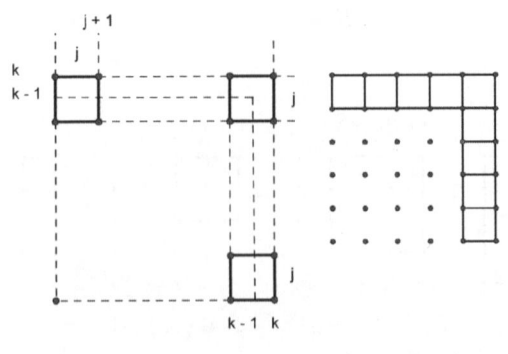

FIGURA 2

Assim, por exemplo, se j = 1, para passarmos da rede (k - 1) x (k - 1) à rede k x k o acréscimo é de 2k - 3. Assim, se k = 6, o aumento de quadrados de lado j = 1 é igual a 2 . 6 − 3 = 9, conforme indicamos na segunda figura.

Fazendo j = 1, j = 2, j = 3, ... até j = k e somando, teremos (2k - 3) + (2k - 5) + (2k - 7) + ... + 5 + 3 + 1 novos quadrados, que nada mais é que a soma dos primeiros k - 1 ímpares, o que decorre da parcela (2k - 3) ser igual a 2(k - 1) - 1.

Isso posto, temos a soma $(k-1)^2$. Em outras palavras, ao passarmos de uma rede (k - 1) x (k - 1) à rede k x k, o número total de quadrados aumenta de $(k-1)^2$ e finalmente teremos:

$$QH_{kxk} = (k-2)(k-1)(2k-3) : 6 + (k-1)^2 = [(k-2)(k-1)(2k-3) + 6(k-1)^2] : 6$$
$$= k(k-1)(2k-1) : 6 \text{ ou seja } \mathbf{(k-1)\,k\,(2k-1)\,/\,6}$$

Ou seja, a fórmula a ser provada, trocando k por k - 1.

Claramente, a fórmula é válida para qualquer valor. Assim, se n = 2, a fórmula fornece 1 . 2 . 3 / 6 = 1 conforme já obtivemos. Em especial, com n = 1 a fórmula fornece zero, o que é correto.

A.2 - QUADRADOS COM OS LADOS INCLINADOS

A.2.1 - Nível: ensino fundamental

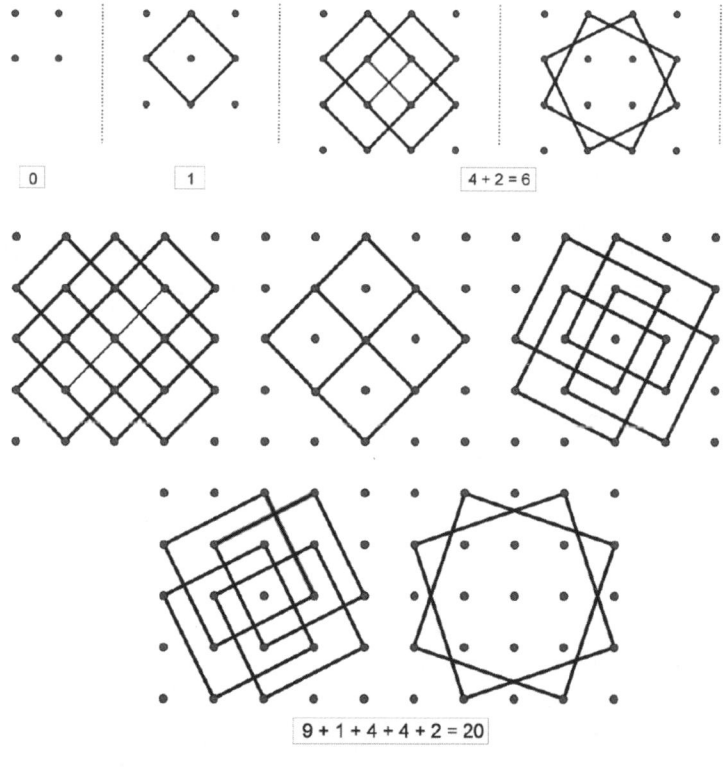

FIGURA 3

É melhor construir uma tabela dos valores com a linha dos aumentos e seus acréscimos sucessivos:

TABELA 1

Rede	2 x 2	3 x 3	4 x 4	5 x 5	6 x 6	....
QI	0	1	6	20		
Aumento		1	5	14		
Acréscimo			4	9		

Observe-se que esses acréscimos dos aumentos são os quadrados $4 = 2^2$ e $9 = 3^2$; de que se infere que os próximos devem ser $4^2 = 16$, $5^2 = 25$ e assim sucessivamente. Segue que a tabelinha pode ser melhorada ampliando-a calculando retroativamente:

TABELA 2

Rede	2 x 2	3 x 3	4 x 4	5 x 5	6 x 6	7 x 7
QI	0	1	6	20	50	105
Aumento		1	5	14	30	
Acréscimo			4	9	16	25

Assim, calculamos $16 + 14 = 30$, e $30 + 20 = 50$, que é o número de quadrados inclinados de rede 6 x 6. Em seguida, usando 25, podemos calcular 105, e então proceder da mesma maneira para rede 7 x 7 e estender os cálculos até obter o resultado para a rede que desejar.

Novamente, lembramos aos colegas que a inferência usada no estudo anterior poderia ter sido prematura e levado a um erro, mas considerando o nível e que sabemos que ela é correta, ela é aceitável.

Veremos, em nível acima, como obter a fórmula do número de quadrados inclinados, para que o professor tenha conhecimento dela, ainda que com outra inferência prematura.

Observando só as duas primeiras linhas, verificamos que:

$$QI_{3 \times 3} = QI_{2 \times 2} + 1 \quad = 0 \quad + 1^2$$
$$QI_{4 \times 4} = QI_{3 \times 3} + 5 \quad = QI_{3 \times 3} + 1^2 + 2^2$$
$$QI_{5 \times 5} = QI_{4 \times 4} + 14 \quad = QI_{4 \times 4} + 1^2 + 2^2 + 3^2$$

de onde inferimos que:

$$QI_{6 \times 6} = \quad = QI_{5 \times 5} + 1^2 + 2^2 + 3^2 + 4^2$$
$$QI_{7 \times 7} = \quad = QI_{6 \times 6} + 1^2 + 2^2 + 3^2 + 4^2 + 5^2$$

e em geral:

$$QI_{n \times n} = \quad = QI_{(n-1) \times (n-1)} + [1^2 + 2^2 + 3^2 + \ldots + (n-2)^2]$$

Somando membro a membro todas essas igualdades e eliminando as parcelas comuns aos dois membros, obtemos (com $QI_{2 \times 2} = 0$):

$$QI_{n \times n} = 1^2 + (1^2 + 2^2) + (1^2 + 2^2 + 3^2) + \ldots + [1^2 + 2^2 + 3^2 + \ldots + (n-2)^2]$$

Isto é, o número de quadrados inclinados é uma *soma de somas de quadrados*. Lembrando que a soma dos primeiros **p** quadrados é dada por $p(p+1)(2p+1)/6$, teremos, considerando respectivamente a soma dos primeiros quadrados, dos primeiros cubos e dos primeiros naturais

$$N(N+1)(2N+1)/6 \qquad [N(N+1)/2]^2 \qquad N(N+1)/2$$

Teremos, trocando N por $(n-2)$ e efetuando o cálculo algébrico com cuidado a fórmula procurada é dada por

$$QI_{n \times n} = n(n-1)^2(n-2)/12$$

Ilustrações: $QI_{6 \times 6} = 6 \cdot 25 \cdot 4 / 12 = 50$, $QI_{7 \times 7} = 7 \cdot 36 \cdot 5 / 12 = 105$

Fórmula do total de quadrados

Basta adicionar as duas fórmulas:

$$Q_{n \times n} = QH_{n \times n} + QI_{n \times n} = (n-1) \cdot n \cdot (2n-1)/6 + n(n-1)^2(n-2) : 12$$
$$= n \cdot (n-1) \cdot [(n-1) \cdot (n-2) + 2 \cdot (2n-1)]/12$$
$$= n \cdot (n-1) \cdot n \cdot (n+1)/12 \text{ ou seja}$$

$$Q_{n \times n} = n^2(n^2-1)/12$$

Ilustrações: $Q_{7 \times 7} = 49 \cdot 48 / 12 = 196$ e $Q_{10 \times 10} = 100 \cdot 99 / 12 = 825$

> *Você teria coragem e paciência para conferir o 825?*
> **Nós não!**

A.2.2 - Nível: ensino médio (ou licenciatura)

Vamos proceder analogamente ao argumento utilizado para quadrados com dois lados horizontais. Entretanto, dessa vez é preciso estabelecer algumas indicações de quadrados inclinados.

Indicações

Usaremos q_j para quadrados inclinados que ocupam uma rede $(j + 2) \times (j + 2)$. Esta classe de quadrados tem exatamente j espécies (tipos). Indicaremos cada tipo por $q_{j,i}$, em que i é a ordenada (afastamento) do vértice da esquerda em relação ao canto inferior esquerdo da rede.

Exemplifiquemos:

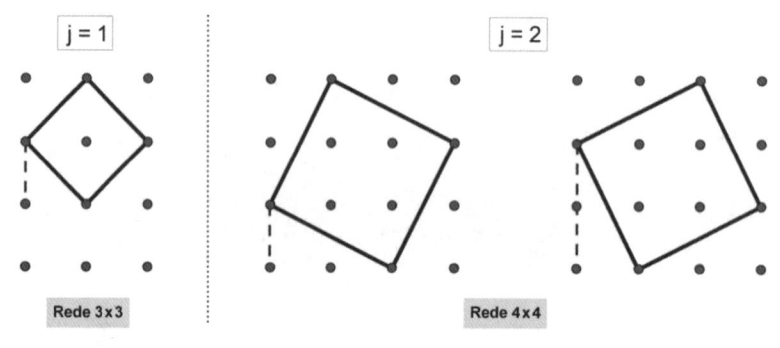

FIGURA 4

A primeira situação exibe o caso $j = 1$, portanto o quadrado inclinado ocupa uma rede 3×3. Já a segunda situação, $j = 2$, mostra a rede ocupada 4×4. Portanto temos na primeira um quadrado da classe q_1 com uma só espécie $q_{1,1}$. Na segunda, temos a classe q_2 com duas espécies $q_{2,1}$ e $q_{2,2}$. É claro que, se $j = 3$, então $j + 2 = 5$, e a rede ocupada será 5×5.

O leitor constatará que existem na classe três espécies, $q_{3,1}$, $q_{3,2}$ e $q_{3,3}$. Note que i não pode ser 0 nem $(j + 2)$.

Agora podemos procurar o aumento de quadrados inclinados da classe q_j passando de uma rede $(k - 1) \times (k - 1)$ a $k \times k$.

Vamos construir no canto superior esquerdo da rede $k \times k$ um quadrado inclinado da espécie $q_{j,i}$, portanto ocupando uma rede $(j + 2) \times (j + 2)$. À sua direita, em cima, podemos construir $[k - (j + 2)]$ novos dessa espécie. Portanto, em cima, ficamos com $[k - (j + 2)] + 1$ ou $(k - j) - 1$. Todavia, na lateral direita da rede, só podemos construir $(k - j) - 2$, uma vez que já existe um no canto superior direito.

Em consequência, temos o acréscimo de $2(k - j) - 3$, para qualquer espécie $q_{j,i}$. Segue que esse resultado *independe de i*, de onde a recorrente é:

$$QI_{k \times k}(q_j) = QI_{(k-1) \times (k-1)}(q_j) + j[2(k - j) - 3]$$

ou

$$QI_{k \times k}(q_j) = QI_{(k-1) \times (k-1)}(q_j) + j[2(k - j - 1) - 1]$$

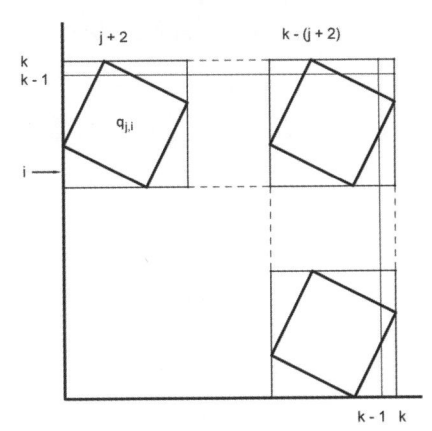

FIGURA 5

Como utilizá-la

É óbvio que devemos iniciar com k = 3, que implica j = 1:

$$QI_{3\times3}(q_1) = QI_{2\times2}(q_1) + 1\ [2\ (3 - 2) - 1] = 0 + 1 = 1$$

Se k = 4 => j varia de 1 a 2:

$$QI_{4\times4}(q_1) = QI_{3\times3}(q_1) + 1\ [2\ (4 - 2) - 1] = 1 + 3 = 4$$

$$QI_{4\times4}(q_2) = QI_{3\times3}(q_2) + 2\ [2\ (4 - 3) - 1] = 0 + 2 = 2$$

Total = 6

Se k = 5 => j varia de 1 a 3:

$$QI_{5\times5}(q1) = QI_{4\times4}(q1) + 1\ .\ [2\ (5 - 2) - 1] = 4 + 5 = 9$$

$$QI_{5\times5}(q2) = QI_{4\times4}(q2) + 2\ .\ [2\ (5 - 3) - 1] = 2 + 6 = 8$$

$$QI_{5\times5}(q3) = QI_{4\times4}(q3) + 3\ .\ [2\ (5 - 4) - 1] = 0 + 3 = 3$$

e assim sucessivamente.

Fórmulas para cada classe qj em rede n x n

a) Classe dos q_1

Fazendo na recorrente, $QI_{k\times k}(q_j) = QI_{(k-1)\times(k-1)}(q_j) + j\ [2\ (k - j - 1) - 1]$, k variar de 3 a n, teremos as igualdades para o mesmo j = 1.

$$QI_{3\times3}(q_1) = QI_{2\times2}(q_1) + 2\ (2 - 1) - 1 = 0 + 2\ .\ 1 - 1$$

$$QI_{4\times4}(q_1) = QI_{3\times3}(q_1) + 2\ (3 - 1) - 1 = QI_{3\times3}(q_1) + 2\ .\ 2 - 1$$

$$QI_{5\times5}(q_1) = QI_{4\times4}(q_1) + 2\ (4 - 1) - 1 = QI_{4\times4}(q_1) + 2\ .\ 3 - 1$$

$$QI_{6\times6}(q_1) = QI_{5\times5}(q_1) + 2\ (5 - 1) - 1 = QI_{5\times5}(q_1) + 2\ .\ 4 - 1$$

$$QI_{n\times n}(q_1) = QI_{(n-1)\times(n-1)}(q_1) + 2(n - 2) - 1$$

Adicionando membro a membro e eliminando parcelas comuns:

$$QI_{nxn}(q_1) = (2 . 1 - 1) + (2 . 2 - 1) + (2 . 3 - 1) + ... + [2 (n - 2) - 1]$$

que é a soma dos primeiros n - 2 ímpares e, portanto, temos:

$$QI_{n \times n}(q_1) = (n - 2)^2 (n > 1)$$

Ilustração: $QI_{4 \times 4}(q_1) = (4 - 2)^2 = 2^2 = 4$

FIGURA 6

Nota: Sendo quadrados inclinados da classe q_1, as redes ocupadas por eles são 3 x 3.

b) Classe dos q_2

Façamos k variar de 4 a n na recorrente para o mesmo j = 2:

$$QI_{4 \times 4}(q_2) = QI_{3 \times 3}(q_2) + 2(2 . 1 - 1)$$

$$QI_{5 \times 5}(q_2) = QI_{4 \times 4}(q_2) + 2(2 . 2 - 1)$$

$$QI_{6 \times 6}(q_2) = QI_{5 \times 5}(q_2) + 2(2 . 3 - 1)$$

$$QI_{n \times n}(q_2) = QI_{(n-1) \times (n-1)}(q_2) + 2[2(n - 3) - 1]$$

Procedendo como fizemos para j = 1, encontramos a fórmula

$$QI_{nxn}(q_2) = 2(n - 3)^2 (n > 2)$$

Ilustração: $QI_{4 \times 4}(q_2) = 2(4 - 3)^2 = 2$

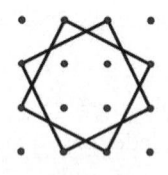

FIGURA 7

Nota: Sendo os quadrados inclinados da classe q_2, as redes ocupadas são 4 x 4.

Analogamente, descobre-se:

$$QI_{n \times n}(q_3) = 3(n - 4)^2, n > 3$$

$$QI_{n \times n}(q_4) = 4(n - 5)^2, n > 4$$

E a fórmula para qualquer q_j:

$$QI_{n \times n} (q_j) = j [n - (j + 1)]^2 , (n > j)$$

Ilustração: $QI_{5 \times 5}(q_2) = 2(5 - 3)^2 = 2 . 4 = 8$

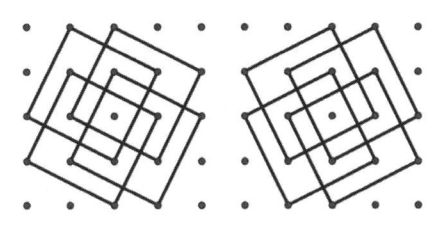

FIGURA 8

Nota: Os quadrados inclinados da classe q_2 ocupam redes 4 x 4.

Fórmula dos quadrados inclinados em n x n

Fazendo j variar de 1 a n - 2 na fórmula anterior, teremos:

$$QI_{n \times n} = n (n - 1)^2(n - 2) : 12$$

Ilustração: $QI_{4 \times 4} = 4 . 9 . 2 : 12 = 6$

A.3 - INDICAÇÕES BIBLIOGRÁFICAS

COMELLA, J. J.; WATSON, J. D. Sum Squares on a Geoboard. *Mathematics Teacher*, v. 70, n. 2, p. 150-153, Feb. 1977.

Comentário: Os autores, de maneira curiosa, consideram rede i x i a correspondente à nossa rede (i - 1) x (i - 1), talvez interpretando-a como um quadrado quadriculado. Essa consideração leva a fórmulas formalmente diferentes das nossas, mas equivalentes. Utilizam também tabelas de diferenças (aumentos). Para o estabelecimento de fórmulas, partem do princípio de que se a linha de ordem n de diferenças é constante, a fórmula é polinomial de grau n. Assim, para quadrados "paralelos", deve ser um polinômio do grau 3, e de grau 4 para quadrados "inclinados". Em seguida, formam sistemas lineares considerando valores numéricos particulares do polinômio.

Nota: Uma variante, evitando sistemas lineares, seria empregar a Fórmula Polinomial de Gregory-Newton até a diferença n-ésima (ver BARBOSA, 1976).

L'HEUREUX, J. E. Sum Squares on a Geoboard. *Mathematics Teacher*, v. 75, n. 8, p. 686-692, Nov. 1982.

Comentário: O autor considera rede i x i da mesma maneira que os autores acima. Seu argumento demonstrativo para os quadrados "paralelos" e "inclinados" baseia-se na contagem destes no quadrado comum a duas faixas de mesma largura, uma horizontal e outra vertical. Essas faixas variam sobre a rede. Dessa maneira, a obtenção para "paralelos" não é difícil, mas para "inclinados" necessitou de suas áreas, calculando por Pitágoras seus lados. Sua referência bibliográfica é única, a de Comella e Watson.

B - IMPOSSIBILITANDO CONSTRUIR QUADRADOS

B.1 - INTRODUÇÃO

Incluímos um pequeno conjunto de brincadeiras que consistem na eliminação de pontos de uma rede de modo a impossibilitar a formação de todos os quadrados possíveis de se construir tendo todos os vértices em pontos da rede. O desafio principal é descobrir o *número mínimo* de pontos que devem ser eliminados e *quais* devem ser esses pontos.

Exemplificamos com a pequena rede quadrangular limitada de oito pontos. Vimos, logo no começo do capítulo anterior, que nela podemos construir quatro quadrados (3 + 1 = 4).

FIGURA 9

Caso retiremos um ponto, indicado em negro, eliminamos a possibilidade de construir um quadrado pequeno (FIG. 10), mas, se retirarmos também o ponto vizinho inferior (FIG. 11), eliminamos mais dois quadrados: um pequeno e um inclinado. Porém, se retirarmos um terceiro ponto (FIG. 12) impossibilitamos o último quadrado pequeno.

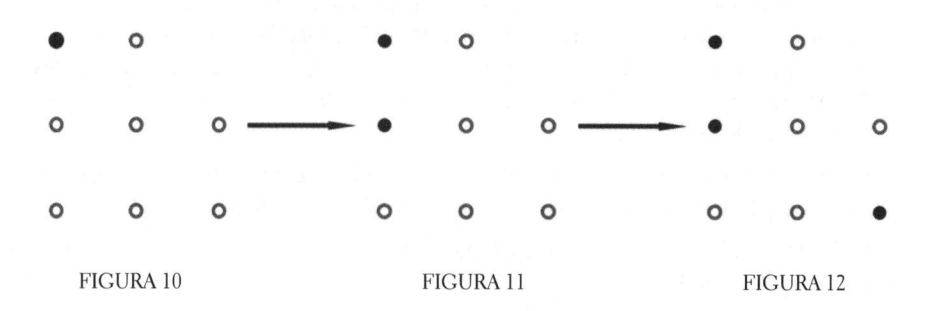

FIGURA 10 FIGURA 11 FIGURA 12

Entretanto, três não é o número mínimo de pontos a serem excluídos para impossibilitar a construção de todos os quadrados. Bastaria excluir dois, mas quais são? Temos várias soluções dadas na FIG. 13 (é claro que existem as suas equivalentes):

FIGURA 13

B.2 - ATIVIDADES

Atividade 1

Dadas as redes quadrangulares limitadas, descobrir, para cada uma, o número mínimo de pontos que devem ser retirados, e quais são, para impossibilitar a construção de todos quadrados com vértices na rede. Obter todas soluções.

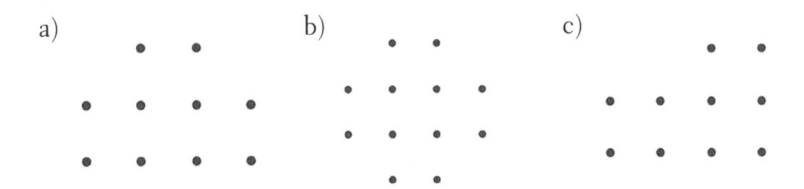

Atividade 2

Dada a rede 3 x 3, descobrir o número mínimo de pontos que devem ser retirados para impossibilitar a construção de todos os quadrados, com seus vértices em pontos da rede, e indicar quais são. Obter todas as soluções.

Atividade 3

Dada a rede 4 x 4, descobrir o número de pontos que devem ser retirados para impedir a construção de todos quadrados, com seus vértices em pontos da rede. Indicar quais são, obtendo pelo menos duas soluções.

Atividade 4

Dadas as redes 2 x 3, 2 x 4 e 2 x 5 quantos e quais pontos precisamos eliminar para impedir a construção de quadrados com todos os vértices nos pontos da rede? Generalizar.

Atividade 5

Dada a rede 3 x 4, quantos e quais pontos precisamos retirar para impedir a construção de quadrados com todos os vértices nos pontos da rede? Fornecer só duas soluções.

Soluções

Atividade 1

a) 2 pontos

b) 4 pontos

c) 2 pontos

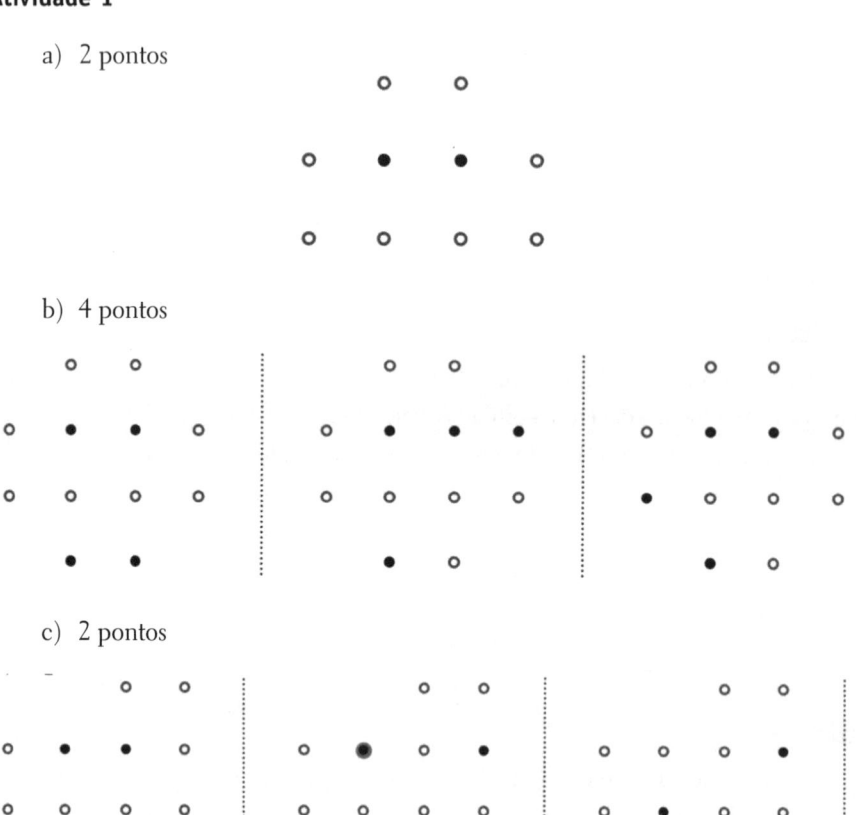

Observação: É importante, no ensino, verificar cada solução com os alunos.

Atividade 2

3 pontos

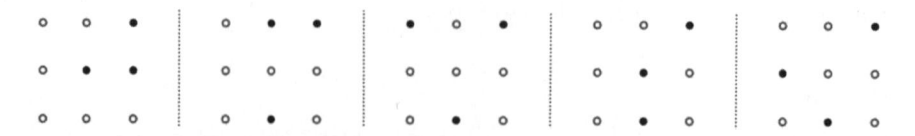

Nota: Para impedir a construção do quadrado grande de vértices nos cantos, é preciso eliminar, pelo menos, um ponto de canto, e para a construção do quadrado inclinado, basta cancelar um ponto médio de lateral; então esses dois pontos necessitam ser eliminados. Em qualquer disposição dos dois, não se impede todos os pequenos, e sim três. Em consequência, basta impedir, com só mais um ponto eliminado, o quarto quadrado pequeno.

Atividade 3

7 pontos

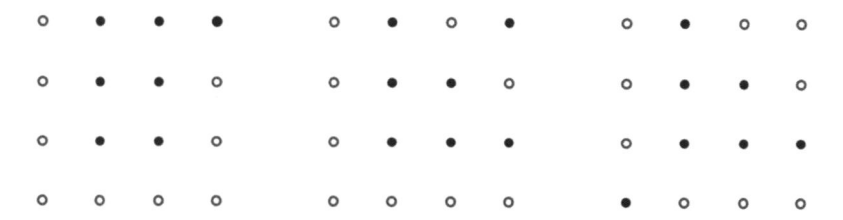

Nota: Para impedir a construção dos nove quadrados pequenos, basta eliminar os quatro pontos centrais, e, simultaneamente, impedimos os quatro quadrados médios e os quatro inclinados pequenos. Obrigatoriamente, é preciso cancelar um ponto de canto para impedir o quadrado maior. Temos ainda de impossibilitar a construção dos dois inclinados grandes, o que se consegue eliminando dois pontos das laterais que não sejam de canto. Em resumo, impede-se a construção dos 20 quadrados eliminando sete pontos.

Atividade 4

a) 1   b) 2   c) 3   d) n - 2 em rede 2 x n

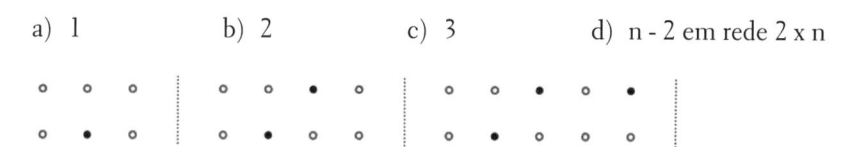

Atividade 5

Deixamos ao leitor o prazer de descobrir a resposta!

*

CAPÍTULO 10

TRIÂNGULOS EM REDES ISOMÉTRICAS

A - ATIVIDADES PREPARATÓRIAS SIMPLES

Atividade 1

Descobrir quais e quantos triângulos equiláteros podemos ter com os vértices nos pontos da rede isométrica limitada.

Solução

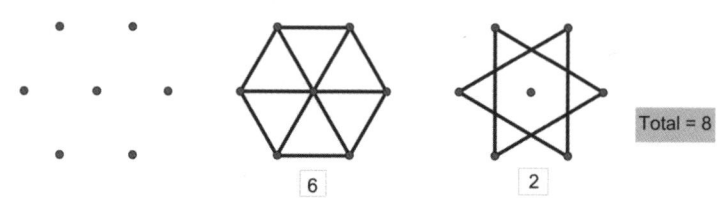

Atividade 2

Descobrir quais e quantos triângulos equiláteros podem ser construídos com os vértices nos pontos da rede isométrica limitada dada a seguir.

Solução

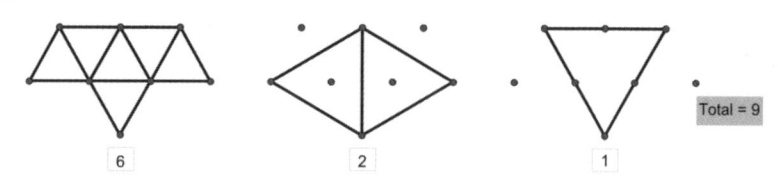

Atividade 3

Quais e quantos triângulos equiláteros podem ser construídos com os vértices nos pontos da seguinte rede?

Oferecemos apenas a resposta do número total de triângulos equiláteros, 25, deixando para o leitor a satisfação de descobrir os totais parciais por tipos.

B - TRIÂNGULOS EM REDES ISOMÉTRICAS

B.1 - REDE 3 X 3 X 3

Quais e quantos triângulos podemos construir com os três vértices em rede isométrica 3 x 3 x 3?

a) equiláteros   b) isósceles   c) escalenos

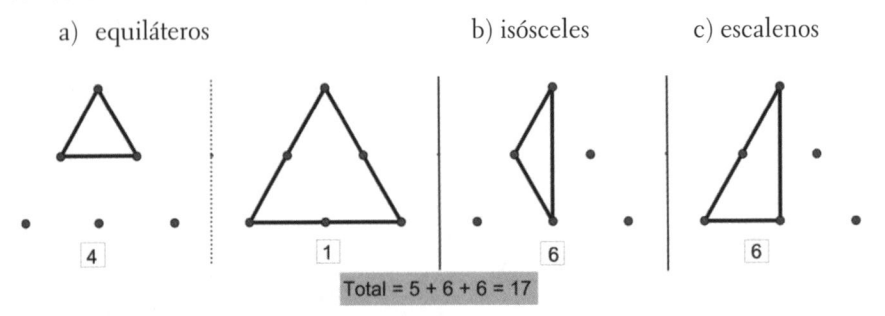

Total = 5 + 6 + 6 = 17

FIGURA 1

Em particular, no nível médio, é fácil encontrar a resposta numérica com recursos do cálculo combinatório: do conjunto de seis pontos para cada triângulo, precisamos selecionar três pontos. Portanto, o número de ternas possíveis é dado por $C_{6,3} = 6 . 5 . 4 / 1 . 2 . 3 = 20$. Contudo, devemos eliminar, dessas 20, as que resultariam em três pontos alinhados, justamente posicionados nas laterais, em número de três. Segue que o total de triângulos que de fato podemos construir é 20 - 3 = 17.

B.2 - REDE 4 X 4 X 4

Quais e quantos triângulos podemos construir com os três vértices em rede isométrica 4 x 4 x 4?

FIGURA 2

A descoberta de tipos de triângulos na rede não é difícil, mas encontrar todos os tipos, com respectivas contagens e, consequentemente, o total, é uma tarefa, em geral, incompleta. Diante desse obstáculo, preferimos (no nível do ensino médio) calcular preliminarmente quantos são:

<u>Quantos?</u>

$C_{10,3} = 10_{(3)} / 3! = 10 . 9 . 8 / 1 . 2 . 3 = 120$ (ternas possíveis).

Dessas, devemos eliminar as ternas alinhadas:

a) com o ponto central

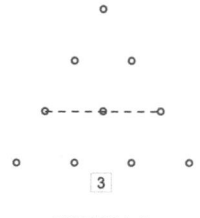

FIGURA 3

b) com os três pontos em laterais

> **Em cada lateral, toda terna usa três pontos, portanto temos o número $C_{4,3} = C_{4,1} = 4$ de ternas. Segue que temos de eliminar 4 x 3 = 12.**

FIGURA 4

Resulta que sobram 120 - 15 = **105** triângulos que podem ser construídos na rede 4 x 4 x 4.

<u>Quais?</u>

a) Triângulos equiláteros

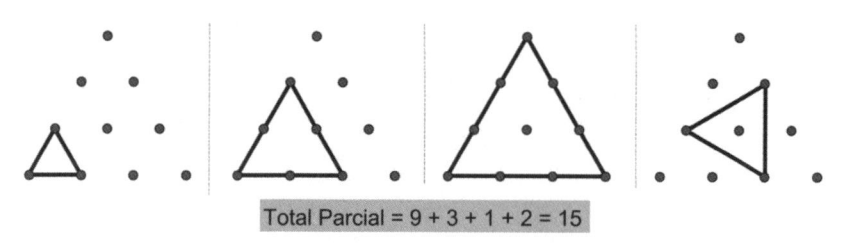

Total Parcial = 9 + 3 + 1 + 2 = 15

FIGURA 5

b) Triângulos isósceles

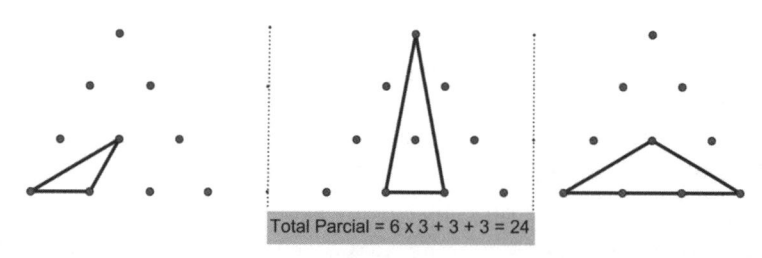

Total Parcial = 6 x 3 + 3 + 3 = 24

FIGURA 6

c) Triângulos escalenos

c.1) retângulos

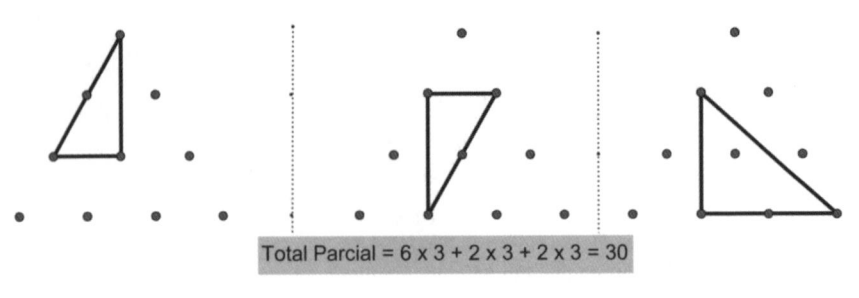

Total Parcial = 6 x 3 + 2 x 3 + 2 x 3 = 30

FIGURA 7

c.2) acutângulos

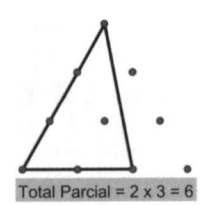

Total Parcial = 2 x 3 = 6

FIGURA 8

c.3) obtusângulos

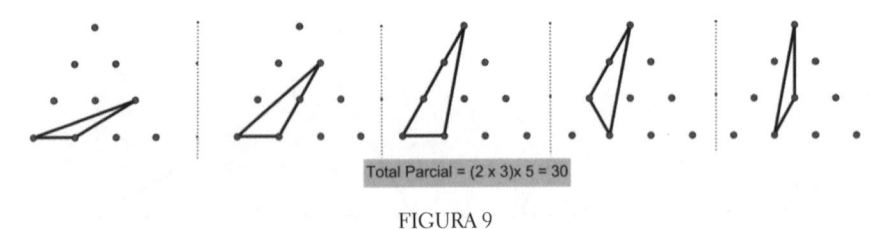

Total Parcial = (2 x 3)x 5 = 30

FIGURA 9

Segue que, de fato, obtivemos todos os triângulos em redes 4 x 4 x 4:

TOTAL = 15 + 24 + 30 + 6 + 30 = 105

C - TRIÂNGULOS EQUILÁTEROS EM REDES N X N X N

Em B.1, vimos que em rede 3 x 3 x 3 existem só dois tipos de triângulos equilá-teros, e em B.2, que existem em rede 4 x 4 x 4 quatro tipos. Nesta situação-problema, estudaremos quais e quantos são os tipos de triângulos equiláteros nas diversas redes triangulares isométricas conforme as medidas de seus lados. Um dos objetivos é des-cobrir se existe algum padrão dos lados.

a) Redes pequenas

Indicaremos com L_j o lado com medida j, em que j = 1 significa a unidade de rede triangular.

É óbvio que em rede 2 x 2 x 2 temos um tipo único de triângulo equilátero de lado L_1. Em rede 3 x 3 x 3 temos dois tipos com lados L_1 e L_2. Em rede 4 x 4 x 4 temos três tipos com lados L_1, L_2 e L_3, respectivamente, e um quarto tipo que facilmente se determina o lado.

Basta usar o triângulo retângulo, com hipotenusa dada por um lado, e aplicar o Teorema de Pitágoras,

$$x^2 = (3 : 2)^2 + (x : 2)^2$$

que, resolvido, fornece x = √3, portanto o lado é $L_{\sqrt{3}}$.

FIGURA 10

Em resumo, para rede 4 x 4 x 4 temos lados L_1, L_2, L_3 e $L_{\sqrt{3}}$.

b) Rede 5 x 5 x 5

Inicialmente, percebe-se que possui, além dos lados L_1, L_2, L_3 e $L_{\sqrt{3}}$, o lado L_4 e outro numa disposição um pouco mais inclinada, do qual determinaremos também o lado com ajuda da relação pitagórica.

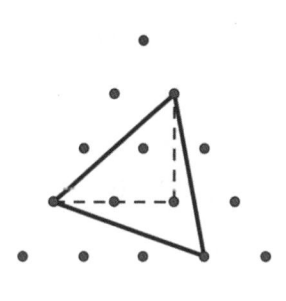

Consideremos um triângulo retângulo (será ?) na rede, com a hipotenusa dada por um lado do triângulo equilátero inclinado. Usando a relação pitagórica, temos:

$$x^2 = 2^2 + (\sqrt{3})^2 = 4 + 3 = 7 => x = \sqrt{7}$$

de onde segue que o triângulo equilátero tem o lado $L_{\sqrt{7}}$.

FIGURA 11

c) Rede 6 x 6 x 6

Até mesmo alunos do ensino fundamental de imediato descobrirão que nessa rede existem triângulos equiláteros de lado L_1, L_2, L_3, L_4, L_5, $L_{\sqrt{3}}$ e $L_{\sqrt{7}}$; mas vários descobrirão a existência de um novo tipo mais inclinado. Com uma pequena ajuda saberão calcular a medida de seu lado.

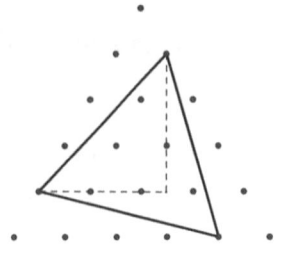

> **A hipotenusa do triângulo retângulo (?) indicado na figura é o lado do novo tipo. Segue que:**
>
> $$x^2 = (5 : 2)^2 + [(\sqrt{3}) + (\sqrt{3}) : 2]^2 = 52 : 4 = 13$$
>
> **que nos fornece o lado $L_{\sqrt{13}}$.**

FIGURA 12

d) E o padrão?

Analisando os lados dos triângulos equiláteros existentes nas redes anteriores, percebe-se que temos duas sucessões para medidas dos lados:

- uma de inteiros: 1, 2, 3, 4, 5, ...
- outra de irracionais: $\sqrt{3}$, $\sqrt{7}$, $\sqrt{13}$, ...

A primeira tem para rede n x n x n claramente o padrão até n - 1, enquanto na segunda não é claro o padrão. Porém podemos descobrir o padrão dos radicandos (sub-radicais).

Calculando os aumentos sucessivos, temos 7 - 3 = 4 e 13 - 7 = 6; mas 6 - 4 = 2. Ora, se 2 for constante para os acréscimos dos aumentos, então o próximo aumento deve ser 6 + 2 = 8, e consequentemente o próximo radicando deve ser 13 + 8 = 21.

Supondo que essa inferência é *plausível*, mesmo que prematura, verifiquemos a sua credibilidade em rede 7 x 7 x 7 no triângulo equilátero mais inclinado.

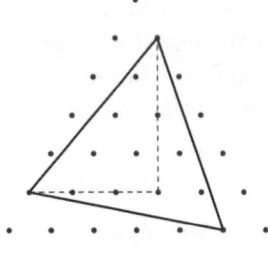

> **No triângulo retângulo, temos:**
>
> $$x^2 = 3^2 + (2\sqrt{3})^2 = 9 + 12 = 21 \text{ e } x = \sqrt{21}$$
>
> **portanto, o lado é $L_{\sqrt{21}}$ conforme previsto, o que torna a inferência credível.**

FIGURA 13

Nota: O leitor encontrará no capítulo que aborda comprimentos e perímetros as medidas dos segmentos obtidas por outros procedimentos.

Em consequência, se o padrão é credível, os próximos lados para a segunda sucessão devem ser $L_{\sqrt{31}}$, $L_{\sqrt{43}}$, $L_{\sqrt{57}}$, etc.

> **Em consequência, os triângulos retângulos auxiliares constituem um padrão?**

Vamos realizar duas explorações na tabela dos catetos.

TABELA 1

Rede	Cateto horizontal	Cateto vertical
4 x 4 x 4	1,5	$0,5\sqrt{3}$
5 x 5 x 5	2	$1,0\sqrt{3}$
6 x 6 x 6	2,5	$1,5\sqrt{3}$
7x 7 x 7	3	$2,0\sqrt{3}$

Primeira exploração: Seriam semelhantes os triângulos? Ao compararmos as razões dos dois catetos em cada triângulo tivemos uma pequena desilusão: elas não são iguais. Então os triângulos retângulos auxiliares *não são semelhantes!*

Segunda exploração: Haveria alguma relação adequada para os catetos horizontais ou para os catetos verticais? Sim! (Que bom!)

Os catetos horizontais aumentam sempre de 0,5 unidades, e os verticais também, mas de $0,5\sqrt{3}$. Concluímos que as duas sucessões formam progressões aritméticas.

A dos CH inicia com 1,5, portanto o seu termo de ordem k seria

$$1,5 + (k - 1)\, 0,5 = 1 + 0,5\, k$$

e a dos CV começa com $0,5\sqrt{3}$, então o termo de ordem k *"seria"*

$$0,5\sqrt{3} + (k - 1)\, 0,5\sqrt{3} = (0,5\sqrt{3})\, k.$$

Porém, cada uma dessas sucessões, a rigor, começa com três zeros correspondentes às redes 1 x 1 x 1, 2 x 2 x 2 e 3 x 3 x 3. Então devemos trocar k por n - 3, e teremos as fórmulas corretas:

$$CH_{n \times n \times n} = 1 + 0,5\, (n - 3) = 0,5n - 0,5$$
$$CV_{n \times n \times n} = (0,5\sqrt{3})\, (n - 3) = (0,5n - 1,5)\sqrt{3}$$

Conseguimos a fórmula da medida da hipotenusa com recurso da relação pitagórica:

$$x^2 = (0,5n - 0,5)_2 + [(0,5n - 1,5)\sqrt{3}]^2$$
$$= n^2 - 5n + 7$$
$$=> x = \sqrt{(n^2 - 5n + 7)}$$

Ilustrações

a) $CH_{6 \times 6 \times 6} = 3 - 0,5 = 2,5$; $CV_{6 \times 6 \times 6} = (3 - 1,5)\sqrt{3} = 1,5\sqrt{3}$
   e hipotenusa $= \sqrt{(36 - 30 + 7)} = \sqrt{13}$

b) $CH_{8 \times 8 \times 8} = 4 - 0,5 = 3,5$; $CV_{8 \times 8 \times 8} = (4 - 1,5)\sqrt{3} = 2,5\sqrt{3}$
   e hipotenusa $= \sqrt{(64 - 40 + 7)} = \sqrt{31}$.

Nota: O leitor, professor ou aluno calcularão as hipotenusas $\sqrt{43}$ e $\sqrt{57}$; respectivamente das redes seguintes conferindo com o padrão já estabelecido.

Como é maravilhosamente harmoniosa a matemática!

C.1 - INDICAÇÃO BIBLIOGRÁFICA

SPIKELL, M. A. Equilateral Triangles on a Geometric Grid. *Mathematics Teacher*, v. 83, n. 9, p. 740-743, Dec. 1970.

Comentário: O autor da George Mason University, Fairfax, ensinava, na ocasião, Resolução de Problemas de Matemática a adultos que lecionavam para crianças usando material manipulativo. Descreveu, no artigo, atividades de um estudante trabalhando sobre rede triangular isométrica com régua e compasso, o menor segmento de extremos não adjacentes para a descoberta de pares de pontos de mesma medida. Em particular, apresentou a lista dos seis tipos de triângulos equiláteros numa rede 5 x 5 x 5. Este especial problema foi a inspiração para o nosso trabalho desenvolvido em C (suposto original).

D - TRIÂNGULOS EQUILÁTEROS ESPECIAIS EM N X N X N

Faremos um estudo (supostamente original) do quesito *quantos* relativo a dois tipos de triângulos equiláteros: os com ponta para cima e os com ponta para baixo. O objetivo principal é descobrir uma fórmula do número desses triângulos para rede qualquer n x n x n em função da medida do lado.

Na FIG. 14, indicamos os respectivos totais parciais em colunas por triângulos pequenos.

D.1 - TRIÂNGULOS EQUILÁTEROS COM LADO UNITÁRIO (OCUPAM REDE 2 X 2 X 2)

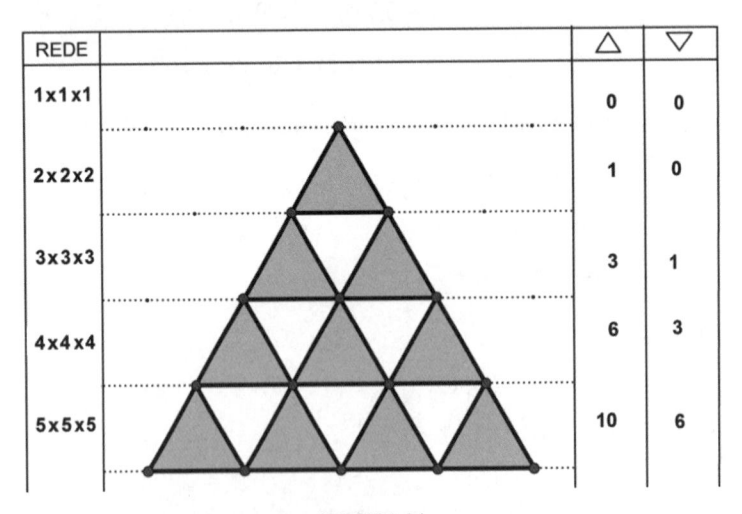

REDE		△	▽
1x1x1		0	0
2x2x2		1	0
3x3x3		3	1
4x4x4		6	3
5x5x5		10	6

FIGURA 14

Na figura, os totais parciais foram obtidos a partir da soma do número de novos triângulos ao número respectivo da rede anterior. Assim, na coluna dos triângulos com ponta para cima, para rede 3 x 3 x 3 ao 1 da anterior acrescentamos 2 novos, ficando com 3; depois, para rede 4 x 4 x 4, ao 3 somamos 3 novos, obtendo 6, e assim por diante. Da mesma maneira construímos a outra coluna.

Observando as duas colunas, verifica-se que ambas apresentam a mesma sucessão de números. Porém a segunda inicia com dois zeros. Lembrando a formação dessas colunas, indicando com $T_{n,1,c}$ e $T_{n,1,b}$, respectivamente, o número de triângulos equiláteros de uma rede n x n x n de lado 1 (unidade de rede isométrica) de ponta para *cima* (c) e de ponta para *baixo* (b), temos as fórmulas:

$$T_{n,1,c} = 0 + 1 + 2 + 3 + ... + (n - 1) = (n - 1) \cdot n : 2$$
$$T_{n,1,b} = 0 + 0 + 1 + 2 + ... + (n - 2) = (n - 2)(n - 1) : 2$$

Somando-as, teremos o total de lado 1 em rede n x n x n.

$$T_{n,1} = n^2 - 2n + 1 \text{ ou } (n - 1)^2$$

Ilustrações

$T_{6,1,c} = 5 \cdot 6 : 2 = 15$ $T_{6,1,b} = 4 \cdot 5 : 2 = 10$ $T_{6,1} = 5^2 = 25$

$T_{11,1,c} = 10 \cdot 11 : 2 = 55$ $T_{11,1,b} = 9 \cdot 10 : 2 = 45$ $T_{11,1} = 10^2 = 100$

D.2 - TRIÂNGULOS EQUILÁTEROS COM LADO 2 (OCUPAM REDE 3 X 3 X 3)

Procedendo analogamente, teremos a FIG. 15 a seguir, na qual mostramos apenas os primeiros triângulos possíveis de cada tipo.

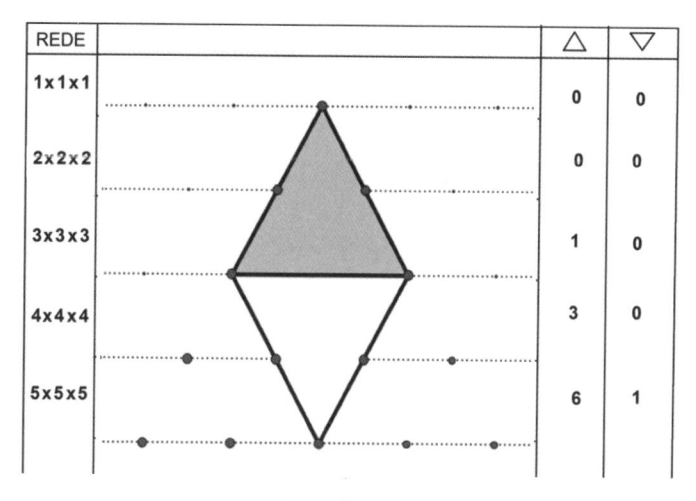

FIGURA 15

Observa-se nas colunas de totais a mesma sucessão anterior; porém uma inicia com dois zeros, e a outra, com quatro. Seguem as fórmulas de triângulos equiláteros de lado 2 para redes n x n x n:

$$T_{n,2,c} = 0 + 0 + 1 + 2 + 3 + 4 + ... + (n - 2) = (n - 2)(n - 1) : 2$$

$$T_{n,2,b} = 0 + 0 + 0 + 0 + 1 + 2 + ... + (n - 4) = (n - 4)(n - 3) : 2 \ (n > 2)$$

Somando as duas, obtemos:

Ilustrações

$$\boxed{T_{n,2} = n^2 - 5n + 7 \ (n \geq 2)}$$

$T_{5,2,c} = 3 . 4 : 2 = 6$ $T_{5,2,b} = 1 . 2 : 2 = 1$ $T_{5,2} = 25 - 25 + 7 = 7$

$T_{7,2,c} = 5 . 6 : 2 = 15$ $T_{7,2,b} = 3 . 4 : 2 = 6$ $T_{7,2} = 49 - 35 + 7 = 21$

D.3 - TRIÂNGULOS EQUILÁTEROS COM LADO K

Considerando as duas fórmulas já obtidas e trabalhando de maneira análoga, obtivemos as fórmulas polinomiais do segundo grau:

$$T_{n,1} = n^2 - 2n + 1$$

$$T_{n,2} = n^2 - 5n + 7 \quad (n > 2)$$

$$T_{n,3} = n^2 - 8n + 18 \quad (n > 3)$$

$$T_{n,4} = n^2 - 11n + 34 \quad (n > 4)$$

$$T_{n,5} = n^2 - 14n + 55 \quad (n > 5)$$

em que os coeficientes de n estão em progressão aritmética de razão (-3) e termo inicial (-2); e os termos independentes estão em progressão aritmética de segunda ordem de razão 5 (as primeiras diferenças são 6, 11, 16, 21... e portanto a segunda diferença é constante e igual a 5).

Com essas informações, obtemos, para lado k:

a) coeficiente de n (pela fórmula do termo geral de PA)

$$(-2) + (k - 1)(-3) = -(3k - 1)$$

b) termo independente (pela fórmula Polinomial de Gregory-Newton)

$$TI(k + 1) = TI(1) + k . \Delta TI(1) + (k^{(2)} : 2) \Delta^2 TI(1)$$

$$= 1 + 6 k + 5 k (k - 1) : 2$$

em que trocando k por k-1:

$$TI(k) = k(5k - 3) : 2$$

resulta na fórmula geral[10]:

$$T_{n,k} = n^2 - (3k - 1)n + k(5k - 3) : 2, (n > k)$$

Ilustrações

$T_{5,3} = 25 - (9 - 1) \cdot 5 + 3(15 - 3) : 2 = 25 - 40 + 18 = 3$

$T_{8,4} = 64 - (12 - 1) \cdot 8 + 4(20 - 3) : 2 = 64 - 88 + 34 = 10$

$T_{10,5} = 100 - (15 - 1) \cdot 10 + 5(25 - 3) : 2 = 100 - 140 + 55 = 15$

Mas calma lá! O que acontece se n = k ou n < k ? Exemplificando, veremos o que sucedeu:

a) n = k

$$T_{6,6} = 36 - 102 + 81 = 117 - 102 = 15 \text{ (!!!)}$$

Porém deveria dar *zero*; em rede 6 x 6 x 6 não existe triângulo equilátero de lado 6 de ponta para cima, o maior possível é o de lado 5; e de ponta para baixo começaria a aparecer com seu lado superior se a rede fosse 7 x 7 x 7.

b) n < k

$$T_{2,5} = 4 - 28 + 55 = 59 - 28 = 31 \text{ (!!!)}$$

Agora temos um absurdo maior. Qual o motivo?

---

[10] Esta fórmula foi descoberta por um dos membros do GGEP em 2008.

EXPLORANDO REDES CIRCULARES

CAPÍTULO 11

ÂNGULOS EM ESTRELADOS INSCRITOS

A - UMA SITUAÇÃO-PROBLEMA CURIOSA

Atividade 1

Situação: É dado um estrelado de cinco pontas inscrito numa circunferência com rede de pontos não igualmente espaçados.

Problema: Determinar a soma dos ângulos das cinco pontas.

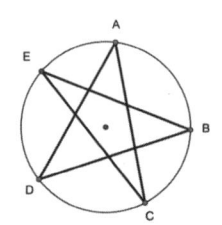

Resolução: Seja o estrelado ACEBD. Temos os valores dos ângulos inscritos iguais à metade dos ângulos centrais:

medida de A = medida do arco CD/2

medida de B = medida do arco DE/2

medida de C = medida do arco EA/2

medida de D = medida do arco AB/2

medida de E = medida do arco BC/2

Adicionando, obtemos (simplificadamente):

$$(A + B + C + D + E) = arco\ (CD + DE + EA + AB + BC)/2$$
$$= arco\ (AB + BC + CD + DE + EA)/2.$$

Como a soma inicia em A e termina em A, temos:

Soma das medidas dos ângulos das pontas = medida do arco
de meia volta = π radianos (ou, equivalentemente, 180°).

Observação: É importante discutir com os alunos que essa soma é independente da disposição dos pontos na circunferência.[11]

---

[11] O resultado é verdadeiro também no caso do estrelado não ser inscritível.

A.1 - ATIVIDADES

Atividade 1

Situação: É dado um estrelado de sete pontas inscrito numa circunferência.

Problema: Determinar a soma dos ângulos das sete pontas.

Observação preliminar: São dois casos a serem estudados:

a) os lados são cordas que pulam sucessivamente duas pontas;

b) os lados são cordas que pulam sucessivamente uma ponta.

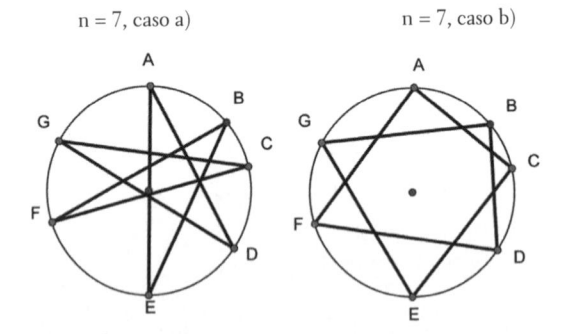

n = 7, caso a)   n = 7, caso b)

Solução do caso a)

Soma = $180°$ (obtenção análoga e fácil como em n = 5).

Solução do caso b)

ângulo A = arco (CD + DE + EF)/2   (1)

ângulo B = arco (DE + EF + FG)/2   (2)

ângulo C = arco (EF + FG + GA)/2   (3)

ângulo D = arco (FG + GA + AB)/2   (4)

ângulo E = arco (GA + AB + BC)/2   (5)

ângulo F = arco (AB + BC + CD)/2   (6)

ângulo G = arco (BC + CD + DE)/2   (7)

Somando na ordem (6), (2), (5), (1), (4), (7) e (3), temos a soma S = medida do arco [(AB + BC + CD) + (DE + EF + FG) +

+ (GA + AB + BC) + (CD + DE + EF) + (FG + GA + AB) +

+ (BC + CD + DE) + (EF + FG + GA)]/2.

Verificamos que chegamos ao ponto A três vezes. Portanto, demos três voltas na circunferência.[12]

Segue que S = 3 x 360° : 2 = 3 x 180° = 540°.

---

[12] Seria motivador os alunos realizarem trabalho análogo iniciando em B com a igualdade (7), depois a (3), etc.

Atividade 2

Situação: É dado um estrelado de oito pontas inscrito numa circunferência.

Problema: Determinar a soma dos ângulos das oito pontas.

Observação: Só temos um caso, cada lado é corda que pula dois pontos.

Solução: 360°.

Atividade 3

Situação: É dado um estrelado de nove pontas inscrito numa circunferência.

Problema: Determinar a soma dos ângulos das nove pontas.

Observação: Verificar primeiro o número de casos.

Soluções: a) 180°, b) 540°, c) 900°.

A.2 - DESCOBRINDO UMA FÓRMULA

Seja um estrelado com os lados dados por cordas que pulam sucessivamente **i pontos** da circunferência.

Resulta que cada lado pula **i + 1 arcos**, e que os dois lados que formam cada ângulo pulam **2(i + 1) arcos**. Portanto, sobram **[n - 2(i + 1)] arcos** determinados na circunferência para cada ângulo inscrito.

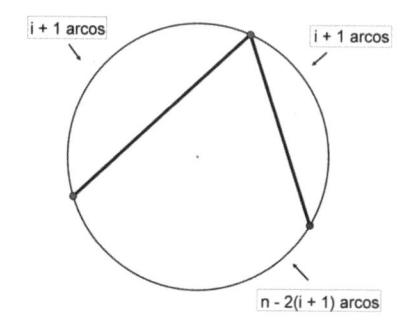

FIGURA 1

Uma vez que, para os **n** ângulos das pontas, teremos essa mesma fórmula (apenas mudando os arcos componentes), quando os somamos teremos:

[n - 2(i + 1)] . (n vezes cada arco)
ou [n - 2(i + 1)] voltas

Em consequência, considerando que para cada inscrito devemos dividir o central correspondente por 2, então a soma dos ângulos inscritos é dada pela fórmula:

$$S_{n,i} = [n - 2(i + 1)]\ 180°$$

Ilustração: Soma dos ângulos das pontas de um estrelado de dez pontas cujos lados pulam sucessivamente duas pontas:

$$S_{10,2} = [10 - 2(2+1)]180° = 720°$$

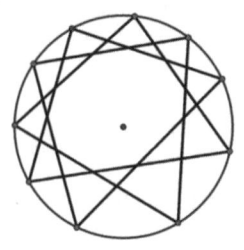

FIGURA 2

A.2.1 - Casos especiais

1. Estrelado de uma rede circular de pontos igualmente espaçados. A prova empregada é consequentemente independente de os pontos serem ou não igualmente espaçados.

2. Polígonos não estrelados (quando $i = 0$).

   Ilustração: Pentágono inscrito:

   $$S_{5,0} = [5 - 2(0 + 1)]180° = 3 . 180° = 540°$$

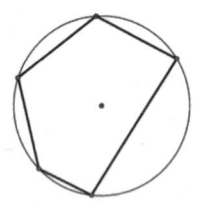

FIGURA 3

3. Radiações (quando $i = n : 2 - 1$)

   Ilustração: Estrelado (degenerado) de dez pontas pulando sucessivamente quatro pontos:

   $$S_{10,4} = [10 - 2(4 + 1)]180° = 0$$

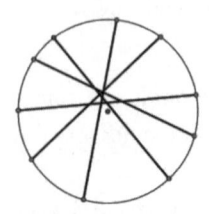

FIGURA 4

Atenção: Na hipótese de se aplicar a fórmula, por exemplo, para i = 3 e n = 10, sem observar que seria o caso de um estrelado descontínuo de dez pontas, o estudante encontrará:

$$S_{10,3} = [10 - 2(3 + 1)]180° = 360°$$

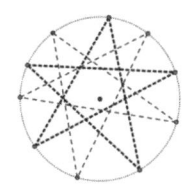

FIGURA 5

que, curiosamente, nada mais é que a soma dos ângulos das pontas dos dois estrelados constituintes de cinco pontas. De fato, aplicando a fórmula para o pentágono estrelado de cinco pontas, com i = 1, obtemos para cada um:

$$S_{5,1} = [5 - 2(1 + 1)]\ 180° = 180°$$

Daí a soma igual a 360°.

Uma aplicação simples

Para polígonos não estrelados temos i = 0, então:

$$S_{n,0} = [n - 2(0 + 1)]\ 180° = \mathbf{(n - 2)\ 180°}$$

Assim, $S_{10,0} = (10 - 2)\ 180° = 1440°$.

Sabemos que o polígono regular tem os ângulos internos iguais. Então, cada um é dado por (n - 2) 180° : n = **180° - 360° : n**.

Ilustração: Ângulo interno do decágono regular não estrelado:

$$180° - 360°/10 = 180° - 36° = 144°$$

FIGURA 6

A.3 - COMENTÁRIO

Com base em oficina pedagógica realizada com professores do ensino fundamental e do médio quando esse estudo estava ainda em estágio inicial, verificamos que o assunto é bastante motivador e permite explorar vários temas relacionados da Geometria.

*

CAPÍTULO 12

CONTAGEM DE CORDAS

A - PRELIMINARES

Estabelecemos inicialmente a identificação de cordas numa rede circular de n pontos (igualmente espaçados) pela contagem dos pontos da circunferência que são intermediários entre as extremidades da corda.

Seja, para ilustrarmos o conceito, uma rede circular de n = 10 pontos (igualmente espaçados) A, B, C, D, E, F, G, H, I e J.

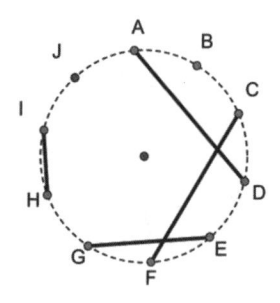

FIGURA 1

Observando as cordas AD e CF, verifica-se que ambas pulam dois pontos da rede de um lado e seis do outro lado.

Elas serão consideradas do tipo $c_{10,2}$, uma vez que $2 < 6$. Em outras palavras, determinam dois pontos intermediários na rede entre as suas extremidades.

Com essa conceituação, as cordas EG e HI são do tipo $c_{10,1}$ e $c_{10,0}$, respectivamente, pois $1 < 7$ e $0 < 8$.

Os alunos deverão entender que $c_{n,k}$ indica o tipo de corda de uma rede circular de **n** pontos em que **k** é o menor número de pontos da rede intermediários da corda entre suas extremidades.

B- MÁXIMO DE K

B.1 - OBTENDO A FÓRMULA

O máximo de k para uma rede de n pontos se verifica para a corda de maior medida.

Uma vez que, para qualquer n e qualquer corda, usamos dois pontos para seus extremos, então ficamos com n - 2 pontos para constituírem seus pontos intermediários.

Observe que n e n - 2 são de mesma paridade:

Caso 1 - se n é par, então n - 2 é par.

Caso 2 - se n é ímpar, então n - 2 é ímpar

No Caso 1, dividindo n - 2 por 2 teremos em ambos os lados da corda (n - 2) : 2 pontos intermediários; ou que:

$$k_{max} = (n - 2) : 2$$

Ilustração

Para n = 10, temos $k_{max} = (10 - 2) : 2 = 4$; é o que aconteceu na FIG. 2, em que ilustramos com as cordas AF e CH.

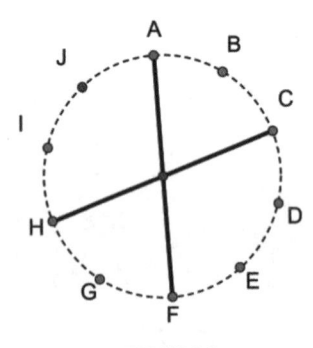

FIGURA 2

No Caso 2, sendo n - 2 ímpar, então não é divisível por 2; portanto é adequado utilizar a função maior inteiro[13] contido:

$$k_{max} = [(n - 2)/2]$$

Ilustração

Para n = 15, temos $k_{max} = [(15 - 2)/2] = [6,5] = 6$; que ilustramos na FIG. 3 com as cordas AH e DK.

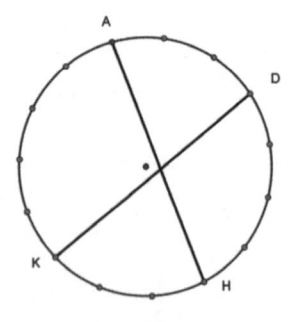

FIGURA 3

---

[13] Em decorrência, resulta que a fórmula com a função maior inteiro pode ser empregada nos dois casos.

B.2 - ATIVIDADES

Atividade 1

Construir duas cordas de comprimento máximo numa rede circular de 8 pontos.

Atividade 2

Construir duas cordas de comprimento mínimo e duas de comprimento máximo numa rede circular de 12 pontos.

Atividade 3

Construir cordas dos tipos:

a) $c_{24,3}$ b) $c_{24,4}$ c) $c_{24,7}$ d) $c_{24,0}$ e) $c_{24,k\,max}$

C - DESCOBRINDO CONFIGURAÇÕES COM CORDAS

C.1 - SITUAÇÃO-PROBLEMA

Situação: É dada uma rede circular de n pontos.

Problema: Determinar todas as configurações com p cordas sem cruzamentos e sem extremo comum.

Atividade 1 (Modelo): n = 9 e p = 3.

Soluções

a) $3\ c_{9,0} \rightarrow 3$ configurações

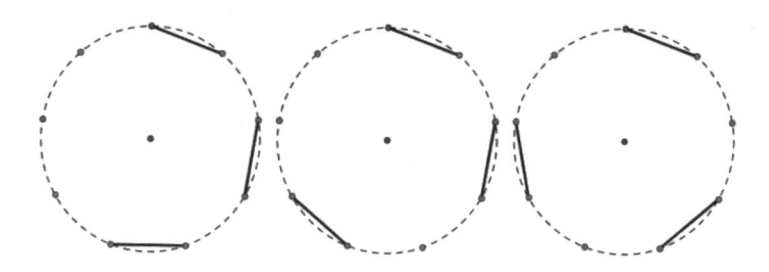

b) $2\ c_{9,0} + c_{9,1} \rightarrow 4$ configurações

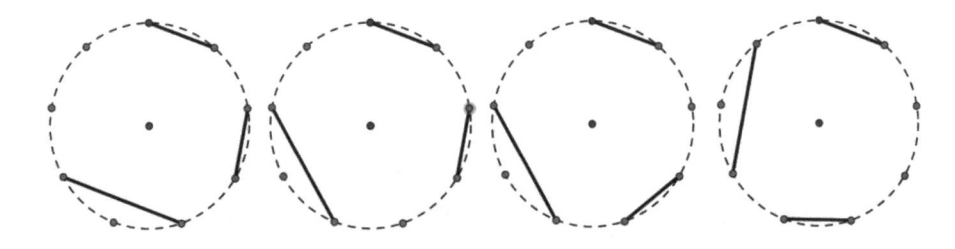

c) $2\,c_{9,0} + c_{9,2} \to 4$ configurações

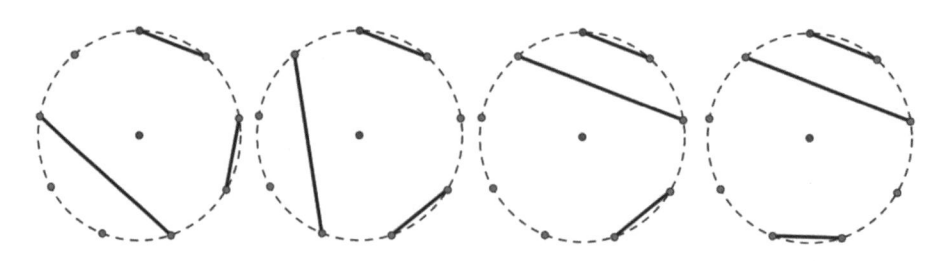

d) $2\,c_{9,0}, + c_{9,3} \to 4$ configurações

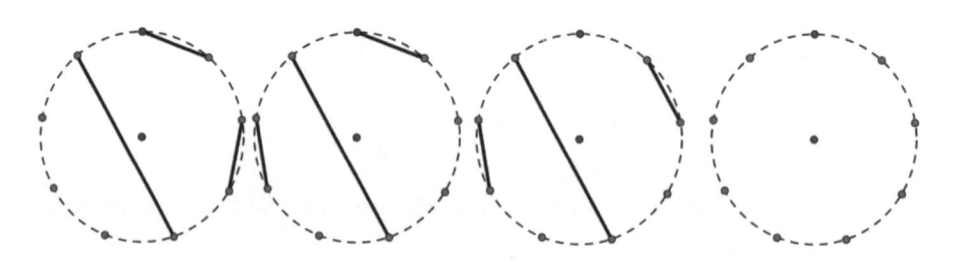

e) $c_{9,0} + c_{9,1} + c_{9,2} \to 3$ configurações

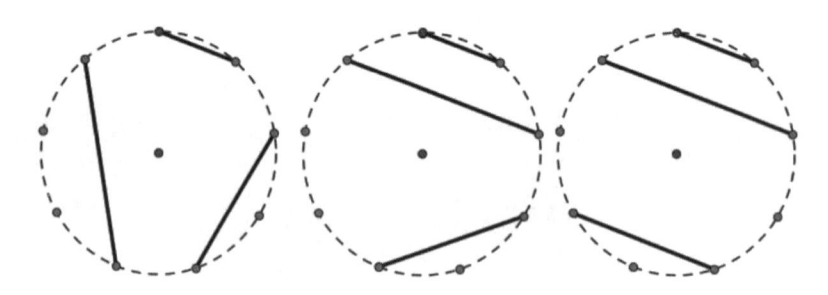

f) $c_{9,0} + c_{9,1} + c_{9,3} \to 3$ configurações

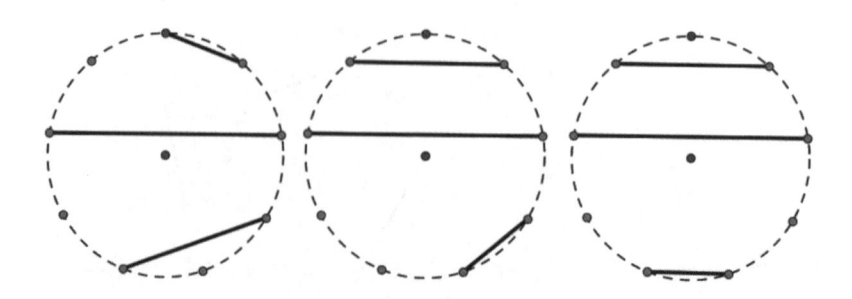

g) $c_{9,0} + 2\,c_{9,1} \rightarrow 1$

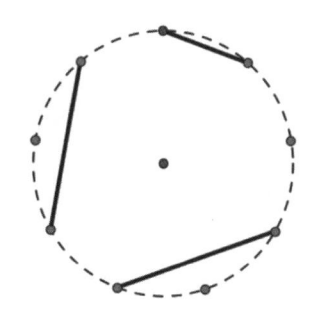

h) $3\,c_{9,1} \rightarrow 1$

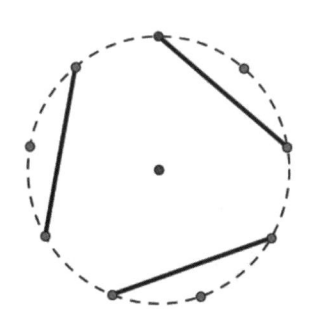

i) $c_{9,3} + c_{9,2} + c_{9,1} \rightarrow 1$

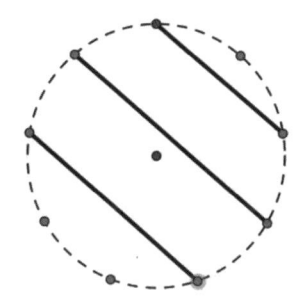

j) $c_{9,3} + 2c_{9,1} \rightarrow 1$

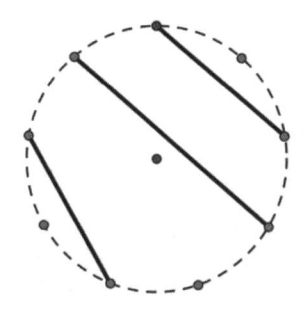

k) $c_{9,3} + c_{9,2} + c_{9,0} \to 2$

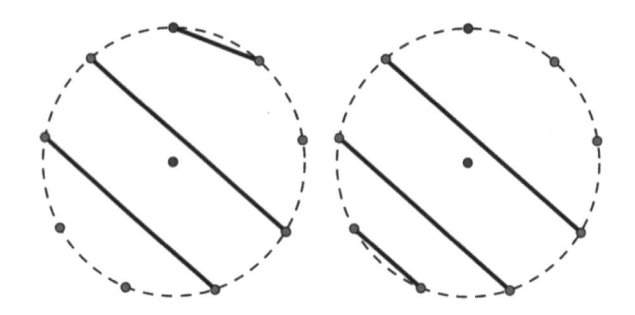

Total de configurações = 27

Atividade 2: n = 9 e p = 4
Soluções numéricas

a) $4\,c_{9,0} \to 1$

b) $3\,c_{9,0} + c_{9,1} \to 1$

c) $3\,c_{9,0} + c_{9,2} \to 2$

d) $3\,c_{9,0} + c_{9,3} \to 1$

e) $2\,c_{9,0} + c_{9,2} + c_{9,3} \to 1$

f) $c_{9,0} + c_{9,1} + c_{9,2} + c_{9,3} \to 1$

g) $2\,c_{9,0} + 2c_{9,2} \to 1$

h) $2\,c_{9,0} + c_{9,1} + c_{9,3} \to 1$

Total de configurações = 9

Atividade 3: n = 8 e p = 4

Que tal descobrir todas as configurações e o total?

D - MATEMÁTICA RELACIONADA

Uma primeira questão relacionada que se coloca é:

Questão 1: Determinação do **número máximo de cordas** que podem ser construídas numa rede circular de n pontos (igualmente espaçados) que não possua ponto comum (sem cruzamento e sem extremo comum).

Vamos utilizar uma argumentação simples (outras são possíveis). Colocamos uma corda tipo $c_{n,0}$, então ficamos com n - 2 pontos, logo o número máximo de cordas C_n da rede será dado por:

$$\max C_n = 1 + \max C_{n-2}$$

e, sucessivamente, usando para extremos pontos próximos sem intermediários, temos $\max C_n = 2 + \max C_{n-4} = 3 + \max C_{n-6}$, etc, e, em geral, $\max C_n = k + \max C_{n-2k}$.

Temos dois casos[14] para examinar:

a) $n - 2k = 2$

Podemos ainda construir mais uma corda $c_{n,0}$ nas condições impostas, então:

$$\max C_n = k + 1$$

Uma vez que $n - 2k = 2$, então $n = 2(k + 1)$, ou que **n é par**.

Substituindo o valor de $k + 1$ em $\max C_n$, obtemos:

$$\max C_n = n/2.$$

b) $n - 2k = 1$

Não podemos construir nova corda satisfazendo as condições impostas. Portanto, $\max C_n = k$

Mas agora $n = 2k + 1$, ou que **n é ímpar**.

Substituindo o valor de k em $\max C_n$, obtemos:

$$\max C_n = (n - 1)/2.$$

Nota: As duas fórmulas podem ser colocadas em fórmula única empregando-se a função Maior Inteiro **$\max C_n = [n/2]$**.

Ilustrações

$$\max C_9 = (9 - 1)/2 = 4, \text{ ou } \max C_9 = [9/2] = [4,5] = 4$$
$$\max C_{10} = 10/2 = 5, \text{ ou } \max C_{10} = [10/2] = [5] = 5$$

Questão 2: Dada uma rede circular de n pontos (igualmente espaçados) determinar o número $^{\circ}C_n$ máximo de cordas que não se cruzam, mas podem ter **extremo comum**.

Podemos construir n cordas $c_{n,0}$ fechando um contorno poligonal regular. Fixamos um ponto da rede e, então, sobram $n - 3$ pontos. Portanto, podemos construir mais $n - 3$ cordas com extremo no ponto fixado. Segue que o número $_{\circ}C_n$ máximo de cordas sem se cruzarem, apenas podendo ter extremo comum, é dado por:

$$^{\circ}C_n = 2n - 3$$

Ilustrações

$$^{\circ}C_8 = 2 . 8 - 3; = 13; \, ^{\circ}C_9 = 2 . 9 - 3 = 15 \text{ (a seguir representadas)}$$

---

[14] Imaginar o caso $n - 2k = 0$ conduz ao mesmo resultado no caso do a).

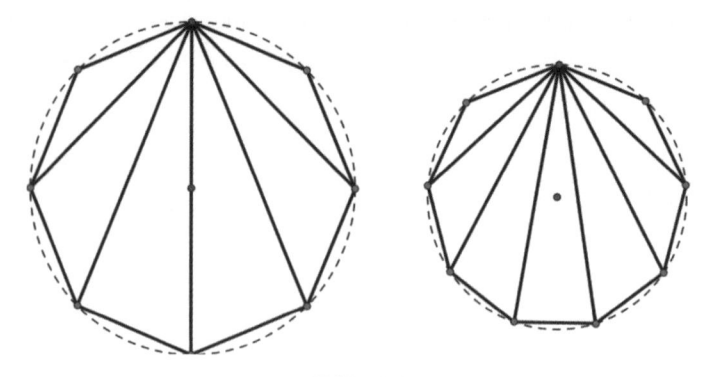

FIGURA 4

Nota: É óbvio que as configurações podem ser diferentes, mas os números $^{\circ}C_8$ e $^{\circ}C_9$ serão os mesmos, conforme representamos em seguida.

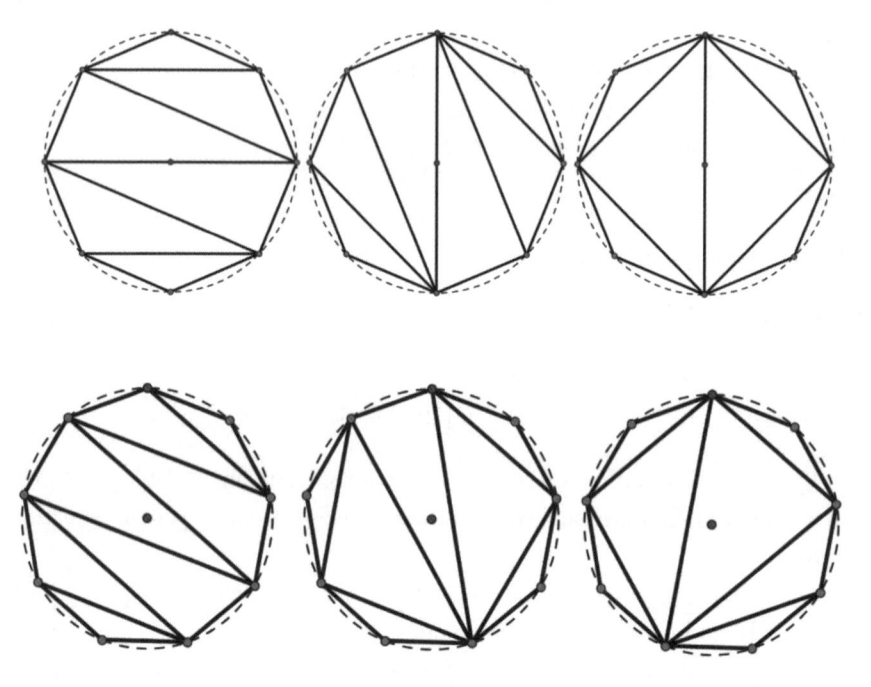

FIGURA 5

Questão 3: Dada uma rede circular de n pontos (igualmente espaçados) determinar o **número máximo de cordas** que podem ser construídas **sem se cruzarem** e cujos extremos **não sejam pontos consecutivos da rede** (ou que **não se tenha cordas do tipo $c_{n,0}$**)?

Nota: Esta questão foi estudada no capítulo 12 do volume 1 de Madsen Barbosa, onde indica que o estudo foi realizado conjuntamente com Maria Christina. B. Marques pelo GGEP. O leitor interessado encontrará nesse capítulo a fórmula de contagem **max c = n - 3**.

Ilustrações: Rede de n = 29 pontos

max c = 29 - 3 = 26

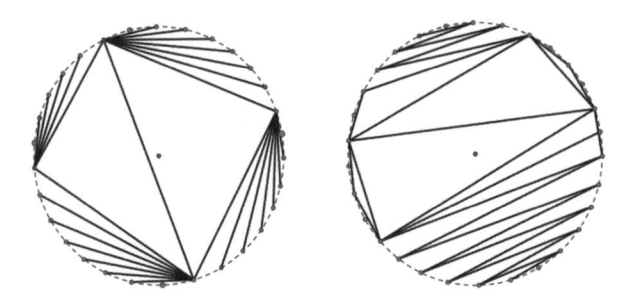

Nota: Observar que na primeira configuração não foram utilizados oito pontos da rede, e na segunda, quatro pontos. No texto mencionado o autor apresenta, para rede de 24 pontos, quatro ilustrações, três que não emprega dois pontos e uma que não usa 12 pontos.

*

CAPÍTULO 13

ESTRELADOS CONTÍNUOS E DESCONTÍNUOS

A - INTRODUÇÃO

Quando construímos um estrelado numa rede circular de pontos, necessariamente os lados cruzam outros lados. Assim, em rede circular de dez pontos, por exemplo, igualmente espaçados, foram construídos dois estrelados. No primeiro, os lados são cordas do tipo $c_{10,2}$, e cada lado cruza com quatro outros lados. No segundo, cada lado é corda do tipo $c_{10,3}$, cruzando com seis outros lados.

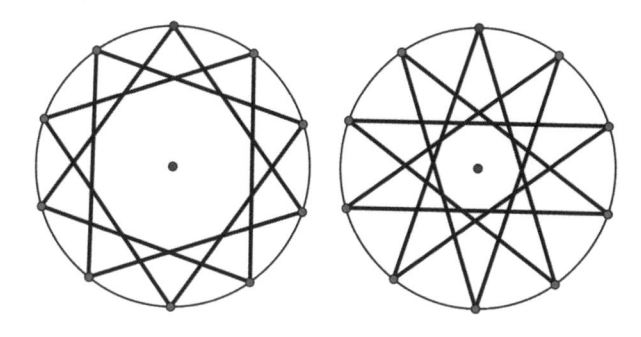

FIGURA 1

Ao se cruzarem, dois lados determinam um ponto comum, que chamaremos **nó** (ou simplesmente ponto de cruzamento, se o leitor preferir).

Nota: O professor poderá aproveitar os dois exemplos para realizar algumas explorações sobre polígonos inscritos; por exemplo, que o primeiro é *contínuo* e o segundo é *descontínuo* (observar que este é constituído de duas pentagonais fechadas, formando dois estrelados). Aliás, se o estrelado empregasse cordas do tipo $c_{10,1}$, também seria descontínuo, mas composto de dois pentágonos regulares. Quantos lados cruzam cada um de seus lados? No caso dos descontínuos é melhor para a visualização usar cores diferentes para os componentes.

B - FÓRMULA DO NÚMERO DE CRUZAMENTOS

Consideremos um polígono estrelado de n pontas (igualmente espaçadas). Sejam seus lados cordas do tipo $c_{n,k}$.

Observemos que qualquer lado cruza com os lados que possuem um extremo nos k pontos intermediários.

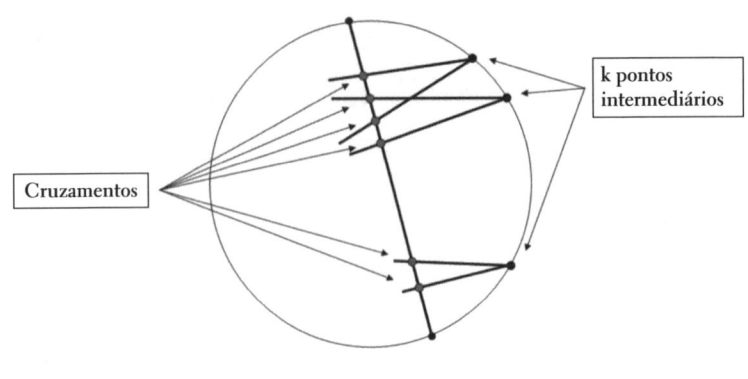

FIGURA 2

Cada lado tem 2k nós; mas como temos n lados, teríamos n (2k) nós. Entretanto, estamos contando cada cruzamento duas vezes; e, em consequência, devemos dividir por 2. o número de nós proveniente de cruzamentos dos lados é simplesmente dado por:

$$NC_{n,k} = n \cdot k$$

Ilustrações

a) $NC_{8,2} = 8 \cdot 2 = 16$

b) $NC_{8,1} = 8 \cdot 1 = 8$

Como se observa nos dois estrelados de oito pontas, o primeiro é contínuo e o segundo é descontínuo, composto de dois quadrados.

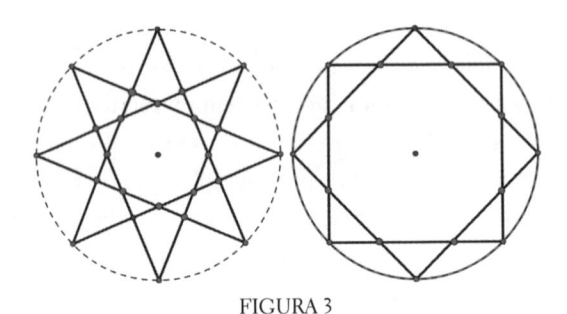

FIGURA 3

C - CONTAGEM DE NÓS, REGIÕES E ARESTAS

Esse tema é apropriado para o ensino médio e as licenciaturas, mas o professor poderá empregar as fórmulas para conferir trabalhos de alunos do ensino fundamental.

Consideremos um polígono estrelado de n pontas, inscrito numa rede circular de n pontos (igualmente espaçados), cujos lados são cordas do tipo $c_{n,k}$.

a) Nós: Temos pelo resultado anterior que $NC_{n,k} = n \cdot k$, e nós que são vértices = n. Portanto, o total é dado por n . k + n ou $N = \mathbf{n(k + 1)}$.

b) Regiões: Observar em estrelados que eles apresentam anéis de figuras geométricas do contorno circular para o centro: primeiramente um de n sectores circulares, depois k - 1 anéis de n quadriláteros cada um. Em seguida, um de n triângulos, e, finalmente, um polígono regular (convexo) de n lados.

Segue que temos R regiões, dadas por:

$$R = n + (k - 1)n + n + 1 = n + n \cdot k + 1$$
$$\text{ou } \mathbf{R = n(k + 1) + 1} \text{ ou ainda } \mathbf{R = N + 1}$$

c) Arestas: Usando a Fórmula de Euler[15] (que não considera a grande região) $R + N = A + 1$, de onde $2N + 1 = A + 1$, temos a fórmula de contagem do número de arestas A (segmento de retas com extremos em nós ou segmentos de arcos com extremos em pontos da rede circular, um ou outro sem pontos internos):

$$\mathbf{A = 2N \text{ ou } A = 2n(k + 1)}$$

Ilustrações

a) Estrelado de 12 pontas com lados tipo $c_{12,1}$
$$N = 12 (1 + 1) = 24, R = 24 + 1 = 25 \text{ e } A = 2 \times 24 = 48$$

b) Estrelado de 12 pontas com lados tipo $c_{12,2}$
$$N = 12 (2 + 1) = 36, R = 36 + 1 = 37 \text{ e } A = 2 \times 36 = 72$$

c) Estrelado de 12 pontas com lados do tipo $c_{12,3}$
$$N = 12 (3 + 1) = 48, R = 48 + 1 = 49 \text{ e } A = 2 \times 48 = 96$$

d) Estrelado de 12 pontas com lados do tipo $c_{12,4}$
$$N = 12 (4 + 1) = 60, R = 60 + 1 = 61 \text{ e } A = 2 \times 60 = 120.$$

Nota: O professor poderá conferir os resultados nas figuras dadas a seguir. Elas possuem outro propósito, o de incentivar o interesse pelo desenvolvimento estético diante do belo.

a) descontínuo (dois hexágonos)

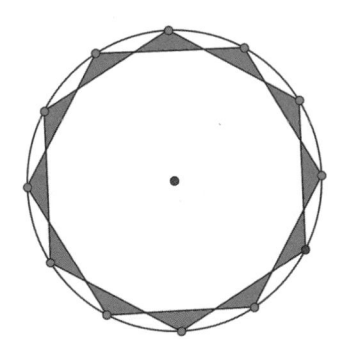

FIGURA 4

---

[15] Leonard Euler (1707-1783), conhecido pelo Problema das Sete Pontaes de Königsberg ou pela fórmula para os elementos Faces, Vértices, Arestas dos poliedros.

b) descontínuo (três quadrados)

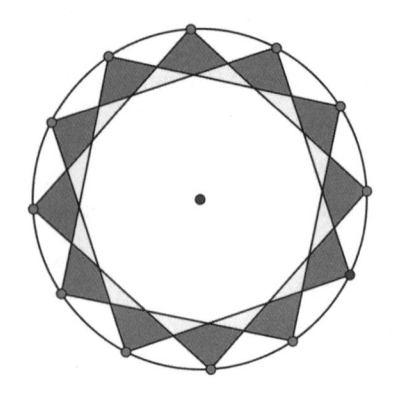

FIGURA 5

c) descontínuo (quatro triângulos)

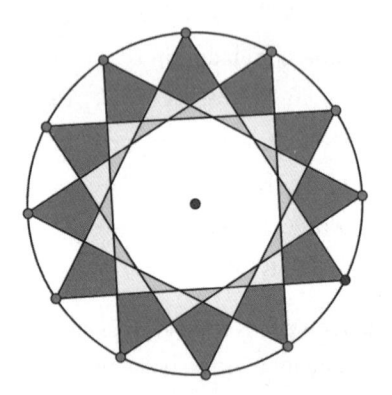

FIGURA 6

d) contínuo

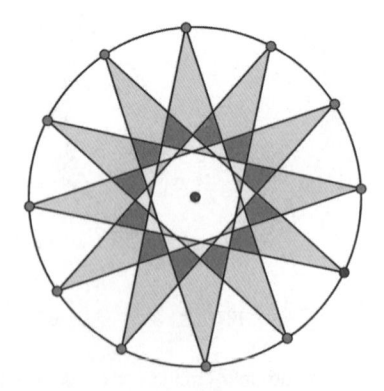

FIGURA 7

Casos especiais

1. Polígonos regulares (convexos)

   Uma vez que $k = 0$, teremos em particular $N = n$, $R = n + 1$ e $A = 2n$, que são corretas e, portanto, as fórmulas são válidas.

2. Radiação plana (só acontece para n par)

   No caso, temos $N = n + 1$, $R = n$ e $A = 2n$. Portanto, as fórmulas não são válidas para $k = (n - 2) : 2$.

D - CONTAGEM DE POLÍGONOS CONTÍNUOS E DESCONTÍNUOS

D.1 - ESTUDANDO E APRENDENDO COM DOIS EXEMPLOS

Exemplo 1: Consideremos a situação-problema da determinação dos estrelados contínuos de $n = 12$ pontas numa rede circular de $n = 12$ pontos (igualmente espaçados).

1. Nomeamos os pontos da rede de 0 a 12; este último coincidirá com o 0.

2. Os lados são cordas dos tipos $c_{12,k}$, em que k é número de pontos intermediários. Portanto, se temos k pontos, devemos ter $p = k + 1$ arcos de mesma medida.

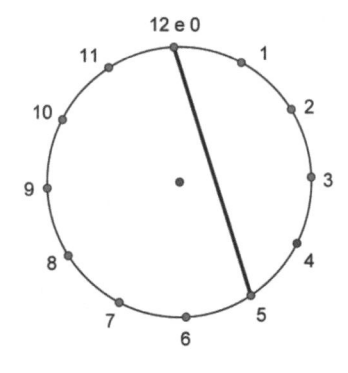

FIGURA 8

Assim, se $k = 0$, temos $p = 1$ arco, se $k = 1$, temos $p = 2$ arcos, e assim sucessivamente, até um k máximo de pontos ou p máximo de arcos a ser determinado.

No nosso exemplo, $p_{max} = 5$, desde que a corda 6 conectasse o ponto 0 ao ponto 6, e a nova corda teria por extremos o 6 e o 12 (que é coincidente com o 0), e $p_{max} > 6$ é contrário ao conceito de pontos intermediários de uma corda.

3. Por enquanto temos duas sucessões: uma de p e outra de k, com seus termos correspondentes a uma unidade menor que os termos da primeira.

$$\textbf{p: } 1, 2, 3, 4, 5 \text{ e } \textbf{k: } 0, 1, 2, 3, 4$$

4. Ora, se $p = 1$, então $k = 0$. Portanto, teremos o polígono regular (convexo) de 12 lados denominado dodecágono regular, que é contínuo mas não é estrelado.

5. Se p = 2, podemos construir seis cordas sucessivas e voltamos ao ponto 0, isto é, teríamos construído um hexágono regular. Para obtermos as 12 pontas, é necessário reiniciar em outro ponto da rede, obtendo outro hexágono regular. Em outras palavras, teríamos um estrelado descontínuo.

6. Se p = 3, podemos construir quatro cordas sucessivas e também voltamos ao ponto 0. Portanto, obtemos um quadrado e, de novo, reiniciamos num outro ponto ainda não usado, construindo outro quadrado. Agora sobram exatamente outros quatro pontos que fornecem um terceiro quadrado. Segue que teremos estrelado descontínuo.

7. Analogamente, se p = 4, teremos estrelado descontínuo composto de três triângulos equiláteros.

8. Se p = 5, então, iniciando no ponto 0, teremos de 5 em 5 a cadeia de cordas atingindo sucessivamente os pontos:

$$0 - 5 - 10 - 15 \equiv 3 - 8 - 13 \equiv 1 - 6 - 11 - 16 \equiv 4 - -$$

$$9 - 14 \equiv 2 - 7 - 12 \equiv 0.$$

onde $15 \equiv 3$ se lê *15 côngruo a 3 módulo 12*, e analogamente as outras congruências. A poligonal inicia no 0 e só volta ao ponto zero depois de atingir os 12 pontos da rede, fornecendo um estrelado contínuo.

9. Em resumo, sobram na sucessão de p só o 1 e o 5; e na de k só o 0 e o 4:

$$\textbf{p: } 1, 5 \text{ e } \textbf{k: } 0, 4$$

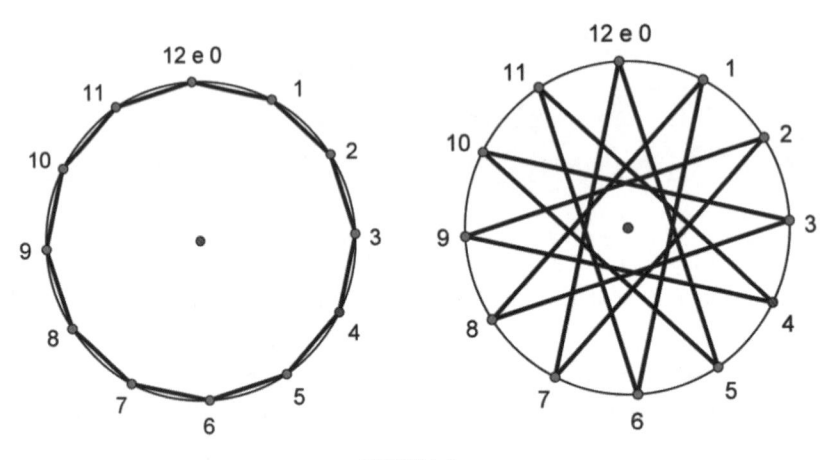

FIGURA 9

Exemplo 2: Estudaremos a obtenção de estrelados contínuos de 15 pontas numa rede circular de 15 pontos (igualmente espaçados).

Porém, vamos aproveitar o que aprendemos no Exemplo 1, e se for preciso faremos correções ou melhorias.

1. Nomeamos os pontos da rede de 0 a 15 (este coincidente com 0);

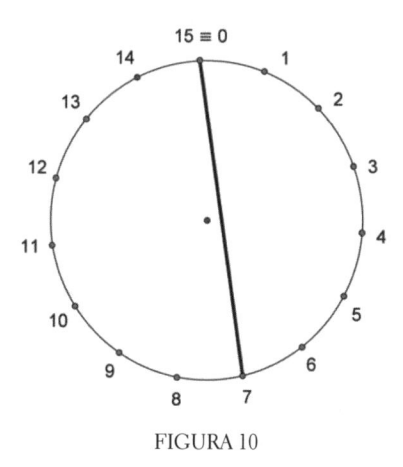

FIGURA 10

2. $p_{max} = 7$ e $k_{max} = 6$, mas existem fórmulas para não precisarmos construir a figura? SIM.

   Se n é ímpar, então $p_{max} = (n - 1) : 2$ e $k_{max} = (n - 3) : 2$; e se n é par, então $p_{max} = (n - 2) : 2$ e $k_{max} = (n - 4) : 2$.

3. Sucessões **p:** 1, 2, 3, 4, 5, 6, 7 e **k:** 0, 1, 2, 3, 4, 5, 6.

4. Para p = 1 (ou k = 0), teremos polígono regular (convexo) de 15 lados chamado pentadecágono regular, que é contínuo mas não é estrelado.

5. Para os outros termos da sucessão de p, parece mais indicado tentarmos descobrir com as cadeias de cordas sucessivas de p em p:

   Cadeia de p = 2

   0—2—4—6—8—10—12—14—16 ≡ 1—3—5—7—9—11—13—15 ≡ 0.

   Como voltamos ao zero só uma vez e passamos por todos os 15 pontos, teremos um estrelado contínuo.

   Cadeias de p = 3

   0—3—6—9—12—15 ≡ 0

   1—4—7—10—13—16 ≡ 1

   2—5—8—11—14—17 ≡ 2

   Segue que teremos um estrelado descontínuo de três pentágonos regulares.

   Cadeia de p = 4

   0—4—8—12—16 ≡ 1—5—9—13—17≡2 —6—10—14—18 ≡ 3 —7—11—15 ≡ 0

   de que teremos um estrelado contínuo.

Cadeias de p = 5

0—5—10—15 ≡ 0

1—6—11—16 ≡ 1

2—7—12—17 ≡ 2

3—8—13—18 ≡ 3

4—9—14—19 ≡ 4

então teremos cinco triângulos equiláteros compondo um estrelado descontínuo.

Cadeias de p = 6

0—6—12—18 ≡ 3— 9—15 ≡ 0

1—7—13—19 ≡ 4—10—16 ≡ 1

2—8—14—20 ≡ 5—11—17 ≡ 2

logo teremos três pentágonos regulares constituindo um estrelado descontínuo.

Cadeia de p = 7

0—7—14—21 ≡ 6—13—20 ≡ 5—12—19 ≡ 4—11—18 ≡ 3—10—17 ≡ 2—9—16 ≡ 1—8—15 ≡ 0

consequentemente temos um estrelado contínuo.

Em resumo, as sucessões ficam alteradas para:

p: 1, 2, 4, 7 e **k:** 0, 1, 3, 6.

Mas, observando melhor os termos da sucessão de p em relação a n = 15, inferimos que seus valores, além de serem menores que n, são todos primos relativos[16] com n.

Nota: O professor poderá conferir o número de termos da sucessão de p empregando uma função numérica chamada Função de Euler ou Indicador de Euler $\phi(n)$, que fornece o número de termos da sucessão p que são menores que n e primos relativos com n. Ela é dada pela fórmula:

$$\phi(n) = n \cdot (1 - 1/a_1)(1 - 1/a_2) \dots \dots (1 - 1/a_r), \quad \phi(1) = 1$$

em que os a_j (j = 1, 2, 3, ... r) são os fatores primos de n.

Nos Exemplos 1 e 2, teríamos

$$\phi(12) = 12 (1 - 1/2)(1 - 1/3) = 12 (1/2)(2/3) = 4$$
$$\phi(15) = 15 (1 - 1/3)(1 - 1/5) = 15 (2/3)(4/5) = 8$$

Ora, mas as sucessões de p têm respectivamente dois termos e quatro termos apenas!

---

[16] Não possuem divisor comum além do 1.

Claro, no Exemplo 1 a *sucessão completa* dos menores que n e primos relativos com n é 1, 5, 7, 11, mas pela condição de $p_{max} = 5$ ficamos só com a metade, que é 2. O mesmo aconteceu no Exemplo 2; a *sucessão completa* tem oito termos, mas pela condição de $p_{max} = 7$ ficamos com a metade. É um procedimento fácil para se determinar o número de polígonos contínuos e de descontínuos:

- Fatoramos n para descobrir os fatores primos;
- Calculamos o valor indicado pela Função de Euler;
- O número de polígonos contínuos é dado por $\phi(n) : 2$;
- O número de estrelados contínuos é um a menos;

a) Se n é par, então o número de estrelados descontínuos:
   é $(n - 2) : 2 - [\phi(n) - 2] : 2$ ou $[n - \phi(n)] : 2$,

b) Se n é ímpar, então:
   é $(n - 3) : 2 - [\phi(n) - 2] : 2$ ou $[n - 1 - \phi(n)] : 2$

Ilustrações

a) Seja n = 10

Fatores primos 2 e 5;	$\phi(10) = 10 . (1 - 1/2)(1 - 1/5) = 4$
Polígonos contínuos:	$\phi(10) : 2 = 4 : 2 = 2$
Estrelados contínuos:	$2 - 1 = 1$
Estrelados descontínuos:	$[10 - \phi(10)] : 2 = (10 - 4) : 2 = 3$

$p_{max} = (n - 2) : 2 = (10 - 2) : 2 = 4$

Sucessão p: 1, 4

Cadeias do 4

$0-4-8-12 \equiv 2-6-10 \equiv 0$

$1-5-9-13 \equiv 3-7-11 \equiv 1$

que fornece estrelado descontínuo.

Nota: Para p = 1, temos um polígono regular (convexo) chamado decágono.

b) Seja n = 9

Fator primo de 9 só o 3	$\phi(9) = 9 (1 - 1/3) = 6$
Polígonos contínuos:	$\phi(9) : 2 = 3$
Estrelados contínuos:	$3 - 1 = 2$
Estrelados descontínuos:	$[9 - 1 - \phi(9)] : 2 = 1$

$p_{max} = (n - 1) : 2 = (9 - 1) : 2 = 4$

Sucessão de p: 1, 2, 4

Cadeia do 2:

$$0{-}2{-}4{-}6{-}8{-}10 \equiv 1{-}3{-},5{-}7{-}9 \equiv 0$$

Cadeia do 4:

$$0{-}4{-}8{-}12 \equiv 3{-}7{-}11 \equiv 2{-}6{-}10 \equiv 1{-}5{-}9 \equiv 0$$

que fornecem estrelados contínuos.

Nota: Usando $p = 1$, temos o polígono regular (convexo) chamado eneágono.

Atividade

Estudar polígonos contínuos e descontínuos para:

a) $n = 7$ b) $n = 13$ c) $n = 20$ d) $n = 21$ e) $n = 24$

Sugestão: É interessante representar graficamente os polígonos de posse das cadeias.

E - COMENTÁRIOS SOBRE PROVA DA FÓRMULA DA FUNÇÃO DE EULER

Ao leitor interessado na prova da fórmula da Função de Euler, sugerimos três obras brasileiras:

BARBOSA, R. M. *Combinatória e grafos*. São Paulo: Nobel, 1975. v. 1.

Comentário: Fornece a prova pelo Princípio de Inclusão-Exclusão (p. 27-28).

DOMINGUES, H. H. *Fundamentos de Aritmética*. São Paulo: Atual, 1991.

Comentário: O autor usa a propriedade da Função de Euler de ser multiplicativa $\phi(m \cdot n) = \phi(m)\phi(n)$ para $m \cdot d \cdot c\,(m,n) = 1$.

SANTOS, J. P. O. *Introdução à teoria dos números*. Rio de Janeiro: IMPA/CNPq, 1998. (Coleção Matemática Universitária).

Comentário: A prova também é baseada na propriedade de que a Função de Euler é multiplicativa, porém segue argumento um pouco diferente daquele empregado por Domingues.

*

CAPÍTULO 14

BRINCANDO E APRENDENDO COM RESÍDUOS

A - APRENDENDO OUTRA TABUADA DA MULTIPLICAÇÃO

Nos capítulos anteriores, já empregamos congruências nas representações gráficas; agora vamos usar congruências em multiplicações, então é bem conveniente que façamos algum treinamento preliminar.

Será muito fácil e divertido, mas lembre-se de que estamos simultaneamente aprendendo. Ao final apresentaremos uma atração.

Lembrete: Dois números inteiros **a** e **b** são congruentes (ou côngruos) segundo um inteiro não nulo **m** (chamado módulo), e escrevemos **a** ≡ **b** (**mod. m**), se e só se a diferença entre **a** e **b** for um múltiplo de **m**.

Um bom e simples exemplo temos, para a sala de aula, com o ponteiro das horas de um relógio, em cujo mostrador em geral o inteiro 12 é substituído por 0. Assim, o ponteiro indica sempre o resto (ou resíduo) da divisão por 12 das horas decorridas desde o instante inicial zero. Aliás, em tudo que segue, precisamos só utilizar **a** ≡ **b** (**mod. m**), se **b** é o resto da divisão de **a** por **m**.

Exemplo 1: Seja a tabuada do 2 segundo o módulo 7 (primo)

FP	1	2	3	4	5	6
2	2	4	6	1	3	5

Na primeira linha escrevemos os segundos fatores da multiplicação do 1 até o 6 (uma unidade menor que o módulo 7), e na primeira coluna anotamos o 2, que é o primeiro ou **fator principal (FP)**.

Vejamos os produtos:

2 x 1 = 2 (usual), 2 x 2 = 4 (usual), 2 x 3 = 6 (usual); mas,

2 x 4 = 8 ≡ 1 (mod. 7), 2 x 5 =10 ≡ 3 (mod. 7), 2 x 6 = 12 ≡ 5 (mod. 7); e podemos até ler simplificando: 2 x 4 é côngruo a 1, 2 x 5 é côngruo a 3 e 2 x 6 é côngruo a 5 segundo o módulo 7. É claro que 2 x 3 é congruente a 6 também segundo o módulo 7, etc.

Nota: Caso colocássemos na primeira linha até o 7, teríamos 2 x 7 = 14 ≡ 0 (mod. 7), e em seguida tudo se repetiria.

Exemplo 2: Tabuada do 2 segundo o módulo 9 (não primo).

FP	1	2	3	4	5	6	7	8
2	2	4	6	8	1	3	5	7

Exemplo 3: Tabuada do 3 segundo o módulo 9.

FP	1	2	3	4	5	6	7	8
3	3	6	0	3	6	0	3	6

Exemplo 4: Tabuada do 4 segundo o módulo 9.

FP	1	2	3	4	5	6	7	8
4	4	8	3	7	2	6	1	5

Exemplo 5: Tabuada do 5 segundo o módulo 9.

FP	1	2	3	4	5	6	7	8
5	5	1	6	2	7	3	8	4

Atenção: Notou alguma coisa curiosa? Compare a tabuada do 5 à do 4. Em caso contrário, faça a tabuada do 6 e compare-a à do 3, e a do 7 à do 2; também a do 8 à do 1.

Sugestão: Julgando necessário, construa com seus alunos outras tabuadas, por exemplo, com o módulo 11 (primo). Não havendo necessidade, passe ao assunto novo, a associação de representações gráficas.

Exemplo complementar: Tabuada do 6 segundo o módulo 11.

FP	1	2	3	4	5
6	6	1	7	2	8
	6	7	8	9	10
6	3	9	4	10	5

B - ASSOCIANDO REPRESENTAÇÕES GRÁFICAS

B.1 - APRENDENDO

a) Seja o módulo 9: façamos a representação gráfica correspondente ao FP = 4.

- Marcamos pontos igualmente espaçados de 0 a 8 numa circunferência;
- Construímos as cordas com um extremo nesses pontos e o outro extremo no resíduo correspondente (consultar a tabuada do 4 segundo o módulo 9);
- Está concluído o gráfico [9;4], em que 9 é o módulo e 4 o FP.

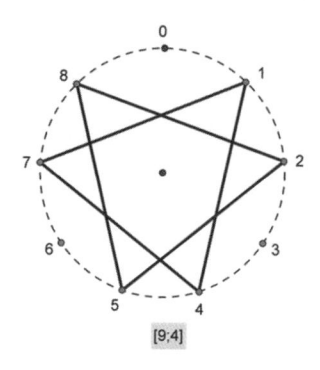

FIGURA 1

Nota: Em [9;4] os pontos 3 e 6 são pontos duplos (percebeu a causa?). Vejamos: $4 \times 3 = 12 \equiv 3$ (mod. 9), então o outro extremo do 3 seria o próprio 3; e o mesmo acontece com o 6, pois $4 \times 6 = 24 \equiv 6$.

b) Experimente fazer os gráficos de [9;3] e [9;5].

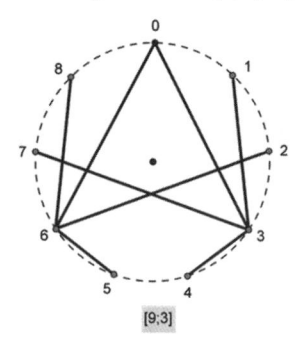

FIGURA 2

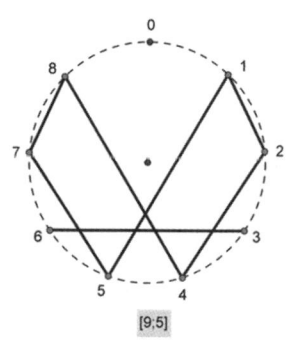

FIGURA 3

Interessante! Os três gráficos apresentam *simetria* em relação a um eixo (não real) dado pelo ponto 0 e o centro da circunferência. Essa constatação nos leva a realizar uma investigação sistemática com FP fixo e alterando o módulo sucessivamente.

B.2 - INVESTIGANDO DIAGRAMAS

B.2.1 - Fator principal = 2

a) Diagrama [5;2]

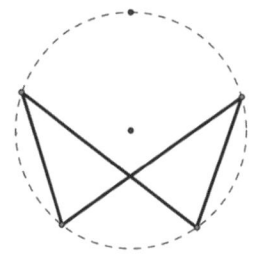

FIGURA 4

b) Diagrama [6;2]

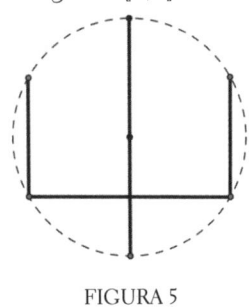

FIGURA 5

c) Diagrama [7;2]

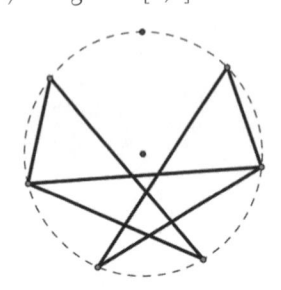

FIGURA 6

d) Diagrama [8;2]

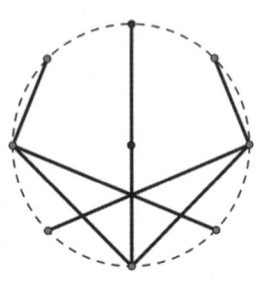

FIGURA 7

Comentário: Todos os diagramas de resíduos continuam com a *mesma simetria*; observa-se, contudo, que para módulos 6 e 8 o eixo é real. Outro fato é a *concentração* de cordas na região inferior. Vamos continuar observando alguma confirmação.

e) Diagrama [9;2]

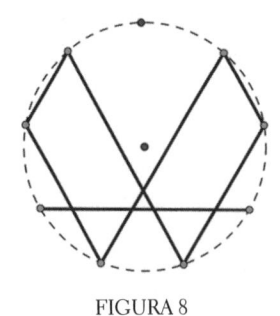

FIGURA 8

f) Diagrama [10;2]

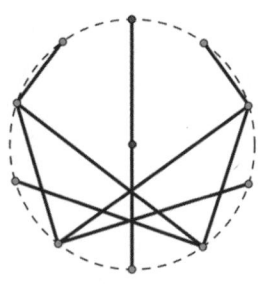

FIGURA 9

Comentário: Tudo confirmado; então é *recomendável* que avancemos, passando de imediato para módulos maiores.

g) Diagrama [23;2]

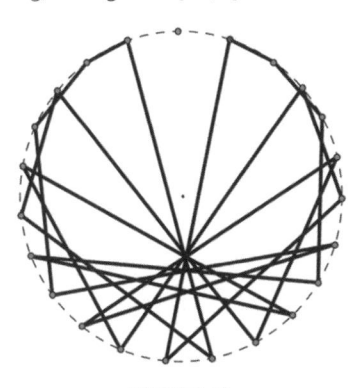

FIGURA 10

h) Diagrama [28;2]

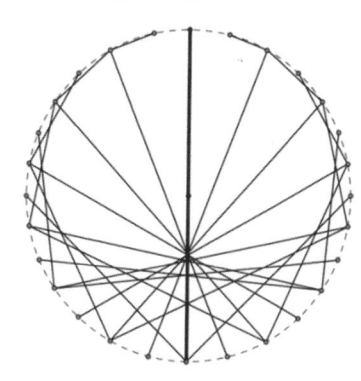

FIGURA 11

Comentário: B E L E Z A! Além da simetria, com eixo real ou não, e da concentração de cordas na região inferior, temos um fato novo. As cordas vão se dispondo de tal maneira que temos a impressão de que se formou uma curva; mais que isso, essa curva parece o desenho de um coração. Ela tem na parte inferior uma reentrância voltada para cima, justamente na direção do eixo de simetria. A curva é chamada *cardioide*, é uma forma das chamadas *epicicloides* (curvas provenientes da "rodadura" internamente sem deslizar de uma circunferência sobre outra maior), e a reentrância é chamada *cúspide*.

> **Descobrimos a atração dos diagramas de resíduos de FP = 2. Será que vamos encontrar outras surpresas brincando e aprendendo?**

B.2.2 - FATOR PRINCIPAL = 3

a) Diagrama [5;3]

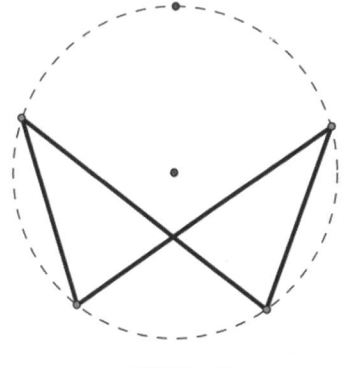

FIGURA 12

b) Diagrama [6;3]

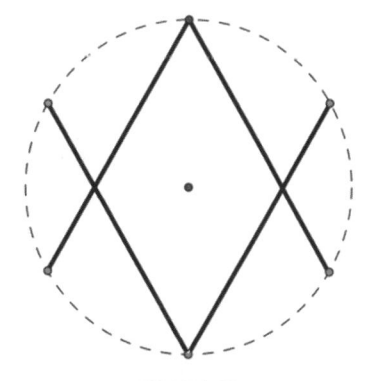

FIGURA 13

c) Diagrama [7;3]

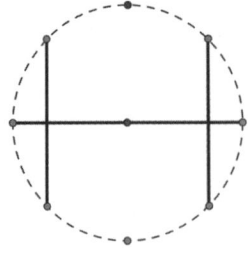

FIGURA 14

d) Diagrama [8;3]

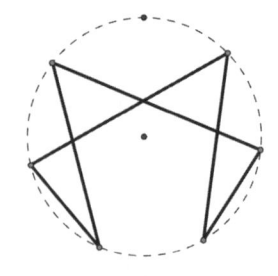

FIGURA 15

Comentário: Temos simetria em relação ao mesmo eixo de FP = 2, mas não distinguimos bem se existe alguma concentração.

e) Diagrama [7;3]

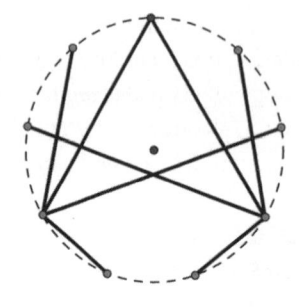

FIGURA 16

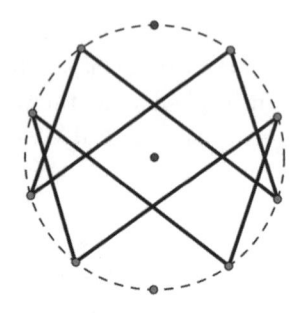

FIGURA 17

Comentário: Agora, sim, notam-se duas concentrações de cordas, uma à esquerda e outra à direita, simétricas em relação ao eixo. Vamos avançar na exploração, aumentando bastante o módulo. Por exemplo, módulo 28.

g) Diagrama [28;3]

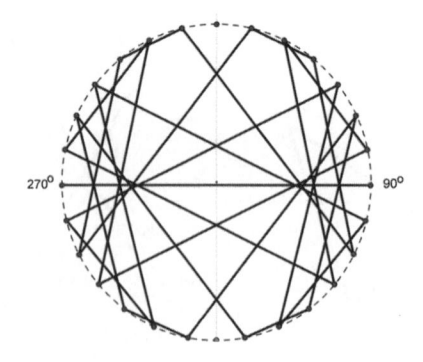

FIGURA 18

Comentário: É bem visível que as duas concentrações de cordas se verificaram, formando duas reentrâncias. Temos no diagrama outra forma de epicicloide (com duas cúspides simétricas), justamente com as pontas sobre novo eixo de simetria a 90°-270°. Alegria, alegria!

Dos resultados anteriores, professor e alunos podem inferir que, fazendo diagramas para módulos grandes e FP 4, ou 5, ou 6, etc., obterão epicicloides com 3, ou 4, ou 5 cúspides, respectivamente.

Que tal construírem estes diagramas bem grandes ?!

Temos enorme satisfação em lhes oferecer um desses diagramas de resíduos com o módulo 48 e FP = 5, e também a tabuada correspondente.

TABUADA DO 5 MÓDULO 48

FP	1	2	3	4	5	6	7	8	9	10
5	5	10	15	20	25	30	35	40	45	2
	11	12	13	14	15	16	17	18	19	20
5	7	12	17	22	27	32	37	42	47	4
	21	22	23	24	25	26	27	28	29	30
5	9	14	19	24	29	34	39	44	1	6
	31	32	33	34	35	36	37	38	39	40
5	11	16	21	26	31	36	41	46	3	8
	41	42	43	44	45	46	47			
5	13	18	23	28	33	38	43			

Diagrama [48;5] – Tetra cúspide (direções 45°-225° e 135°-315°)

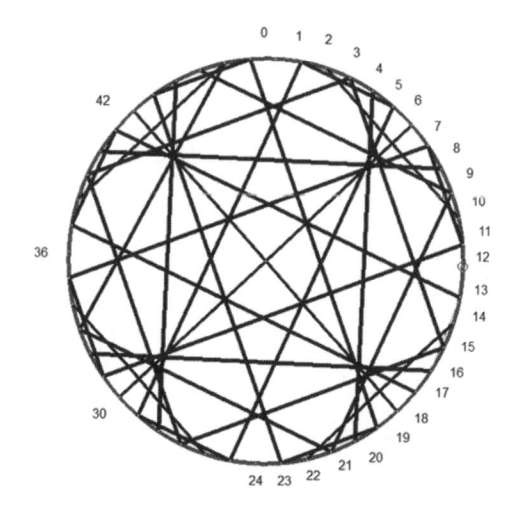

FIGURA 19

C - INDICAÇÕES BIBLIOGRÁFICAS

JOHNSON, I. L. Paving the Way to Algebraic Thought Using Residue Designs. *Mathematics Teacher*, v. 91, n. 4, p. 207-332, Apr. 1998.

Comentário: No artigo, a autora (da Miami University) descreve as investigações da aluna Brynn Fogie em seu projeto de pesquisa, e apresenta algumas igualdades existentes entre diagramas (sem prova); por exemplo [5;2] = [5;3], [10;3] = [10;7], [13;2] = [13;7], [13;3] = [13;9], etc. Em face da época são apresentados dois programas, um para TI-82 e outro em BASIC. São interessantes várias propriedades apresentadas; por exemplo, que o diagrama [n; n - 1] é composto de cordas paralelas. A bibliografia cita o trabalho de Locke e o de Picard.

LOCKE, P. Residue Designs. *Mathematics Teacher*, v. 65, n. 3, p. 260-263, Mar. 1972.

Comentário: Esse trabalho foi nossa primeira fonte sobre o tema. O autor inicia com tabelas de multiplicação para módulo grande e grande número de fatores principais, ressaltando a simetria de resultados numéricos. Mostra diagramas em que as curvas já são nitidamente visíveis. As referências resumem-se a dois livros, o primeiro de Ohmer, Aucoin e Cortez, *Elementary Contemporary Algebra* (Blaidell,1965) (não conseguimos consultar), e o de Leveque, *Elementary Theory of Numbers* (Addison-Wesley, 1962).

PICARD, A. J. Some Observations on Graphing in Modular Systems. *Mathematics Teacher*, v. 64, p. 459-466, May 1971.

Comentário: O trabalho de Picard, em nosso entender, pouco tem para o ensino, mas, considerando o fato de ser anterior aos outros dois acima, é importante citarmos que apresenta várias propriedades não mencionadas por Locke nem por Iris. Pasmem os nossos leitores com os dois diagramas apresentados, das epicicloides 1-cúspide e 2-cúspide, mas ambos de módulo 72 (!!!).

D - UM COMPLEMENTO ARTÍSTICO

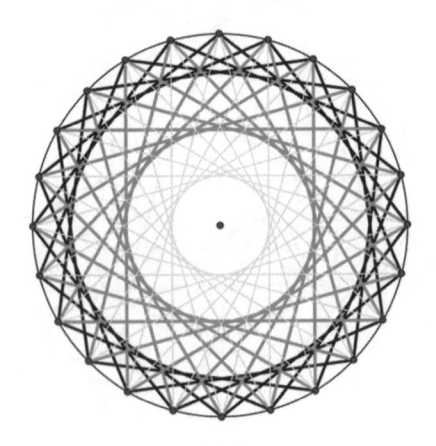

FIGURA 20

Com entusiasmo e satisfação, incluímos neste capítulo uma representação diferente da anterior, em que empregamos os FP (portanto a operação básica era a multiplicação) e depois obtemos os resíduos via congruência.

Agora, consideramos parcelas principais (PP) (portanto a operação básica é a adição) e não trabalhamos com resíduos.

O leitor (professor ou licenciando) encontrará na FIG. 20:

a) uma circunferência *perfeita* (obtida, por exemplo, com compasso ou recurso de informática) de 28 pontos equidistantes;

b) três visuais de circunferências concêntricas com a primeira;

b.1) a menor obtida com PP = 10;

b.2) a mediana obtida com PP = 7;

b.3) a maior construída com PP = 4.

Também, de maneira especial, quando obtivemos figuras com visuais de uma, duas, três e quatro cúspides, nosso objetivo complementar artístico era o desenvolvimento do senso estético e a sensação prazerosa do belo.

Olhe, veja e sinta o belo!

*

MISCELÂNEA

CAPÍTULO 15

TRIANGULAÇÕES E EXTENSÕES

A - INTRODUÇÃO

Consideraremos, neste capítulo, polígonos com vértices em redes de pontos ao acaso, portanto, em particular, poderão ser redes quadrivértices ou triangulares isométricas. O estudo será realizado com triângulos cujos lados não se cruzam e possuem por vértices pontos interiores ou vértices do polígono. Ao conjunto de triângulos que satisfazem essas condições chamaremos de triangulação do polígono. Estudaremos também extensões com quadrângulos (quadriláteros) e pentágonos (pentaláteros).

B - CONCEITUAÇÃO

Na FIG. 1, está representado um polígono com vértices em pontos de uma rede com sete pontos interiores. Entretanto, observa-se que os pontos da rede estão distribuídos arbitrariamente; alguns estão próximos e outros, mais afastados.

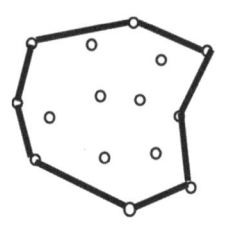

FIGURA 1

Diremos *rede de pontos ao acaso*. Em nosso estudo, a rede de pontos poderia ser quadrivértice regular ou mesmo triangular isométrica, portanto com posicionamento regular de seus pontos.

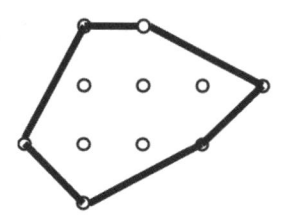
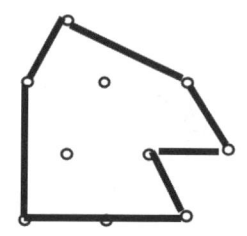

FIGURA 2

Contudo, usando rede de pontos ao acaso, os trabalhos ficam mais fáceis de ser realizados em papel comum. Coloca-se a seguinte situação-problema:

É possível triangular o interior de um polígono com triângulos, com vértices nos pontos interiores ou nos pontos da fronteira do polígono, cujos lados não se cruzam? Qual é o número máximo de triângulos?

Nota: Quando se reparte o interior do polígono apenas em triângulos, dizemos que se tem uma *triangulação*. Segue que a triangulação só se verifica para número máximo de triângulos.

C - APRENDENDO TRIANGULAR

Caso 1: No caso de o polígono ser *convexo* (sem reentrâncias ou sem pontas para o interior) sem pontos interiores, a primeira resposta é fácil e afirmativa. Assim, se o polígono convexo tem V vértices e $I = 0$ pontos interiores, podemos ter uma triangulação construindo as $V - 3$ diagonais a partir de um mesmo vértice. Na FIG. 3, $V = 8$, e construímos, a partir de um vértice qualquer, $8 - 3 = 5$ diagonais, uma vez que não temos diagonais (e sim lados) com os dois vértices vizinhos nem com ele próprio. O número T de triângulos é, no exemplo, igual a 6. Em geral, para V vértices temos $T = V - 2$.[17]

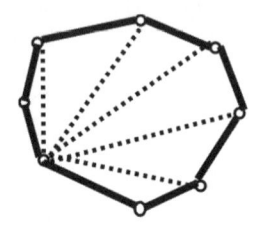

FIGURA 3

Caso 2: Caso o polígono seja convexo e tenha $I = 1$ ponto interior, basta construir os segmentos com um extremo nesse ponto e o outro em vértice do polígono para obter uma triangulação com V triângulos. Outras triangulações são possíveis por meio da substituição de um segmento ou mais segmentos por diagonais.

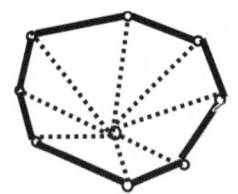 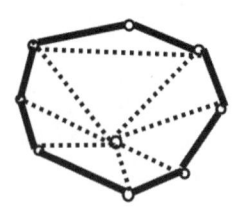 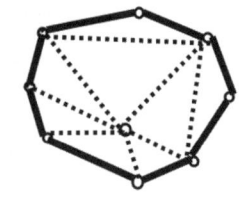

FIGURA 4

---

[17] Julgamos desnecessária a sua prova ao nível do ensino fundamental ou ensino médio, mas o interessado a encontrará por indução completa em Eves (1966, p. 238-239); ou por redução a absurdo em Lima (1991).

Nota: Observe que as três triangulações possuem oito triângulos. Em geral, se o polígono possui V vértices, então a triangulação terá também V triângulos, o que decorre da primeira construção. Nas outras, deve ser o mesmo número de triângulos, pois ao trocar um segmento radial (com um extremo no ponto interior) por uma diagonal há conservação do número de triângulos.

Caso 3: Se fizemos uma triangulação do polígono convexo com I pontos interiores fixados, devemos colocar mais um ponto interior. Dois subcasos poderão ser verificados.

a) O ponto é interior a um triângulo da triangulação anterior.

Nessa situação, podemos usar o procedimento empregado no Caso 2, isto é, construímos os três segmentos com extremos nos vértices do triângulo e o outro extremo no novo ponto.

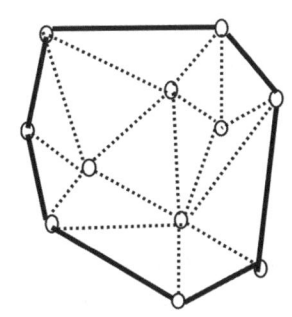

Triangulação com quatro
pontos interiores

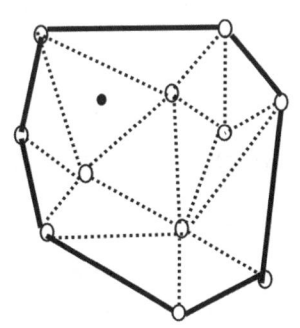

Triangulação anterior com novo
ponto interior – subcaso a)

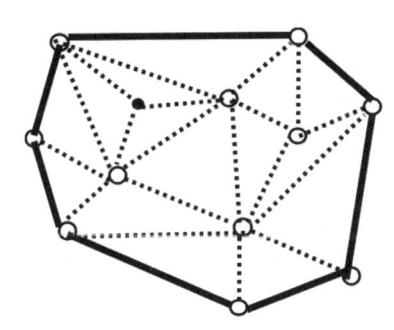

Solução do subcaso a), agora com
cinco interiores

FIGURA 5

b) O ponto pertence a um dos lados de um triângulo da triangulação anterior.

Basta construir os segmentos com extremos no novo ponto e outro extremo nos vértices dos dois triângulos opostos.

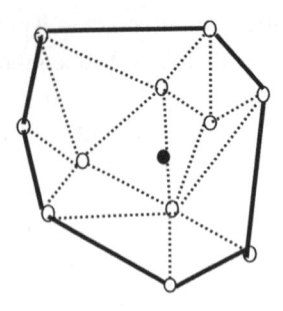
Triangulação com quatro pontos
interiores e o novo ponto

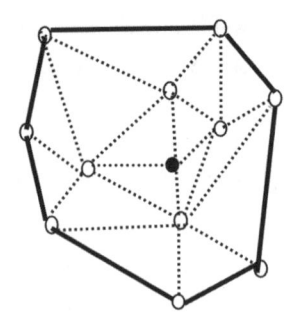
Solução do subcaso b),
agora com cinco interiores

FIGURA 6

Quanto ao número T de triângulos, no ensino fundamental é preferível que os alunos o descubram por contagem direta sobre as figuras. Todavia, no ensino médio já se pode obter uma fórmula em função exclusivamente dos pontos empregados da rede.

D- DESCOBRINDO A FÓRMULA

D.1 - RECORRENTE

Consideremos $T_{V,I}$ o número de triângulos de uma triangulação do polígono convexo de V vértices e I pontos interiores. Fixemos mais um ponto interior. Sabemos, do estudo anterior, que existirão dois subcasos para analisar:

a) o triângulo é substituído por três novos triângulos, portanto temos $T_{V,I+1} = T_{V,I} - 1 + 3 = T_{V,I} + 2$.

b) os dois triângulos são substituídos por quatro; em consequência temos $T_{V,I+1} = T_{V,I} - 2 + 4 = T_{V,I} + 2$.

Segue que temos uma só recorrente:

$$T_{V,I+1} = T_{V,I} + 2$$

Exemplos: $T_{8,1} = 8$, $T_{8,2} = T_{8,1} + 2 = 8 + 2 = 10$, $T_{8,3} = T_{8,2} + 2 = 10 + 2 = 12$, etc.

D.2 - FÓRMULA EXPLÍCITA

D.2.1 - Usando a recorrente

Temos sucessivamente, utilizando a recorrente:

$$T_{V,I} = T_{V,I-1} + 2 = T_{V,I-2} + 2 + 2 = T_{V,I-3} + 2 + 2 + 2 = \ldots\ldots$$
$$= T_{V,1} + (I-1)2 = V + (I-1)2$$

de onde obtemos a fórmula em função do número de vértices do polígono convexo e do número de pontos interiores fixado.

$$\boxed{\mathbf{T_{V,I} = V + 2I - 2, \; com \; V \geq 3}}$$

Exemplo: $T_{7,5} = 7 + 10 - 2 = 15$ (independente da triangulação)

D.2.2 - Usando a Fórmula de Euler

A Fórmula de Euler de poliedros relativa a faces, vértices e arestas tem a sua correspondente no plano para Regiões (R), Nós (N) e Arestas (A) dada por R + N - A = 1, como é fácil verificar na FIG. 7:

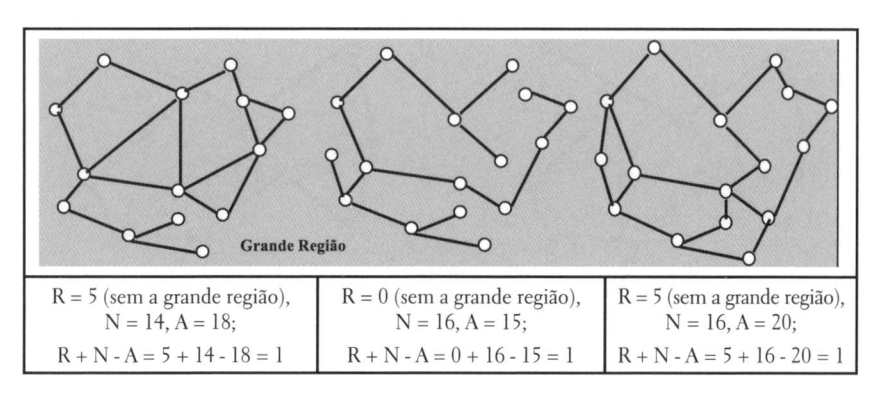

R = 5 (sem a grande região), N = 14, A = 18;	R = 0 (sem a grande região), N = 16, A = 15;	R = 5 (sem a grande região), N = 16, A = 20;
R + N - A = 5 + 14 - 18 = 1	R + N - A = 0 + 16 - 15 = 1	R + N - A = 5 + 16 - 20 = 1

FIGURA 7

Consideremos uma triangulação de um polígono (convexo ou côncavo) com V vértices e I pontos interiores. Multiplicando-se por 3 o número de triângulos, cada aresta será contada duas vezes. Segue que as arestas da fronteira (lados do polígono) são contadas em dobro quando deveriam ser contadas uma só vez; logo temos a igualdade $3T = 2A - A_F$.

Mas, lembrando que as arestas são de dois tipos, então $A = A_I + A_F$. Substituindo na igualdade anterior:

$$3T = 2A_I + A_F \; ou \; A_I = (3T - A_F) : 2$$

Considerando a Fórmula de Euler R + N - A = 1 (não contando a grande região), temos $T + (I + V) - (A_I + A_F) = 1$.

Como $A_F = V$, temos $T + I - A_I = 1$, e, substituindo o valor de A_I obtido, encontramos $T + I - (3T - V) : 2 = 1$ e, consequentemente, $\mathbf{T = V + 2I - 2}$.

E - E OS POLÍGONOS CÔNCAVOS?

E.1 - SUPERANDO FACILMENTE DIFICULDADES

No caso I = 0 pontos interiores, a dificuldade já aparece ao tentarmos utilizar nos côncavos os mesmos procedimentos usados nos convexos. Entretanto, tomando-se a providência prévia de separar o polígono côncavo em convexos, tornará essa utilização possível.

Na FIG. 8, com duas diagonais, separamos o côncavo em três convexos (um de cinco vértices, um de quatro e um de seis). Depois, basta aplicar em cada convexo a triangulação por diagonais a partir de um mesmo vértice.

No caso I = 1 a solução é análoga. No côncavo da FIG. 9, com três diagonais, o separamos em quatro convexos. Em três dos convexos, temos I = 0 interiores, então utilizamos diagonais a partir de um mesmo vértice. No convexo com I = 1 usamos a radiação de segmentos a partir desse ponto interior.

Para mais pontos interiores seguimos as mesmas triangulações de convexos.

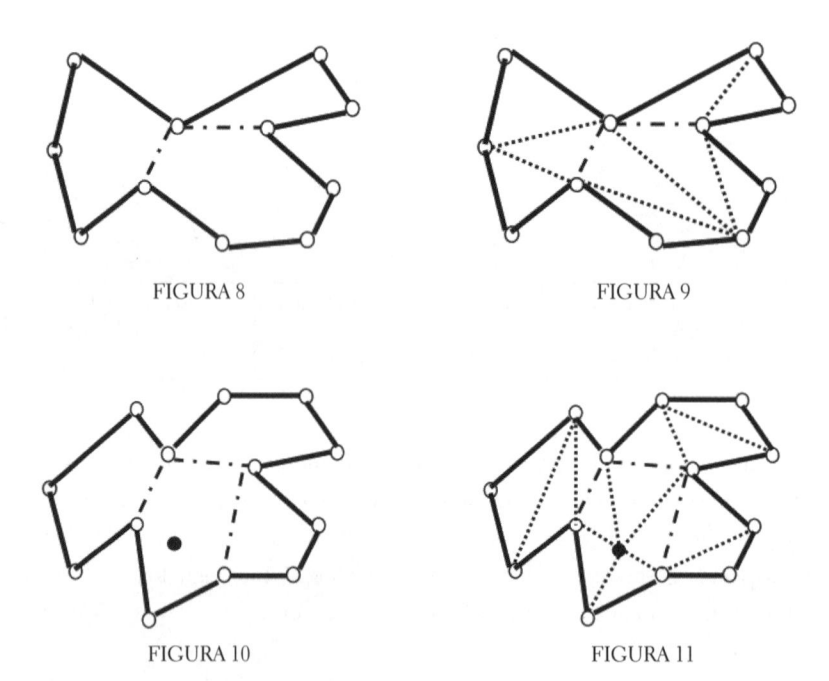

FIGURA 8   FIGURA 9

FIGURA 10   FIGURA 11

Nota: É claro que, com prática, quando os muitos pontos interiores, os alunos não precisarão seguir esses procedimentos.

E.2 - E A FÓRMULA PARA CÔNCAVOS?

Temos condição de responder que a fórmula é a mesma dos convexos, tendo em vista nossa prova com a utilização da Fórmula de Euler, pois sua argumentação é independente de o polígono ser convexo ou ser côncavo. Contudo é possível prová-la usando a separação em convexos.

Suponhamos o polígono côncavo separado em K polígonos convexos $C_1, C_2, \ldots C_K$, usando portanto K - 1 arestas divisórias. Consideremos, ainda, que os convexos possuam respectivamente $I_1, I_2, \ldots I_K$ pontos interiores, e que tenham $V_1, V_2, \ldots V_K$ vértices.

Temos:

$$I_1 + I_2 + \ldots + I_K = I \qquad (1)$$

$$V_1 + V_2 + \ldots + V_K = V + 2(K - 1) \qquad (2)$$

Apliquemos em cada componente convexa a fórmula do número de triângulos das respectivas triangulações:

$$T_1 = V_1 + 2 I_1 - 2,\ T_2 = V_2 + 2 I_2 - 2,\ \ldots\ldots\ T_K = V_k + 2 I_K - 2$$

Adicionando membro a membro essas K igualdades, teremos:

$$T = (V_1 + V_2 + \ldots + V_K) + 2(I_1 + I_2 + \ldots + I_k) - 2 K \ (3)$$

Substituindo (1) e (2) na (3), encontramos:

$$T = V + 2(K - 1) + 2I - 2K \ \text{ou}\ \mathbf{T = V + 2I - 2}$$

que é a mesma fórmula para convexo.

F - ATIVIDADES

Atividade 1

São dados os polígonos convexos com V vértices e I pontos interiores. Pede-se construir a eles e a suas triangulações nas redes indicadas.

a) $V = 10$
   $I = 0$
   rede de pontos ao acaso

b) $V = 9$
   $I = 1$
   rede quadrivértice

c) $V = 9$
   $I = 2$
   rede triangular isométrica

Atividade 2

São dadas as figuras de polígonos convexos e seus pontos interiores. Pede-se construir suas triangulações.

a)
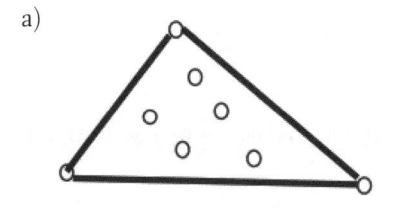

b)
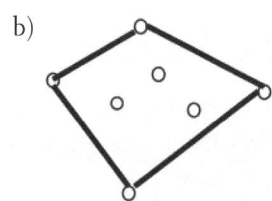

Atividade 3

Você sabe que os polígonos convexos com $I = 0$ pontos interiores possuem uma fórmula para o número de triângulos de qualquer triangulação; então descubra sem fazer as figuras correspondentes:

a) $T_{9,0}$; $T_{9,1}$; $T_{9,2}$; ... $T_{9,8}$ 　　　　　b) $T_{12,0}$; $T_{12,1}$; ... $T_{12,7}$.

Atividade 4

Na hipótese de já ter aprendido a fórmula explícita para o número de triângulos de uma triangulação, calcule:

a) $T_{10,5}$ 　　　　b) $T_{11,4}$ 　　　　c) $T_{7,6}$ 　　　　d) $T_{13,7}$

Depois confira, construindo as triangulações respectivas e anotando no interior de cada triângulo o seu número de ordem.

Atividade 5

Dados os polígonos côncavos, construa suas triangulações após o procedimento prévio de separação em convexos.

a)
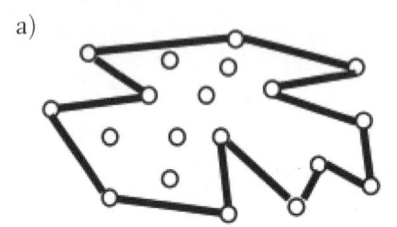

b)
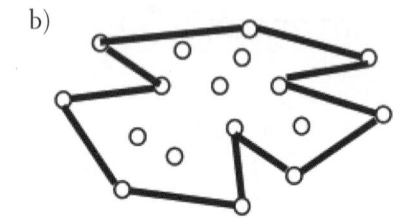

Atividade 6

No caso de já ter aprendido a fórmula explícita para o número de triângulos de uma triangulação de um polígono côncavo, aplique-a para os polígonos seguintes:

a)
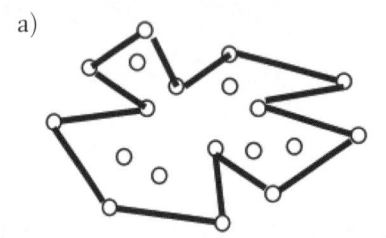

b)
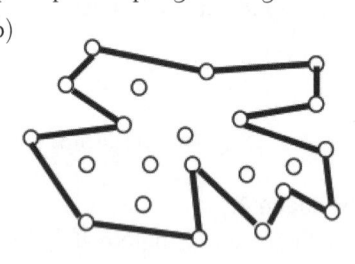

G - E FÓRMULA PARA ARESTAS INTERIORES?

Sim, amigo leitor, vamos oferecer-lhe duas, com suas respectivas provas.

Primeira prova: Consideremos de novo a Fórmula de Euler, não computando a grande região: $R + N - A = 1$.

Trocando R (número de regiões) por T (número de triângulos), e N (número de nós) por V + I (número de vértices do polígono mais número de pontos interiores), temos $T + V + I - A = 1$.

Substituindo T pela sua fórmula e A pela soma de arestas interiores com arestas da fronteira, que é igual a V, obtemos:

$$V + 2I - 2 + V + I - (A_I + A_F) = 1 \text{ ou } 2V + 3I - A_I - V = 3$$

de onde a fórmula do número de arestas interiores:

$$A_I = V + 3I - 3$$

em função também de V e I como a fórmula de **T**.

Segunda prova: Subtraindo dessa fórmula o número T, obtemos:

$$A_I - T = (V + 3I - 3) - (V + 2I - 2)$$

de onde:

$$A_I = T + I - 1$$

em função dos números de triângulos e de pontos interiores.

Exemplos:
Número de arestas interiores da triangulação do polígono (convexo ou côncavo) de sete lados (ou vértices) e quatro pontos interiores: pela primeira fórmula, obtemos: $A_I = 7 + 3 . 4 - 3 = 7 + 12 - 3 = 16$, ou pela segunda, se já obtivemos o número 13 de triângulos:

$$A_I = 13 + 4 - 1 = 16.$$

H - QUADRANGULAÇÕES E PENTANGULAÇÕES?

Com argumentação análoga à que empregamos para a triangulação, o interessado poderá obter:

a) Fórmula do número de quadriláteros da quadrangulação:

$$Q_{V,I} = V : 2 + I - 1; \text{ condição de existência: V é par}$$

Exemplos

1. Número máximo de quadriláteros em polígono de nove vértices e quatro pontos interiores? Uma vez que $V = 9$ (ímpar), então a quadrangulação não é possível. É conveniente conferir com os alunos.

2. Número máximo de quadriláteros em polígono de 16 vértices e sete pontos interiores?

$V = 16$ (par), então existe quadrangulação.

$$Q_{16,7} = 16 : 2 + 7 - 1 = 14.$$

Ilustração

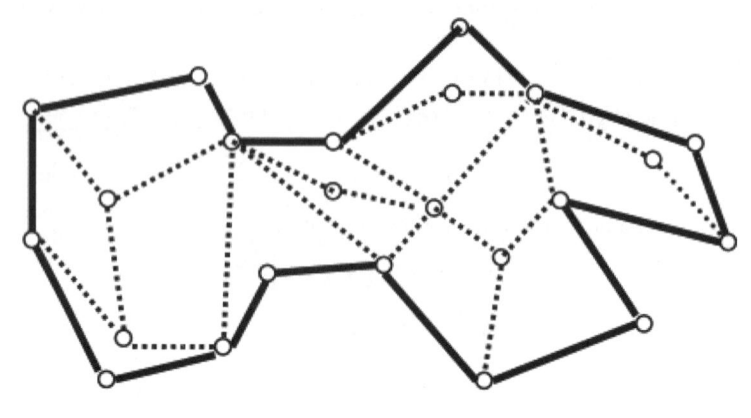

FIGURA 12

b) Fórmula do número de pentaláteros da pentangulação:

$P_{V,I} = (V + 2I - 2) : 3$; condição de existência: $V + 2(I - 1) = $ mult. 3.

Exemplos

1. $V = 3, I = 7 \rightarrow V + 2 (I - 1) = 15 = $ mult. 3

 $P_{3,7} = 15 : 3 = 5$

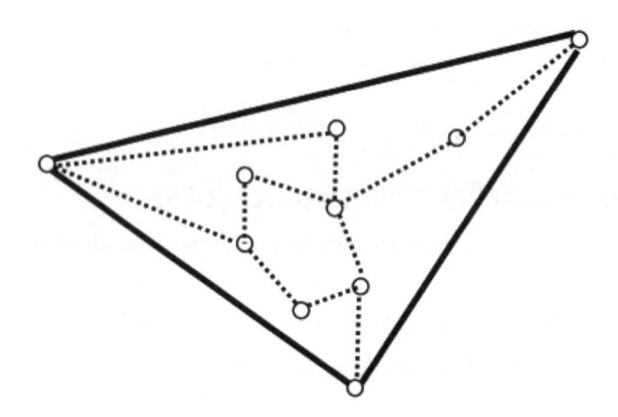

FIGURA 13

2. $V = 4, I = 3 \rightarrow V + 2 (I - 1) = 4 + 4 = 8 \neq $ mult. 3

Não existe pentangulação. Que tal conferir com os alunos?

*

CAPÍTULO 16

XADREZ EM REDES QUADRIVÉRTICES

Em capítulos anteriores, estudamos os caminhos numa rede quadrivértice de pontos, mas esses caminhos, quando sujeitos à condição de passarem por todos os seus pontos, eram denominados "recobrimentos", e se fazia uma exigência a mais, a de não cruzarem com eles próprios.

Neste capítulo vamos tratar de novo tipo de recobrimento. Usaremos uma peça do jogo de xadrez para realizar os caminhos, utilizando, claro, o seu movimento regular no jogo. Quanto ao fato dos seus lados se cruzarem ou não também entenderemos de acordo com o jogo.

A - O JOGO DE XADREZ

A.1 - UM POUCO DE HISTÓRIA

Conforme a *Enciclopédia Delta Larousse*, o jogo de xadrez talvez tenha origem com Palamedes, herói grego, filho de Náuplio, rei de Eubeia. Ele teria inventado esse jogo como passatempo para príncipes que sitiavam Troia. Entretanto, essa versão é refutada. Existem outras origens citadas, como a China, na época dos mandarins do tempo de Confúcio; com Salomão (de Israel, 961 a.C. a 922 a.C.); no Egito encontrou-se pintura de jogo semelhante na câmara mortuária de Mera, próximo a Gizé, três mil anos a.C.; ou ainda na Índia, em que o jogo hindu era conhecido por "Chaturanga". É claro que, nessas versões iniciais, o jogo devia ser bem diferente da forma hoje usual. A forma como o conhecemos parece ser do século XV. Entre os grandes jogadores do século XX, destacaram-se alguns campeões mundiais, como Lasker, Alekhine, Capablanca, Botvinnik, Smyslov, Tal, Petrosian, Spassky, Fischer, Karpov, Korchnoi e Kasparov. O famoso matemático Euler, há cerca de 200 anos, criou o problema hamiltoniano para o xadrez, consistindo de um cavalo na posição 1 do tabuleiro percorrer todas casas.

A.2 - O TABULEIRO, AS PEÇAS E SEUS MOVIMENTOS

Tabuleiro: O tabuleiro de xadrez é 8 x 8, portanto com 64 casas, sendo 32 brancas e 32 pretas, alternadamente.

FIGURA 1

Peças: Cada jogador dispõe de 16 peças, sendo oito peões, duas torres, dois cavalos, dois bispos, a rainha e o rei.

FIGURA 2

Um dos jogadores utiliza peças brancas, e o outro, peças pretas.

O objetivo do jogo é tomar o rei inimigo, mas existe uma saída honrosa ao jogador que percebe que vai ser derrotado (em função do número de peças eliminadas pelo opositor ou pelo chamado xeque-mate), que consiste em deitar o seu rei no tabuleiro, indicando sua derrota e consequente desistência. Há uma possibilidade rara de empate.

O jogo segue um conjunto de grande número de regras. Não consideraremos todas, por não influírem em nossas atividades relacionadas à rede quadriculada de pontos. Vamos nos fixar apenas em regras dos movimentos das peças, especialmente do cavalo.

Movimentos: Qualquer peça só pode ir para uma quadrícula se ela estiver vazia ou ocupada por peça inimiga, situação em que a eliminará.

Resumo para cada peça:

a) O *rei* pode se mover para uma casa vizinha em linha, coluna ou diagonal;

b) A *rainha* se move em linha, coluna ou diagonal, mas para qualquer quadrícula dessas filas, desde que não haja peça no percurso impedindo a sua passagem;

c) Os *peões* possuem um só movimento, uma casa para frente (ou duas casas, no início), mas eliminam em diagonal andando uma casa;

d) Os *bispos* andam só em diagonal, analogamente à rainha;

e) As *torres* andam só em linha ou coluna, analogamente à rainha;

Em especial, veremos o movimento do cavalo, que será a peça de nosso tema.

f) Os *cavalos* se movimentam "saltando" por cima de outras peças. Portanto, em nosso estudo, poderá haver cruzamento de um caminho com ele próprio.

Na verdade, cada movimento do cavalo corresponde a realizar um movimento de duas casas em linha e uma em coluna (ou duas em coluna e uma em linha).

Esclarecemos com a FIG. 3. Consideremos que o cavalo está na quadrícula 13. Então ele poderá se movimentar para oito quadrículas: 2, 4, 6, 10, 16, 22, 24, e 20.

	2		4	
6				10
		13		
16				20
	22		24	

FIGURA 3

É óbvio que, estando na lateral ou próximo dela, seus movimentos ficam limitados a um número menor. Assim, se estivesse na quadrícula 3, seus movimentos se reduziriam a apenas quatro, e se a sua posição fosse na quadrícula 1, então se reduziria só a dois movimentos: para as quadrículas 8 e 12.

B - RECOBRIMENTOS CAMINHANDO COM PEÇA DO XADREZ

B.1 - APRENDENDO

Situação: Dispomos de uma rede quadrangular de pontos limitada em diagrama 3 x 4.

O O O

O O O

O O O

O O O

FIGURA 4

Problema: Construir um recobrimento usando somente movimentos do "cavalo" do jogo de xadrez.

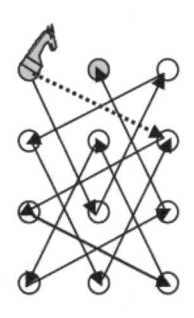

FIGURA 5

Nota: Lembrar que recobrimento é um caminho que cobre todos os pontos da rede (passa por todos); porém agora é permitido que o caminho percorrido cruze com ele próprio (o cavalo salta por cima, portanto, a rigor, não há cruzamento).

Como não foi fixado o ponto que será a extremidade inicial do caminho, começaremos no ponto 1 da rede (o do canto superior esquerdo; ver FIG. 6).

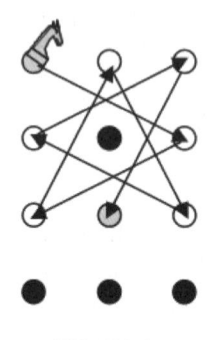

FIGURA 6

Podemos ir ao ponto 6 ou ao 8; tentaremos o 8. Do 8 o cavalo só pode ir ao 3 (canto superior direito), e deste só ao 4 (cruzando? Não, o cavalo salta!). Do 4 temos duas opções, ou ir ao 9 ou ao 11; escolhemos passar ao 11. Agora, sim, vamos ao 6, e do 6 obrigatoriamente ao 7. Desse ponto vamos ao 12, e obrigatoriamente, sucessivamente, aos pontos 5, 10, 9 e 2. Beleza!

O nosso caminho é um recobrimento de sucessão 1, 8, 3, 4, 11, 6, 7, 12, 5, 10, 9 e 2 do diagrama 3 x 4.

Mas, vamos voltar e modificar um pouco nossa opção; seja o caminho do cavalo dado pela sucessão 1, 6, 7, 2, 9, 4, 3, 8 e... ??? Não podemos continuar; não há ponto do diagrama para o qual o cavalo possa se movimentar. Segue que não temos recobrimento, pois sobraram quatro pontos da rede: 5, 10, 11 e 12.

Iniciamos com o cavalo no ponto 2 e tentamos percorrer o diagrama com a sucessão 2, 7, 12, 5, 10 (oba! Estamos indo bem, já passamos por três pontos que na vez anterior não atingimos!), 9, 4, 3, 8, 1, 6 e 11 (opa! O 11 era um ponto também não atingido). Espere um pouco... Então cobrimos todos os pontos da rede!

Ufa! Conseguimos mais um recobrimento para o nosso diagrama, mas aprendemos dois ensinamentos:

1. Vale a pena tentar iniciar em outro ponto;

2. Um diagrama pode ter mais de um recobrimento.

Não cuidaremos de recobrimentos com movimentos das outras peças do jogo de xadrez. O motivo é simples: com a torre seria muito fácil. Com o bispo, se estiver numa diagonal correspondente a quadrículas pretas, ele não pode passar para uma diagonal de quadrículas brancas. Com a rainha a situação é idêntica à da torre.

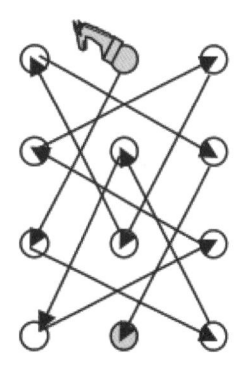

FIGURA 7

B.2 - ATIVIDADES DE RECOBRIMENTO EM REDES DE PONTOS EM CRUZ

Atividade 1

Situação: Temos uma rede em cruz de 12 pontos.

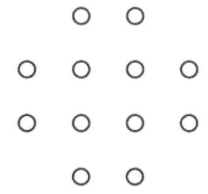

Problema 1: Determinar a sucessão e o diagrama de um recobrimento apenas com movimentos de um cavalo do jogo de xadrez.

Soluções

a) início no ponto 1

b) início no ponto 10

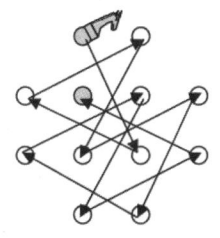 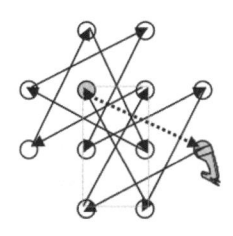

Sucessões:

a) 1, 9, 3, 2, 8, 6, 12, 7, 5, 11, 10 e 4;

b) 10, 11, 5, 7, 1, 9, 3, 2, 8, 6, 12 e 4.

Comentário: Temos no recobrimento b) um caminho interessante, pois podemos, ainda com o movimento do cavalo, pular do ponto 4 e voltar ao 10 inicial, formando uma poligonal fechada. Decorre que qualquer dos pontos poderia servir como vértice inicial; claro, tomando o cuidado de conservar a ordem dos pontos na sucessão. Por exemplo, iniciando no 5, a sucessão seria 5, 7, 1, 9, 3, 2, 8, 6, 12, 4, 10 e 11.

Atividade 2

Situação: Temos uma rede em cruz ampliada de 20 pontos.

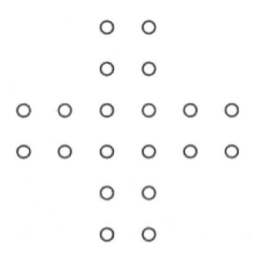

Problema: Determinar o diagrama e também a sucessão de um recobrimento iniciando em qualquer ponto.

Soluções

a) início no ponto 2

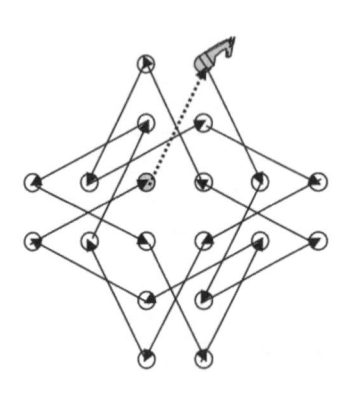

MARAVILHA

**Do ponto 7, o recobrimento pode voltar ao ponto 2, tornando o caminho uma poligonal fechada.
Esse é um fato importante que possibilita iniciar em qualquer ponto, desde que seja respeitada a ordem da sucessão.
Outro aspecto notável é a existência de simetrias, que tornam bonito o visual do diagrama.**

Sucessão: 2, 9, 18, 16, 8, 1, 6, 4, 10, 14, 19, 12, 3, 5, 13, 20, 15, 17, 11, 7.

b) Existiria outra solução, mesmo não tão maravilhosa?

B.3 - ATIVIDADES DE RECOBRIMENTO EM REDES DA FORMA 3 X N

Na fase de aprendizagem nos servimos da forma 3 x 4, agora vamos trabalhar com formas retangulares 3 x n com n > 6. Notaram? A verdade é que tentamos mas não descobrimos solução nem uma justificativa para o fato; cremos que as formas 3 x 5 e 3 x 6 não possuam solução, mas ficaremos agradecidos se o leitor encontrar a solução ou a causa da não existência.

Atividade 1: Rede 3 x 7

    Vértice inicial = ponto 9

    Vértice final = ponto 5

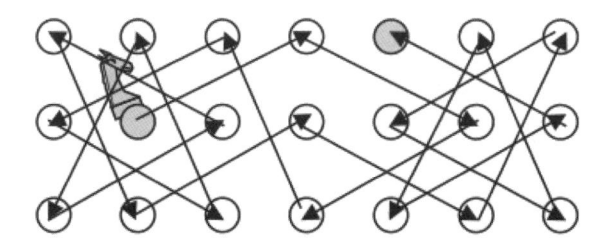

    Vértice inicial = ponto 9

    Vértice final = ponto 13

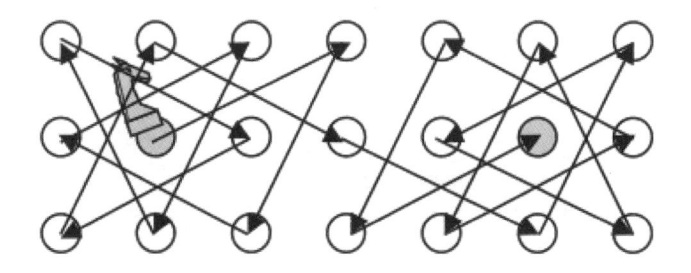

Atividade 2: Rede 3 x 8

    Vértice inicial = ponto 21

    Vértice final = ponto 13

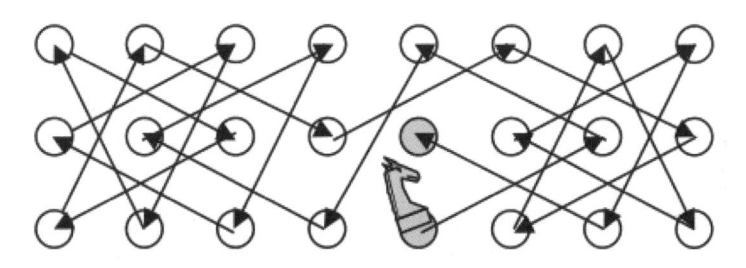

Atividade 3: Rede 3 x 9
Vértice inicial = ponto 5
Vértice final = ponto 23

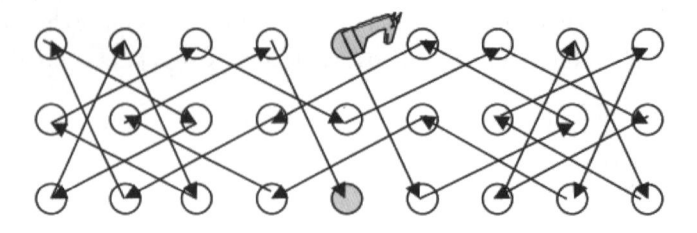

Atividade 4
Descobrir se existe recobrimento em rede 3 x 10.

B.4 - ATIVIDADES DE RECOBRIMENTO EM REDES DA FORMA 4 X N

Atividade 1: Rede 4 x 5
Atividade 2: Rede 4 x 6
Atividade 3: Rede 4 x 7
Atividade 4: Rede 4 x 8
Vértice inicial = ponto 3, vértice final = ponto 4

Solução

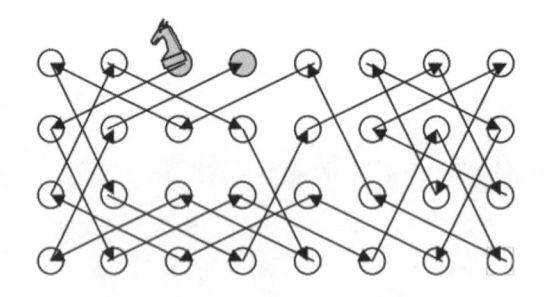

> **A T E N Ç Ã O**
> **Essa solução terá um papel**
> **relevante quando tratarmos**
> **do Problema Maior.**

B.5 - ATIVIDADES DE RECOBRIMENTO EM REDES DA FORMA N X N

Já vimos que não existe solução para a rede 3 x 3. Será que existe recobrimento para uma rede 4 x 4 ?

Atividade 1
Situação: Dispomos de uma rede quadrangular 5 x 5.
Problema: Iniciando no ponto 1, encontrar um recobrimento.

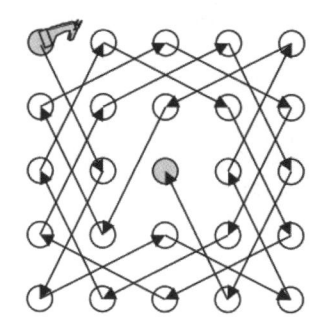

Atividade 2

Descobrir para rede 6 x 6.

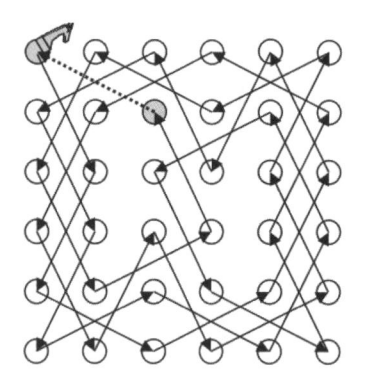

LEGAL!

O recobrimento tem vértice inicial no ponto 1 e termina no ponto 9; mas então podemos continuar do 9, voltando ao 1.

Ficamos de novo com uma poligonal fechada quando o início é independente.

Atividade 3

Descobrir se existe recobrimento para rede 7 x 7.

Atividade 4

Problema maior: Recobrimentos em rede 8 x 8.

Solução 1: Vértice inicial = ponto 3, vértice final = ponto 47

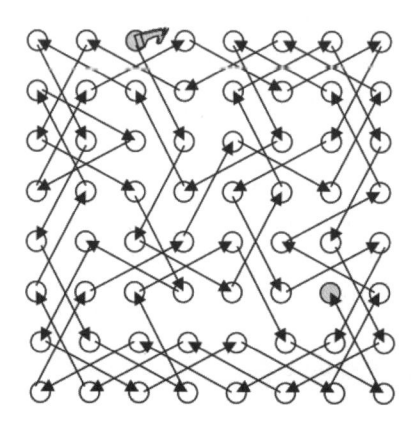

Solução 2: Vértice inicial = 4, vértice final = 10

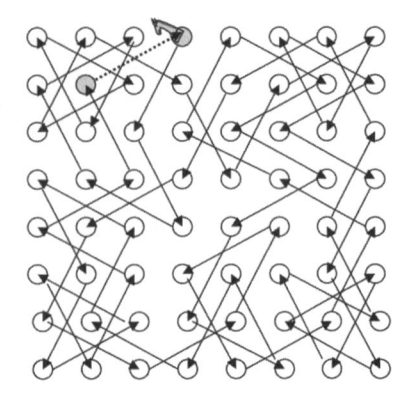

NOTÁVEL. OBSERVARAM?

Esse recobrimento é notável. Além de ser do Problema Maior, pois corresponde exatamente ao tabuleiro de xadrez, tem a possibilidade de transformação em caminho fechado. Ele ficará, então, independente de qual ponto é vértice inicial.

Solução 3: Vértice inicial = ponto 1, vértice final = 50

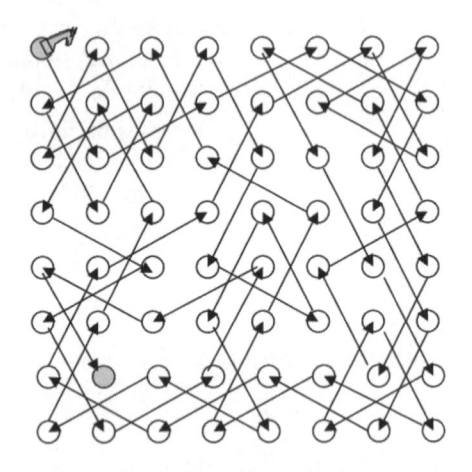

DETALHE
A solução 3 está em conformidade com o Problema de Euler, pois inicia no ponto 1.

Solução 4: Estão lembrados daquele recobrimento da rede 4 x 8?! Avisamos que seria um recobrimento relevante entre os Problemas Maiores.

De fato, vamos construí-lo novamente, mas depois de reservarmos um espaço idêntico antes dele.

Nesse espaço colocamos uma cópia sua, porém girada a 180°, e a aproximamos da outra até a distância de uma unidade da rede quadrangular, formando uma rede 8 x 8.

Conectamos o vértice inicial da primeira cópia com o vértice final da segunda e o vértice inicial da segunda com o final da primeira (nós o fizemos com pontilhadas continuando os sentidos das setas).

Está construído um *novo recobrimento* da rede 8 x 8.

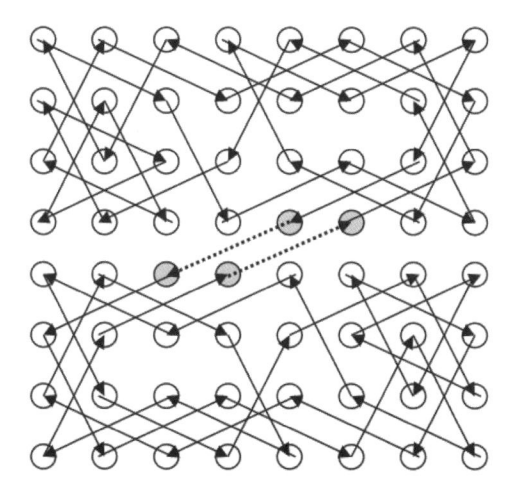

*

REFERÊNCIAS

INTRODUÇÃO

BRASIL. Secretaria de Educação Fundamental. *Parâmetros Curriculares Nacionais: introdução aos Parâmetros Curriculares Nacionais*. Brasília: MEC/SEF, 1997.

FIORENTINI, D.; MIORIM, M. A. Uma reflexão sobre o uso de materiais concretos e jogos no Ensino da Matemática. *Boletim da SBEM-SP*, São Paulo: SBM/SP, ano 4, n. 7, 1990.

KAMII, C. *A criança e o número*. 30. ed. Campinas: Papirus, 2005.

KNIJNIK, G.; BASSO, M. V.; KLÜSENER, R. *Ensinando e aprendendo Matemática com geoplano*. Ijuí: Editora Unijuí, 1996. 52 p.

NACARATO, A. M.; GOMES, A. A. M.; GRANDO, R. C. (Orgs.). *Experiências com Geometria na escola básica: narrativas de professores em (trans) formação*. São Carlos: Pedro & João Editores, 2008.

OCHI, F. H. *et al. O uso de quadriculados no ensino da geometria*. 4. ed. São Paulo: CAEM – IME-USP, 2003. 54 p.

PASSOS, C. L. B. Materiais manipuláveis como recursos didáticos na formação de professores de matemática. In: LORENZATO, S. (Org.). *O Laboratório de ensino de matemática na formação de professores*. Campinas: Autores Associados, 2006. p. 77-91.

SEGUNDA PARTE

Capítulo 5

BARBOSA, R. M. *Combinatória e grafos*. São Paulo: Nobel, 1975.

COXETER, H. S. M. *Introduction to Geometry*. New York: Wiley, 1961.

TERCEIRA PARTE

Capítulo 6

FIRBY, P. A.; GARDINER, C. F. *Surface Topology*. 2nd Ed. New York: Ellis Horwood, 1991.

QUARTA PARTE

Capítulo 9

BARBOSA, R. M. *Interpolação polinomial*. 3. ed. São Paulo: Nobel, 1976.

SEXTA PARTE

Capítulo 15

EVES, H. *A Survey of Geometry*. Boston: Allyn and Bacon, 1966.

LIMA, E. L. Qual é a soma dos ângulos (internos ou externos) de um polígono (convexo ou não)?. *Revista do Professor de Matemática*, n. 19, p. 31-38, 1991.

ANEXOS

Para que o leitor possa realizar as atividades propostas pelos autores, tanto sozinho como com seus alunos, disponibilizamos aqui os papéis de pontos necessários: circular, quadrivértice e isométrico.

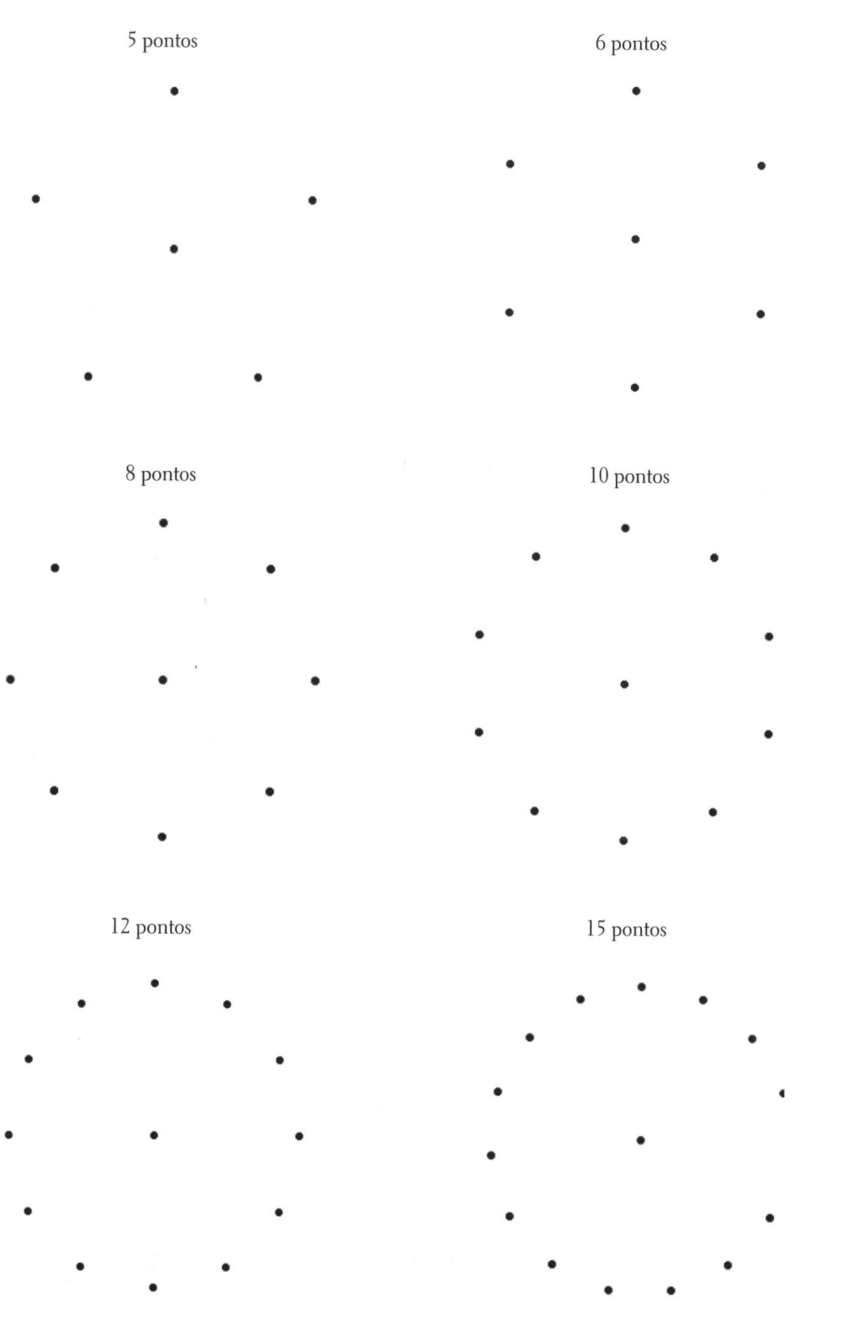

5 pontos

6 pontos

8 pontos

10 pontos

12 pontos

15 pontos

16 pontos

20 pontos

Quadrivértice

Isométrico

QUEM SOMOS

GRUPO GEOPLANO DE ESTUDOS E PESQUISAS (GGEP)

Iara Suzana Tiggemann
Licenciada em Pedagogia pela UFSM e mestre em Educação pela UFRGS. Técnica em assuntos educacionais do IFSP, campus de Catanduva. Docente da Unifev desde 2002. Orientadora de Iniciação Científica, com foco em processos de ensino, aprendizagem e políticas públicas, e autora de diversos artigos publicados e comunicações. Conselheira Municipal de Educação de Catanduva (2007-2011).

Karine Bobadilha Couto
Licenciada em Matemática pela Unesp de São José do Rio Preto. Mestre em Matemática pela Unicamp. Docente e coordenadora do curso de Licenciatura em Matemática da Faceres. Ex-docente do IMES de Catanduva. Docente da Fatec de Catanduva.

Maria Christina Bittencourt de Marques
Licenciada em Matemática pela Unesp de Araraquara e em Pedagogia pelo IMES de Catanduva. Mestre em Educação pelo Centro Universitário Moura Lacerda (Ribeirão Preto). Professora aposentada das redes de ensino estadual e particular. Professora estatutária do IMES/Fafica de Catanduva, onde exerce também as funções de coordenadora de graduação. É autora ou coautora de trabalhos de educação matemática apresentados em forma de comunicação científica ou artigos.

Ruy Madsen Barbosa
Bacharel e licenciado em Matemática pela UCC de Campinas. Ex-professor da rede oficial do Estado de São Paulo. Doutor, livre-docente e adjunto no Ibilce-Unesp. Professor titular aposentado da Unesp. Secretário-geral da SBEM-SP em três gestões. Exerceu docência no ensino superior em várias instituições. Autor ou coautor de mais de três centenas de comunicações e artigos científicos, e de mais de trinta livros; criador de materiais pedagógicos. Coordenador do GGEP.

Sirlei Tauber de Almeida
Licenciada em Matemática pela Unesp de Rio Claro. Mestre em Educação Matemática pela Unesp de Rio Claro. Ex-docente do IMES/Fafica (2003-2011) e da Faceres (2006-2010) de São José do Rio Preto. Atualmente é professora da Fatec de Catanduva, onde colabora como assistente de direção. É coautora de comunicações e artigos.

Este livro foi composto com tipografia Electra e impresso
em papel Off Set 75 g/m² na Gráfica Paulinelli.